講談社文庫

バイバイ・バディ

行成 薫

講談社

目次

一年後（前編）

九月、夏休み最終日。

三咲（みさき）は父の運転する車の助手席に身を預けて、流れる景色をぼんやりと眺めていた。休日の昼前ということもあって、都心から、郊外にある西中（にしなか）市へと向かう幹線道路は随分混雑している。

「明日からまた学校行くんだろ？」

「うん、そう」

三咲は膝の上に載せていたバッグから愛用の手帳を取り出すと、慣れた手つきでページを開いた。今日、「九月二十四日・日曜日」の欄には、「夏休み最終日」というメモ書きとともに泣き顔のシールが貼ってあった。明日から、大学三年の後期授業が始まって、年度末からは就活もスタートする。忙しくなるな、とため息が出てくる。

「何をそんなにびっしり書いてるんだ？」

「ちょっと、見ないでよ」

渋滞に詰まって車が止まった隙に、父が三咲の手帳を覗(のぞ)き見た。慌てて視界から遠ざける。見られて困ることは書いていないが、見られて気分のいいものでもない。

三咲愛用の手帳は、大学に入学するときに母親からプレゼントされたものだ。手帳、とは呼んでいるが、半ば簡易日記帳のようなものだ。在学中ずっと使えるようにと、母は五年手帳を選んでくれた。一年余るじゃん、と意地悪なツッコミを入れると、母は「留年するかもしれないでしょ」と痛烈な言葉を返してきた。

スマートフォンで何でもできる時代だが、三咲はアナログな手書きの手帳が好きだった。せっかくプレゼントしてもらったものだし、と、大学の入学式があった約二年半前の四月一日から今まで、毎日何かしらメモなり一行日記なりを残している。例えば、入学して一週間後の「四月八日・水曜日」の欄には、しつこいサークル勧誘に遭って苛(いらだ)立ったことが書かれていた。

思えば、随分書き込んだな、と、三咲はぺらぺらページをめくる。色とりどりのペンで書かれた自分の生活の足跡。小さなシールやハンコで飾りつけられた日もある。楽しかった日もあったし、辛い日もあった。オトナになって見返した時、どう思うだろう。懐かしいと思うだろうか。それとも、恥ずかしいと思うだろうか。

ふと、ページをめくる手が止まった。カラフルな書き込みの中に突然現れた、空白。何も書かれていない、真っ白な五日間。ちょうど、一年前の九月のページだ。

人生で、一番思い出したくない五日間。

何も書かれていないスペースを見ただけで、三咲の頭の中に焼きついた記憶が鮮やかに蘇ってきた。狂ったように光るレーザー光線。屋上から見る青空。小さな包み紙と、ポップな字体で書かれた「ＤＲＩＰ」の文字。怒号。銃声。握った手の感触。


やめて！


自分の脳に向かって、三咲は鋭く叫んだ。ルーレットや走馬灯のように渦を巻いていた記憶の断片が、徐々に遠くなっていく。

「なあ」

「わ、なに？」

父が話しかけてきて、三咲は我に返った。おそるおそる横目で見ると、父は前を向いたままだった。三咲の様子に違和感を感じたわけではなさそうだ。

「電話かけてみろよ」

父は連絡する相手の名前を言わず、「彼に」とだけ言った。それで、三咲と父の間では話が通じる。

「なんで？」

「そう、かな」

「だって、たぶん彼も今日はこっちに来てるだろう」

そうかもしれないけど、と三咲は答えをぼやかした。

「せっかくだから、一緒に昼飯でも食おう」

「え、本気で言ってる？」

父は軽く笑いながら、もちろん、とうなずいた。

「いやなのか？」

「いやじゃないんだけど」

うるさいからなあ、あの人、と、三咲は小さく息を吐いた。

「いいじゃないか、たまには。賑やかで」

「まあ、いいけど」

スマートフォンを取り出し、彼の電話番号を探す。発信を開始すると、トゥルル、という昔から変わらない呼び出し音が聞こえた。


「電話？　誰に？」

「もしもし？　今どこにいる？　あ、やっぱりいるんだ。あの、お父さんが一緒にランチでもどう、って。もう食べた？　まだ？　あ、そうなんだ。私たち、先にランチの予定なんだけどね、駅の近くに行こうと思ってるんだけど」

向こうからは、甲高くてテンションの高い声が返ってくる。変わってないな、と三咲は苦笑した。

「来るって言ってたか？」

「十五分くらいでつくって」

「十五分？　早いな。この調子だとまだ三十分くらいかかるぞ」

「まあ、いいんじゃないかな。一分遅れただけでもうるさそうだけど」

通話を終了すると、三咲は手元の手帳に再び目を落とした。五日間の空白を忘れるように急いでページをめくり、最新のページを開いた。ペンを取り出し、キャップを外す。

九月二十四日・日曜日の欄。

三咲は、泣き顔シールの横に「友達とランチ」と書き加えた。

バイバイ・バディ

一日目のこと（1）

夜が明け、朝が来る。

週の真ん中水曜日、ど平日の西西中駅前は、いつものように通勤ラッシュ時間帯に入っていた。人だ、バスだ、タクシーだと、ただでさえ混雑している駅前ロータリーに、拡声器つきの大きなバンの上に立って演説する市長候補の姿が見える。ノボリには、「西中市長候補」「中山(なかやま)ゆきのり」なる文字が見えた。近々市長選挙があるようだが、市内に住んでいない三咲には関係のないことだ。

そもそも、今はそれどころではない。

「一部の人間だけが得をして、多くの人間にはその恩恵が回ってこない。なぜですか？　利益を独り占めしている人間が、いつまでも、のうのうとのさばっているからです！」

駅に向かう人の波は、同じ方向に向かって、同じようなペースで絶えず動き続けていた。ロータリー前は妙に歩道が細くて人が詰まり、歩くスピードが遅くなる。みな、のんびりと演説を聞いている暇はないのだろう。早く駅舎に辿り着こうと必死で、足を止める人間は少ない。

だが、空気を読めない選挙応援の一団は、「お忙しいところ……」などと言いつつビラを強引に人の手にねじ込み、駅前にさらなる混乱を引き起こしていた。今はまだ夏休みだが、普段なら三咲も大学に通学する時間帯だ。通学途中に最寄り駅の前でこんなことをされたら、一限目の講義の時間を気にして文句の一つも言いたくなるだろう。でも、今はありがたい。人の群れに紛れていると、守られている気がして安心できた。

「まずは、ニュータウン計画。全然、予定通り進んでいない、ずさんな、十五年以上前の計画です。市民の皆様の税金を食いつぶし、一部の人間が儲けるだけの悪しき計画ですよ。これは、抜本的にですね、徹底的に見直さなければいけない！　どうせ政治は変わらないと、思わずにね、オトモダチを誘って、選挙に来てください。数は力になります。数の力が、日本を変えます！」

小さなショルダーバッグのひもを握りしめ、パーカーのフードを目深にかぶって顔を隠す。だが、泥だらけの服を着た自分だけが異常に目立っているような気がして気が気ではなかった。もっと内側へ。もっと人の中へ。三咲は、より人の密度が高い場所へ身を沈めようと、やや強引に雑踏の中心へと割り込んでいった。

だが、駅まであと少しというところで、三咲は歩みを止めた。背中に人がぶつかる。小声ですみません、と謝りながら道を外れ、歩道脇に設置されたジュースの自販機の陰に滑り込んだ。

集まった群衆の向こう、選挙カーのすぐ横に、見覚えのある男の姿があった。一度見たら忘れられない、特徴的な容姿だ。周りから頭二つ飛び出すほどの長身で、やや長めの黒髪をオールバックにしている。顔は面長で朴訥（ぼくとつ）とした雰囲気だが、冷たくて鋭い目つきは、とてもフレンドリーに接してくれそうには見えない。

やっぱり、追われている。

昨夜から三咲を追う男たちの影は、まだひたひたと三咲に迫ってきている。家族や友人の連絡先の入ったスマートフォンは手元になく、電話番号も覚えていない。自宅に帰りたいが、場所を突き止められているかもしれない。他に行き先と言えば遠い田舎の実家くらいだけれど、持っている現金はわずかばかりで、帰るには足りない。まずは電車で都心方面に出て、大学に向かう必要があった。夏休み中ではあるものの、サークル活動や勉強のためにトモダチが来ていて、助けてくれるかもしれない。

男は、群衆に目を向けて、何かを探すように視線を左右に動かしている。ほどなく、長身男の元にもう一人男が駆け寄ってきて、スマートフォンを手にしながら何か話をし出した。長身男と違って、よく口の動く男だ。金髪の坊主頭に不精髭。胸板と二の腕の厚みでTシャツが張り裂けそうになっている。

合流すると、長身男と筋肉男は連れ立って歩き出した。男たちが歩き出すと、流れる人の波がきれいに割れる。まるで、イワシの群れにサメが突っ込んだかのようだ。

おかげで、男たちの姿は人込みの中でもよく見えた。どうやら、二人は真っすぐに三咲のいる方向へ進んでくる。三咲は踵を返し、人の流れに逆らって、一本脇道にそれた場所にある飲み屋街に潜り込んだ。人ひとりがようやく通れるほどの細い路地と、店の看板がところせましと密集しているエリアだ。

三咲は、飲み屋街を抜け、人気のない高架下トンネルを潜って駅の南口側に出ることにした。男たちが細い路地を探し回っている間に南口へと回り、電車に飛び乗る。よし、と腹に力を入れて、潜んだ路地裏から注意深く一歩踏み出す。駅前駐輪場の脇を駆け抜けると、コンクリートで固められた四角いトンネルが見えてくる。近くに駐輪場があるというのに、トンネルの入口近くは不法駐輪の自転車でいっぱいになっていた。

「頭上注意二・五メートル制限」と書かれた注意書の下に勢いよく飛び込むと、かつん、という乾いた音がトンネル内に響いた。

「話をしよう」

三咲は両足にブレーキを掛けて、体を無理矢理止めた。十メートルほど先の出口辺り、トンネルの天井に頭を擦(こす)りそうな長身男が立っている。読まれた、と三咲は唇を噛(か)んだ。

「私はしたくない」

「このまま鬼ごっこを続けたいなら、それでもいい」

男が一歩前に出る。距離を取りながら、悟られないように逃げ出すタイミングを計る。絶対に追いつかれない距離を保つ必要があった。

「話がしたいって言うなら、自分の名前くらい言ったらいいんじゃないの」

「馬場(ばば)だ」

長身男は、三咲が言い終わるか終わらないかのうちに、いとも簡単に名を名乗った。本名か偽名かは、まるで動きのない表情からうかがい知ることはできなかった。

「私が何したっていうわけ」

「わかっているだろう」

「知らない」

「とりあえず、一緒に来てもらいたい」

馬場が、長い腕を広げ、一緒に来い、というように手を動かした。

「いやだ」

「聞きわけがないな」

馬場の視線がほのかに泳いだのを、三咲は見逃さなかった。三咲が反転して駆けだすのと、馬場が「高田(たかだ)！」と鋭い声を出したのが、同時だった。

振り返ると、すぐ近くまで筋肉男が近寄ってきていた。おそらく、筋肉男はトンネルの外で馬場からの合図を待っていたのだろう。頭に描いた動線は、三咲がトンネルの外に出るよりも早く、筋肉男と交差してしまう。

ダメだと思った瞬間、筋肉男が弾(はじ)かれたようにひっくり返った。すでに前傾姿勢になっていた三咲は筋肉男の横をするりと抜け、トンネルの外に飛び出した。背後で何かが倒れるような派手な音と男たちの怒号が聞こえたが、振り返ることはしなかった。足に力を入れ、ぐんと加速する。あっという間に、男たちの声は聞こえなくなった。


でも、このまま走って、逃げて、どうなるだろう。

誰か、誰か助けて。

トンネルから遠ざかりながら途方に暮れていると、突然突き出された何者かの手に口元を塞がれた。もう一方の手が三咲の両腕を搦めとり、がっちりと手首を固定する。男の力だろう。もがいても振りほどけそうな気配はなかった。あっという間に、路肩から物陰に引っ張り込まれる。ここにも男たちの仲間がいたのか、と、三咲は絶望のあまり目を閉じた。

「あの、静かにしていただければ、危害は加えませんので」

わかったら頷いてください、と、正面から声が聞こえた。相手は二人いるらしい。頷こうとするが、背後に回った男の腕が首を完全に固めているので、頷くことも首を振ることもできない。頷けと言われて頷けない場合、危害を加えられることになるのだろうか。だとしたら納得がいかない、と三咲は思った。

十五年前

1

空を見ていた。

下の階から、下手糞（へたくそ）な鍵盤ハーモニカの音が聞こえる。校庭で体育の授業をしているクラスはない。四階の窓から見る世界が、海斗（かいと）にはひどく平和に見えた。平和すぎて、なんだか腹立たしい。

目の前には、茶色い畑が広がっている。少し離れたところにはたくさん家が建っていて、さらにその向こうには、建設中の高層ビルが見える。いずれ、この辺りの田んぼや畑は全部なくなって、新しい家や駅になるのだと、お酒を飲んで顔を真っ赤にしたお父さんが言っていた。

お父さんが上機嫌な理由は、海斗にもわかっていた。田んぼを埋めて、家を建てられるようにするのに、お父さんの会社は大忙しなのだ。昔はよく遊んでくれたが、今はほとんど家に帰ってこない。土曜日も、日曜日も家にいない。

たまに帰ってくると、きまってお母さんとのケンカが始まる。お母さんは、こんなことやめて、と叫ぶ。お父さんは恐ろしい顔で、おまえらのためだろうが！　と怒鳴る。海斗と妹は、部屋で震えながら、ケンカが終わるのをじっと待つ。

昨日、ついにお母さんは妹を連れて家を出ていった。ごめんね、といいながら泣いていたけれど、海斗は連れて行ってもらえなかった。誰もいない家に取り残されて、海斗は一人で、何時間も泣いた。

「もう、やだな。なんかやだ」

学校には、もう来たくない。休み時間は遊びたくなかったし、授業にも出たくなかった。クラスのトモダチは、海斗のことを「運動ができて、頭もいい、明るくて楽しいやつ」だと思っている。先生もそうだ。でも、それが本当の海斗じゃないってことを知ったら、どうなるだろう。

海斗が海斗じゃなくなったら。

きっと、トモダチもトモダチじゃなくなる。

授業中、トイレに行きたいと言って教室を出てから、もう十五分ほど経っていた。そろそろ戻らないと、先生が心配するだろう。でも、足は元来た道を戻ろうとはしなかった。みんなと同じ方向へ、同じスピードで泳ぐ力が、海斗には残されていない。

空を飛べたらいいのに。

開け放たれた窓によじ登り、とりあえず窓枠に座ってみた。脚をぶらぶらさせると、股間から喉の奥に向かって、ぞわぞわといやな感覚がのぼってきた。心臓が鳴りだす。はっきりと音がわかるくらい、どきんどきんと動いている。

飛んでみよう、と頭で考えると、心臓の音色が変わった気がした。一瞬だけ恐怖に堪えたら、もう何も、嫌なことは起こらないだろう。それでいい。それがいい。

「おい、何してんだ！」

背後から声がした。振り返る余裕はない。体を前に倒すと、目に再びアスファルトの地面が映った。勢いをつけて前に飛ぶつもりだったのに、体が後ろにのけ反った。ゆっくりとバランスを崩し、おしりが窓枠からずり落ちる。

一瞬ふわっとした感覚があって、体は地面も何もない空に投げ出されていた。けれど、落ちてはいかない。背後に人の気配があって、脇の下から差し込まれた二本の腕が、海斗の体を世界に繋（つな）ぎ止めていた。

「何してんだよ！　おまえ、バカかよ！」

「バカじゃねえよ」

「死んじゃうだろうが、こっから落ちたら」

死のうと思ったんだよ、と答えようとしたのに、言葉にならなかった。死のうとしたのか、と改めて思うと、急に喉が恐怖で強張ったのだ。

「足を、かけろ、でっぱりに」

吊られたまま下を見ると、校舎の壁に段差があるのが見えた。脚を曲げれば、かかとが引っ掛かりそうだ。

「でも」

「でも、じゃねえんだよ。おまえな、このままだとおれも一緒に落ちちゃうかんな」

おれは死にたくねえよ、と、背後の誰かが唸り声とともに言葉を吐いた。自分を抱えている腕が、ぶるぶると震えているのが分かる。海斗は右足のかかとをでっぱりにかけ、ぐっと踏み込んだ。少しだけ体が持ち上がる。海斗の両手がトイレの窓枠を摑むと、後ろの誰かは、フウ、と息を吐き出した。

「いいか、おれは一回手をはなすからな？　しっかりつかんでろよ？」

「わかってる」

「わかってる、じゃねえよ。おちたらぶっころすぞ」

ぶっ殺されるも何も、落ちたら死ぬだろ、と言葉を返したかったが、さすがにそんな余裕はなかった。

「ゆっくりこっちを向け」

動作の一つ一つがたどたどしく、何をするにももたつかなければいけなかった。少しでも前に倒れそうになると、海斗の肩を掴む手の力が強くなった。でも、お父さんや、男の先生のような、圧倒的な力じゃない。海斗と同じ小学生が、必死で絞り出す力だ。

くるりと回れ右をすると、不思議な光景が広がっていた。校舎の中を、外からのぞき込んでいる。一度死んで、あの世からこの世を見ているような気になった。

「早くこいよ」

目の前にいたのは、あまり馴染みのない顔だった。だが、クセの強い髪は印象に残っている。四月から海斗のクラスにやってきた、転校生だ。三年生に上がり、新しいクラスになって一カ月が経っていたが、海斗はまだ転校生とまともにしゃべったことはなかった。

「いやだ、って言ったら、どうする」

「バカかよ、おまえ」

転校生は、海斗の手首を掴むと、全体重を後ろにかけて、強引に海斗を引っ張り込んだ。力いっぱい引っ張られているうちに、海斗の体がトイレの中に滑り落ちる。転校生は思い切り後ろにひっくりかえって転び、海斗はでんぐりがえるように一回転し、おしりからトイレの床に落ちた。

「おま、え、ふざけんなよ、なにしてんだよ」

「ごめん、転校生」

大げさなほど全身で息をする転校生が、上体を起こして海斗を指さした。

「テンコーセー、じゃねえんだよ。飯山ミツルってカッコイイ名前があるだろうが」

「知ってるよ。同じクラスだろ」

「知ってるなら名前で呼べっつうんだ」

「ええと、じゃあ、ミッちゃんだな」

ミッちゃん、と呼ばれると、転校生のミツルは、まんざらでもない、というような表情に変わり、まあ、それでいいけど、と少し鼻息を落ち着けた。

「なんで、こんなところにいるんだ、ミッちゃんは」

「なんでって、おまえが帰ってこないからにきまってんだろ」

海斗が、おれ、香取海斗、と自己紹介すると、じゃあ、カッチンだな、とミツルはあっさりと海斗のニックネームを決めた。カッチンなどと、誰にも呼ばれたことがない。今頃恐怖に震え出した全身をよそに、何故か笑いがこみ上げてくる。

「ミッちゃんに関係ないだろ」

「ウンコして、紙がなくて泣いてんじゃねえかとおもったんだよ」

「え、そんな顔して、やさしいじゃん」

「あのなあ、おれは前の学校でそれやって、ウンコマンてあだ名をつけられてさ、めちゃくちゃいじめられたんだぞ」

「そうなんだ」

「そうなんだ、じゃねえよ。いいか、きけカッチン。四階から飛び降りたら、べちゃってなって、死ぬぞ？　マジで死ぬんだぞ」

死んだら終わりだぞ！　と、ミツルは海斗を指さした。そうだよな、と、海斗はうなずいた。なにしろ、全部終わらせるつもりで飛ぼうとしたのだ。

「カッチンは死にてえのか」

「どうなんだろう」

「どうなんだろう、じゃねえよ。自分のことだろ」

「死んだら、楽かなって思っちゃったんだよ」

笑顔のまま、急に涙が出てきて止まらなくなった。ミツルは驚いたように眉を動かしたが、泣くな、とは言わなかった。

「なんでさ」

「おれがいなくなっても別にいいだろって思ってさ」

「なんでだよ。カッチンはクラスに友達いっぱいいるだろ」

「いないよ」

「いない？」

「わかんないよ、ミッちゃんには」

「あのなあ、カッチン、あやまるならいまのうちだぞ」

「あやまる？」

ミツルはようやく立ち上がり、偉そうに海斗の前で仁王立ちになった。

「おれなんか、いままで友達ができたことない」

「うそだろ」

「うそじゃねえよ」

前の学校で何があったのかは知らないが、胸を張って「友達がいない」というやつを、海斗は見たことがなかった。鼻の奥でつんとする痛みは残っているものの、ミツルを見ていると、少しだけ痛みがやわらいだ。

トイレの床に座り込んでいるのは汚い気がして気持ち悪かったが、膝がまだ震えていて、立とうとしても無理だった。海斗がいつまでも立ち上がらないことに苛立ったのか、ミツルが手を差し出してきた。ミツルの指の第二関節辺りには、くっきりと三日月形の傷がついている。海斗を後ろから抱えた時、手を強く組んだせいで爪がささったんだろう。

海斗は自分の右手を伸ばして、ミツルの手を摑んだ。自分のものではない力が、海斗の体を引き上げた。ふわりと浮かんだ後は、何とか自分の足で立っていた。

「握手したな」

「え？」

海斗の手を握りながら、ミツルがにやりと笑った。

「握手してるだろ」

「これ、握手なのかな」

「これで、俺とカッチンは友達だぞ」

「友達？」

「いいか、握手したんだからな、一生友達だぞ」

ミツルは海斗の手を握ったまま、握手したら一生友達、というルールについて、くどくどと説明をしだした。聞けば聞くほどどうでもいい話で、真面目に聞くのが面倒くさい。どうせ、やっぱり友達になるのはいやだ、と言われるのがかっこわるいから、ルールだなんだと言っているだけだろう。

「わかったって。わかった」

「わかった？」

「友達だ。一生。いいよ、それで」

え、と、ミツルが急に高い声を出して、目を丸くした。

「いいの？」

「いいのって、そういうルールなんでしょ」

もちろんそうだ、といいながら、ミツルは握手したままの右手をぶんぶん振った。小声で「初めて友達ができた」「やった」と呟くのが聞こえた。友達が一人もいない、というのは、嘘ではないらしい。

「いいか、カッチン。せっかく友達になったんだから、死ぬのはキンシだからな。死んだらぶっころすぞ」

海斗は、わかったよ、と笑いながら、ミツルの手をぎゅっと握った。初めて「友達」ができたのは、海斗も同じかもしれなかった。

2

うわ、と、成瀬は思わず声を出した。

目の前に広がる青い水槽の中で、きらきらと光る小さな魚たちが、竜巻みたいな渦を作り上げている。何千、何万という数の魚が群れになって、一匹の大きな生き物のように見える。成瀬の後ろからも、すげえ、という声が聞こえた。

十月。三年生の、秋の遠足。

場所は、学校から貸切バスで一時間ほどのところにある水族館だった。午前中は、班ごとに分かれて自由に見学していいことになっている。いろいろな生き物がいる中で、成瀬は一番大きな水槽の中のイワシの群れに釘づけになっていた。一匹一匹は小さくて弱そうな魚なのに、数が集まると、水槽にいる他のどの魚よりも大きな存在に見えた。

大きなサメが寄っていくと、群れが一斉に同じ方向に動き、うねる。驚いたのか、サメは群れを襲うことなく、逃げていく。敵が去っていくと、またいくつかの群れが合体して、一つの大きな渦になった。

さっき、先生が言っていた。

イワシは、弱い魚だ。「魚へんに弱い」と書くくらい弱くて、一匹だとすぐに食べられてしまう。だから、みんなで集まって群れになって、自分たちを大きな魚のように見せるのだ。

「おい、行くぞ、成瀬」

「あ、でも」

でもなんだよ、という言葉とともに、成瀬は太ももの裏を思い切り蹴られた。蹴ってきたのは、同じクラスの村上だ。

「何してんだよ」

「いや、もうちょっと、見たいなって思って」

村上は、成瀬が見ている水槽を見ると、ただの小魚じゃんか、と吐き捨てた。成瀬は、村上と同じ班だ。班はまとまって行動しなければならないが、村上は生き物にはまるで興味がないらしく、他の男子と駆けまわったり、しゃべったりして遊んでいた。せっかく水族館に来たのに、ろくに水槽を見ることもできない。

「それより、鬼ごっこしようぜ、成瀬」

「こんなとこで？」

成瀬は、ため息をついた。

クラスのリーダー格の村上は、親が地元で有名な会社を経営している金持ちの家の子だ。時折、小学生とは思えないほどのお金を出して、トモダチにお菓子などをおごっている。クラスの中には、村上のところで親が働いている、というやつも結構いた。そのせいか、村上がクラスで威張っても、誰も何も言わなかった。先生でさえも。

　三年生になって、成瀬は初めて村上とクラスが同じになった。席が近くになったというきっかけで、成瀬は村上と「トモダチ」になった。それからは、休み時間や放課後も、いつも村上を中心としたグループと一緒に過ごしている。

だが、成瀬には、それが地獄だった。

「おいなんだよ、ノリわりいな」

「でもさ、先生に怒られるよ、こんなところで走ったら」

「大丈夫っていってんだろ」

「いや、でも」

「なんだよおまえ、おれとトモダチやめんの？」

トモダチをやめる。それがどういう状態を意味しているのかわからない。村上が「あいつはトモダチをやめた」と言ったとき、クラスのみんなが成瀬に向ける視線はどうなるだろう。無視されるだけならまだいいかもしれない。本気のイジメになってしまったらと思うと、「トモダチをやめる」勇気は出てこない。

「そんな、むらっちとトモダチをやめるとかはないよ」

最後にもう一目、と、成瀬は水槽を見た。相変わらず、イワシは巨大な魚のように動いていたが、成瀬のすぐ目の前で、一匹が群れを外れた。あっ、と思う間もなく、はぐれた一匹はすぐさまイカに捕まった。たくさんの足に搦めとられて、逃げることはできそうになかった。

群れからはぐれたら、ああなる。

成瀬は、自分に言い聞かせるように、村上の後に続いた。村上は機嫌が悪くなると、成瀬を蹴ったり叩(たた)いたりする。怪我をするほどではないし、イジメというほどひどくはないけれど、一発一発が少しずつ成瀬の心に傷をつけていく。下手に怒らせて心が傷だらけになるよりは、多少嫌でも従ったほうがいい。

村上は、非常口前の暗いスペースに班の男子を集めて、オニを決めよう、と言い出した。成瀬でいいよ、と、他の男子が勝手なことを言う。いいわけないじゃないか、と成瀬が言うより早く、村上が「じゃあ成瀬がオニ」と賛成した。村上以外、みんな本当は鬼ごっこなどやりたくないのだ。きっと、成瀬が十数えている間に遠くまで逃げて、鬼ごっこから逃げてしまう。村上に文句を言われたら、成瀬が捕まえに来ないのが悪い、と、人のせいにするつもりだ。

「じゃあ、十数えたらスタートしろよ」

「え、僕、やだよ。せめてじゃんけんしようよ」

「いいじゃん、すぐ誰かにタッチすりゃいいんだから」

そんなことを言っておいて、成瀬が近づけば、タッチしたら殴る、などと脅すのだ。成瀬が一度オニになってしまったら、ただからかわれながら走り回るだけの、不毛な遊びになる。

「でも、タッチできないから」

村上は、うるせえな、と舌打ちをして、右手を振り上げた。成瀬が逃げるよりも早く、飛んできた村上の手のひらが思い切り頰を張り飛ばした。目の前が真っ暗になった後、耳鳴りが頭を占領していく。一瞬の混乱が収まると、じわじわと左頰が熱を帯びていくのがわかった。熱が顔中に伝播して、目の奥から涙が溢れてきた。涙を押し出しているのは、痛みよりも、耐えようもない屈辱感だった。

「むらっち、ばか、ナルセが泣いちゃったじゃん」

「あやまっとけって」

班の男子がなだめようとするが、村上は「こいつが悪い」と言い放ち、しゃがんだ成瀬の背中を蹴りつけた。

もし、自分が村上よりも体が大きくて、力が強かったら。村上の顔を殴りつけて、泣かせて、それでも許さずに踏みつけてやれるのに。成瀬は、屈辱にまみれた顔を見せまいとその場にしゃがみ込み、両腕で顔を覆った。

「おい、何してんだお前ら」

聞きなじみのない声が突然響いて、全員が声のする方向を見た。見ると、やたらとクセの強い髪の毛の男子が一人、腕を組んで村上たちの前に立ち塞がっていた。

「なんだよ、てめえ」

「てめえ、じゃねえんだよ。おれには飯山ミツルってカッコイイ名前があんだよ」

涙でにじむ目をこすってみると、隣のクラスの飯山が立っていた。話したことはないが、問題児で有名なのは知っている。とにかく面倒くさい性格らしく、学級会の時間などは、飯山がぎゃあぎゃあ騒ぐ声が教室の壁を突き抜けて聞こえてくることがよくある。

「おい、そこのキンタマ顔」

飯山は村上に向かってまっすぐ人差し指を向け、あろうことかとんでもない呼び名を勝手につけた。呼ばれた村上は、みるみる顔を赤くして、怒りの表情を浮かべた。

「サカナをみろよ、サカナを。水族館だぞ、ここは」

「うるせえな、ぶんなぐるぞ、おまえ」

村上が飯山に向かって拳を振り上げて威嚇すると、横からするりと入ってきた男子がいた。

「おい、人をなぐったら、ダメだろ」

「香取」

誰なのかが分かると、村上は露骨に嫌そうな顔をした。

香取海斗を知らない人間は、きっと同学年では一人もいないだろう。テストはいつも百点。運動会では三学年上の子にも負けないほど足が速い。何でもできてしまう天才で、入学した頃からすでに、先生や保護者たちの間でも有名だった。

一、二年生の頃、成瀬は海斗と同じクラスで、仲もよかった。海斗はクラスの中心にいたが、村上のように威張ったり人を叩いたりはせず、みんなから好かれていた。

「やめとけよ、こんなとこで」

「うるせえな。他のクラスのやつに関係ねえだろ」

村上は強がったが、海斗に手を上げようとはしなかった。海斗の後ろには、海斗のクラスの男子が集まってきている。何かあれば、村上は隣のクラスの男子全員を敵に回すことになる。

村上は、つまんねえな、と捨て台詞(ぜりふ)を残し、成瀬を置いて去っていった。解放された成瀬がほっとしてまた泣き出すと、海斗が肩に手を置いてきた。

「成瀬、あいつにいじめられてんの?」

「いや、イジメってほどじゃ、ないんだけど」

「でも、たたかれてたじゃん、けっこう力いっぱい」

「うん。でも、こんなにされたのは、ほんと今日がはじめてくらい」

「なんかさ、こまってるなら言えよな」

成瀬は意外な答えを聞いて、え、と声を上げ、顔を上げた。クラスも違う海斗が、助けてくれるとは思わなかったのだ。

「でも、クラスもちがうし」

「ちがうって、別にとなりじゃん。休み時間とか、うちのクラスに来ればいいよ」

「いいのかな」

「いいよべつに」

成瀬が、ありがとう、と頭を下げると、海斗は気恥ずかしそうに笑った。

「あの、どうして、海斗君はここに来たの？」

「いやさ、ミッちゃんが急に、となりのクラスのやつがいじめられてるっぽいっていうから」

「ミッちゃん？」

「飯山ミツルだから、ミッちゃん」

「ああ、飯山、くん」

「成瀬が村上に連れていかれるのを見て、助けようぜって」

「あ、ありがとう」

成瀬は海斗の横で偉そうにふんぞり返っている飯山に向かって、一応の礼を言った。

「まあ、いいってことよ。ほら、立てよ」

飯山が、しゃがんだままの成瀬に手を差し出した。自然に、成瀬も手を伸ばし、飯山の手を握っていた。隣で、海斗が「あ」と声を出した。

「成瀬、握手しちゃったな」

「え、なんで？　ダメなの？」

「いや、いいんだけど、な、ミッちゃん」

飯山は、勝ち誇ったように、「握手したら一生友達になるルール」を説明しだした。最後まで聞くのもつかれるほど面倒くさいルールで、成瀬は途中で飯山の説明を遮って、わかった、わかった、わかったから、と頷いた。

「やった、ミッちゃん。友達二人目」

「順調すぎる」

「いいことじゃん」

「みんなあれか、助けりゃ友達になってくれんのか」

「いや、そういうわけじゃねえと思うけど、よかったな」

飯山は、いいか、これで一生友達だぞ、と成瀬に向かって念押しをしながら、握手した右手をぶんぶん振り回した。

「うお、すげえ、ミッちゃん来てみろって」

海斗が、イワシの水槽に気づいて、声を上げた。飯山は海斗の隣で水槽を眺めながら、なんだよ小魚じゃんか、と鼻で笑った。海斗のクラスの男子が集まって来て、いつの間にか二人を取り囲んでいた。
「ミッちゃん、やっぱあれかな。真ん中にはさ、王様がいるのかな」
「イワシの王様ってなんだよ。超弱そう」
「でもいいよな。周りにあんだけいたら、絶対食われないじゃん、王様」

王様は、海斗だ。

成瀬には、海斗を真ん中にして、イワシの群れのような大きな渦ができているように見えた。その隣には、偉そうに飯山が立っている。問題児と言われるようなやつが、渦の真ん中でクラスメイトの輪に囲まれているのだ。ずるい、と成瀬は思った。去年までは、自分がそこにいたのに。

海斗の隣に立てれば、自分も、きっと。

水槽の中では、イワシの群れがさらに大きな渦を巻いていた。

一日目のこと（2）

「何のんきに煙草（たばこ）吸ってんだよ」

てめえ馬場この野郎、と高田が肩で息をしながら、馬場に詰め寄った。馬場は特に動じる様子もなく、ゆっくりと煙を吸い込み、十分に肺の中で泳がせた後、煙を吐き出しながら口を開いた。

「精神を落ち着かせているんだ」

「精神だ？」

「どんくさい筋肉バカが、放置自転車に服を引っ掛けてすっ転んで女に逃げられたからな。間抜けすぎてイライラするだろ？　煙草でも吸わなければやってられない」

高田が、うるせえ、とわめいた。まだ肩で息をしている。

「挟み撃ちなんて、面倒臭（くせ）ぇことするからだろうが」

「バカが転ばなければ、完璧だっただろう」

「お前が全力で追いかけていって、とっ捕まえりゃよかっただろ」

馬場は真顔のまま煙を吐き出し、ゆっくりと首を振った。

「俺には、人生において我慢ならないことが十ほどあるが」

「なんだよ、なんなんだよ」

「走る、というのもその一つだ」

「お前の分まで走ってやった俺に言うセリフか？　ぶっ殺すぞ」

高田は肩をいからせながら、スマートフォンの画面を目で追う。

「まずは息を整えろ」

「うるせえな、いちいち指図すんな」

「お前のような筋肉バカは無駄にエネルギーを食うから、解糖系がフル活動して乳酸がすぐ蓄積する。つまりすぐ疲れる。なのに、考えもなしに全力で走るからそうなる」

「走れねえ奴に言われたくねえよ」

「俺は走りたくないだけだ。走れば百メートル十秒で走れる」

「嘘言うな。ボルトじゃねえんだぞ」

「嘘をつく、というのも嫌いだ。俺は本当のことしか言わない」

高田は面倒くさそうに、わかったよ、と返事をした。

「いいか、走らなくていいから女を探せ。まだ近くにいる」

すぐ近くの路地を、馬場と高田が通り抜けていく。三咲と背後の男、そして目の前のメガネ男は、路地裏で息をひそめ、二人の話し声が聞こえなくなるのを待っていた。

「行ったか？」

「行ったね」

「とりあえず一旦回避できたな」

「危なかった」

「あいつらより先に見つけられたのはよかった」

「もう、そんなにがっちり押さえなくても大丈夫だと思うよ」

目の前にいる男が、三咲を背後から抱え込んだ男の手をぴたぴたと叩く。

「いい？　俺は味方だから、とりあえず騒がないでね」

三咲の耳元で、背後の男が呟く。三咲は目を閉じ、わかった、というように小刻みに頷いた。

「ねえ、もう離してあげなよ」

「俺、味方だから、ほんと騒がないでね」

背後の男は、しつこくそう繰り返しながらも、三咲を押さえこんだ手の力を抜かない。メガネ男が、三咲の視界の外に手を伸ばす。すぐに、すぱん、と何かを叩いた音がした。ようやく、拘束が解かれる。

「なにすんだよ、マスオこの野郎」

「どさくさに紛れて、匂い嗅いでたでしょう」

「しょうがねえだろ、超いい匂いしたんだからさ」

三咲は、ぞわり、と背中に走る悪寒に恐怖しながら男の腕を振りほどいた。得体のしれない男二人から距離を取り、またいつでも逃げ出せるように、足に力を込めた。

「なんなの！　誰、あんたたち！」

「俺はミツル、こいつはマスオ」

「いや、名前とかじゃなくって！」

「どでかい馬面と刺青（イレズミ）筋肉バカに追われて、怖い思いをしている。そうだろ？　三咲ちゃん二十歳（はたち）」

ミツルと名乗る男は、いつの時代のセンスかわからない格好をしていて、クセの強い髪の毛が印象的だ。会ったことがあればすぐにわかりそうなものだが、過去にどこかで会った記憶はない。もう一人のマスオというメガネ男も、当然知らない顔だ。

「なんで、私の名前を」

「そりゃ知ってるよ。当たり前だろ？」

「いや、当たり前じゃないと思うんだけど」

「それより、あいつらになんかされてない？　大丈夫？」

「なんなのよ、あいつらも、あんたたちも」

「ね、乱暴なことされたりとか、変なもん飲まされたりとか」

「よくわからないけど、追われてるだけ」

よかった、と、ミツルは大げさなほど、ほっ、と息を吐いた。

「あいつらに捕まったら、ろくなことにならないからな」

「ろくなことって」

「でも、このままだといずれ捕まる。この辺、うじゃうじゃ歩いてるからね。あいつらのオトモダチがさ」

やめて、と、三咲は悲鳴を上げそうになった。

「だって、逃げてもずっとついてくるから」

「化粧ポーチ」

「は？」

「持ってるでしょ？」

「持ってるけど」

「出して」

「な、なんでよ」

「いいから出して。早く」

　よこせ、とばかり手をくねらせるミツルに不信感を募らせながらも、三咲は渋々化粧ポーチをショルダーバッグから取り出し、手渡した。ミツルが早速ファスナーを開き、中身を探る。大したものは入っていない。マスカラとビューラー、ファンデとハンドクリーム。ブラシやペンシル類が数本。ちょっと気恥ずかしい、市販の頭痛薬と絆創膏。そういったものが、ごちゃごちゃと適当に詰め込まれているだけだ。

　男は、ポーチの中から円柱形のケースに入った化粧品を取り出し、手のひらの上で転がした。いぶかしそうに指先で振り、ふたを開けてみる。パフで蓋がしてあって、そのままぽんぽんと頰に塗り込めるタイプのチークだ。

「これ、なに？」

「何って、チークだよ、ただの」

「なんだ、チークって」

「ほっぺたにつけるやつ」

「いつ買った？」

「もらった。トモダチに」

「トモダチ、ね」

男はなるほど、と頷き、何を思ったかいきなりパフを外し、地面に中身をぶちまけた。もらってから、まだほとんど使っていないものだ。詰め込まれていたパウダーが崩れて、アスファルトの上に小さな山を作った。何すんの、と取り返そうとした三咲に、男は空になった容器を突きつけた。チークが詰まっていた容器の中に、五百円玉ほどの大きさの物体が貼りつけられているのが見えた。

「なにこれ」

「発信機」

「発信機？」

これです、と、マスオがスマートフォンの画面を見せてきた。地図上に、青い点が描かれている。あまりじっくりとは見られなかったが、見当はついた。三咲が今までにたどってきたルートだ。

「そう。十分に一度、こいつが位置情報をスマホに送ってくる。三咲ちゃんがどこにいるか、あいつらは見当をつけてるってわけ」

「じゃあ、なんでそれを、あんたたちが見てるわけ」

「マスオは俺の下僕で、あいつらのスパイをやっている」

「スパイ？」

「そういうとかっこいいけど、単なる裏切者なんだこいつは」

マスオが、その言い方はやめて、と眉間にしわを寄せた。

詳しくは話をしてもらえなかったが、マスオは三咲を追う一味の人間らしい。持っているスマートフォンには、三咲を示す青い点が表示されたままだ。昨夜から、どこに逃げてもしつこく追われ続けてきた理由がよくわかった。

「そんな、マンガじゃあるまいし」

「マンガじゃないさ。イマドキ、こんなものいくらでも売ってるよ」

「どこで？」

「ネットで」

三咲は絶句し、小さな機器を何度も覗き込んだ。発信機と言われても、少し厚みのある黒いシールにしか見えない。これだけで、半径百メートルほどの精度で居場所が特定できてしまうという。三咲は背筋が凍る感覚に堪えられずに、両腕で自らの肩を抱いた。

「どうして、こんなところに？」

「初めての〝客〟に発信機を仕込むのは、あいつらの常套手段なんだ。女の子だったら、大体みんな化粧ポーチを持ち歩くでしょ？　それにいろいろゴチャゴチャ入ってるから、あんまり注意深く中を整理したりもしない」

「でも、誰が」

ミツルは少し真面目な顔になって、三咲の目をじっと見た。

「トモダチにもらったんだろ、これ」

「うん、そう」

「じゃあ簡単だ」

「簡単？」

「そのトモダチってのが、友達じゃなかった、ってこと」

嘘、と、腹の中の言葉が口をついて出た。くれたのは、大学でも一番仲のいい、シノという友達だ。

「今から、下僕マスオがこれを持って囮になるから、その間に俺が安全な場所に連れていくよ」

「え、僕？」

マスオが、素っ頓狂な声を上げた。

「そりゃそうだろ。何のためにここにいるんだよ、マスオが」

ミツルは、お前なら大丈夫、と、なんのアドバイスにもならない一言を添えて、マスオの肩を叩いた。マスオは泣きそうな顔で、参ったな、と小さくため息をついた。

幾分まともそうなマスオと別行動になるのは心細いが、二人の追跡者から逃れるためには、クセ毛男・ミツルにすべてを任せるしかなかった。

七年前

1

　馬場がボールを蹴り飛ばすと、一斉に男子生徒たちが群れて追っていく。今年の西中東高校の球技大会、馬場たち二年生の種目はサッカーだ。体が大きいうえに走るという行為が嫌いな馬場はゴールキーパーに立候補し、のんびりとゴール前に突っ立っていた。

「みんな元気だな」

　肩で息をしながら、高田がゴール前に座り込んだ。人一倍筋肉質な高田は疲れるのが早いのか、走るスポーツはいまいち苦手だ。

「随分楽しそうに走ってたな」

「別に楽しいわけじゃねえよ」

「じゃあ、なんだ」

「なんか、巻き込まれんだよ、あいつに」

高田は、遥か前方でくるくると動き回る成瀬を顎で指した。成瀬の周りを、クラスの男子が囲んでいる。遠くからクラスメイトたちが、高田に向かってサボるな、と笑い掛けていた。

「呼んでるぞ。行って来いよ」

しょうがねえな、と、高田はゆっくりと立ち上がり、ちんたらと走っていった。

昔はこんなこと考えられなかったな、と、馬場は笑った。馬場と高田を取り巻く環境が大きく変わったのは、この高校に入学した一年前のことだ。


それは、入学式から少し経った頃のことだった。昼休みの廊下に、七、八人の上級生が集まっていた。あまり穏やかな空気の先輩ではない。一列向こうにいる高田が、馬場に目配せする。馬場は、軽く二度頷いた。気をつけろ、という意味だろう。

中学校の頃、馬場と高田は地元で有名な「不良少年」だった。不良と呼ばれることに抵抗はなかったが、高校受験の時期になると困ったことになった。進路指導の際に、内申点を重視する地元の公立校にはまず受からない、と宣告されたのだ。

不良と言っても、馬場も高田もケンカを売ってくる輩を返り討ちにしていただけだった。力が恐ろしく強い上に、背も飛び抜けてデカい馬場の名前が、高田ともども一人歩きしたせいで、地元のケンカ自慢にカラまれることが多かったのだ。

二人が高校進学を諦めかけていたところに、「西中市」という街の公立高校が他県の受験生を受けつけている、という話が飛び込んできた。西中市はニュータウン建設による需要を前提に学校を新規開校していたものの、用地買収の遅れで住民増が見込めなくなったために、他県の生徒を受け入れて、足りない定員を補充しようとしていたのだ。

渡りに船とばかりに受験した結果、馬場も高田もつつがなく合格することができた。高田にいたっては、解答用紙に名前を書いただけだ。学校側も、よほど切羽詰まっていたらしい。

だが、そのせいで、馬場や高田以外にも少なからず素行の悪い生徒が紛れ込んできていた。廊下の上級生たちがその類の生徒だ。カランでくるなら受けて立つつもりだが、せっかく高校生になったというのに、入学したそばから問題を起こせば苦労が水の泡だ。

高田の気性からすると、ろくでもない上級生に頭を下げるくらいなら退学覚悟でぶん殴る、と考えるだろう。やれやれ、と馬場は額を押さえた。他人に頭を下げることが嫌いなのは馬場も一緒だが、それができないと世の中というやつはとてつもなく生きづらい。

態度も体つきも一番大きな上級生が一人教室に入って来て、教壇から教室を見回した。同時に、数名の上級生が教室になだれ込んできて、一列目の窓際に座っている生徒の席を取り囲んだ。馬場は、うん、と顔を上げた。てっきり自分が目をつけられたものだと思い込んでいたが、標的は別にいたらしい。

「お前か、ナルセっつうのは」

「あー、こいつは確かに調子乗ってるわ」

無理やり立たされた成瀬という男子は、何も言わずにただじっと俯いていた。ゆるりとうねる前髪を触りながら、上級生が「明日までに坊主だな」といやらしく笑う。成瀬は、まるで男性アイドルのような容姿をしていて、クラスの中でもかなり目立つ男子だ。

その中性的な顔立ちが教師たちに好感を与えたのか、入学式では新入生代表のあいさつに立った。登壇した成瀬を見た上級生の女子たちがざわつくほどインパクトがあったようで、ろくでもない先輩から嫉妬交じりの怒りを買うことになったらしい。

「あの、僕が何か」

「何かじゃねえんだよ。入学式の時から調子こいた顔してやがったから、一発シメておこうぜ、って話になったんだよ」

「そんな」

　目立つ下級生に絡んでくる上級生、という存在は馬場の地元にもいたが、この街では、ケンカが強そう、カラダがデカい、というのはあまり興味を持たれないようだ。むしろ、女子にモテそうな一年生の方が、先輩方の目にはうるさく映るらしい。

「ねえ、どうしよう」

「先生呼んでくる？」

「香取君は？　香取君だったら止められるかも」

「海斗君、昼休みは一人でどっか行っちゃうから」

　馬場の席の隣で、女子が集まってこそこそとしゃべっていた。視線を向けずに耳をそばだてると、どうやら成瀬をどう助けるか、という話をしている。顔がいいのは得だな、と、馬場は鼻で笑った。

　俺は関係ない、とばかりに目をそらしていると、急に机が倒れる派手な音がして、女子の悲鳴が上がった。馬場の足元に、成瀬が尻もちをつくように倒れていた。例の上級生に思い切りつき飛ばされたようだ。起き上がろうとした成瀬と目が合った。成瀬の視線は、馬場の頭から足先を撫でるように動き、すぐに元に戻った。

「大丈夫？」

女子の一人が、泣きそうになりながら、震える声で成瀬に声を掛けた。

「だめかも。苦手なんだ、こういうの」


そう答えながら、成瀬が笑う。


なんて顔だ、と馬場は思わず苦笑した。これから暴行を受けそうだという状況にもかかわらず、穏やかで、人の懐にするりと入ってくるような笑顔だった。愛玩動物が庇護(ひご)を求めているかのように、抗(あらが)いがたい、人間の本能を揺さぶってくる表情だ。

事実、成瀬の姿に反応して、女子生徒が何人か立ち上がった。つられて、男子も数名が続いた。出入口に待機していた数名の上級生にすごまれて何もできなかったが、気の弱そうなクラスメイトに、一瞬でも「反抗しよう」と思わせたのだ。思わず、面白い、と馬場は呟いた。

「あの」

すぐ隣に立っている、気弱そうな女子が、馬場に話し掛けてきた。入学式から今まで、クラスの女子たちは馬場と高田には近寄ろうともしなかった。あまりにも自然に話し掛けられて、馬場は面食らった。

「なんだ」

「あのさ、ナルのこと、助けてあげられないかな」

「俺が？」

「馬場君、体もおっきいし、あいつらより強そうだし」

「まあ、あいつらよりは強いだろうな」

「助けてあげたいんだ。協力してくれない？」

成瀬は、再び数名の上級生に囲まれ、足や腹を小突かれている。

「殴って黙らせてやってもいいんだが、停学になるのは困る」

「大丈夫、あたしたち、みんなで味方するから。先生たちにも、馬場君は悪くないって。正当防衛ですって言うから、絶対」

馬場は少し考えてから、やれやれ、とばかりゆっくりと立ち上がった。立ち上がっただけで、上級生たちが一斉に目を丸くする。特にこれといった運動もしていないにもかかわらず、馬場の身長は百九十センチを超えている。

「おい、なんだデカブツ、座ってろよ。友達ごっこでもするつもりか？」

成瀬と、目が合った。やや色素の薄い瞳が、真っすぐに馬場を見ていた。ほんの一瞬だが、口元が緩んだようにも見えた。

「目障りだよ、先輩」

上級生グループが、一斉に馬場を取り囲んだ。輪の中央で、馬場がリーダー格の男と対峙する。男は十五センチほど上にある馬場の顔を睨みつけ、おうおうおう、とばかり、体をぶつけてきた。

「てめえ、ちょっとカラダがデカイからって、ナメてんじゃねえぞ」

瞬間、馬場の右手が男の喉を引っ摑んで持ち上げ、そのまま教室の柱に後頭部を叩きつけた。体を吊り上げたまま、さらに喉を絞める。男は何とか馬場の腕を振りほどこうともがくが、吊られているせいで、まるで力が入っていない。

「お前こそ、生物の個体差をナメている」

馬場の後ろから殴りかかろうとした別の上級生を、すぐさま高田が抱え込み、大外刈りの要領で床に投げ倒した。起き上がりざま、背後にいた別の上級生の鼻先まで顔を近づけ、お前もやんのか？ と吼えた。気勢を削がれた上級生が、しきりに目を泳がせている。

「それっぽい」三人を押さえてしまうと、後の数名はいたって普通の高校生だった。ワルぶった友達に乗せられて下級生の教室に乗り込んではみたものの、殴り合う覚悟など全くできていない。中学三年間をケンカに明け暮れた二人とは、場数も慣れも違い過ぎた。

「死んじゃうよ、それじゃ」

成瀬が、さっきまで偉そうに喚いていた男を指さし、馬場の肩を叩いた。手の力を緩めると、男は尻から落ちてうずくまり、激しく咳き込んだ。もう、成瀬に絡む元気はなさそうだった。

「あの、私たちの教室から出ていっていただけますか」

さっき馬場に話しかけた女子が、うずくまった上級生に向かって静かに声を掛けた。教室の後ろの方で、そうだ！　という声がした。見ると、妙に色の黒い男子生徒が、席に着いたまま目立たないように背中を丸めながら、「先生を呼ぶぞ！」と声を張り上げていた。

一人、二人、と声の主は増えて、最後には、居合わせた全員で「帰れ」コールの大合唱となった。上級生軍団は戦意を失ったのか、お互いに顔を見合わせながら、じりじりと教室出口に後退を始めた。

「次はマジで殺してやるからな」

映画に出てくる弱っちい悪党のような捨て台詞を残して、侵入者たちはあたふたと引き上げていった。クラスが歓喜に沸き、成瀬の周りに人が集まった。成瀬は、また例の笑顔で、ありがとう、と感謝の意を述べた。

役目は終わったとばかりに馬場が席に戻ろうとすると、女子の一団が馬場と高田を取り囲み、口々に礼を言ってきた。女子と面と向かって話すのはあまり慣れていない。馬場は、高田と顔を見合わせた。

「馬場君、マジでカッコよかった」

「そうそう。片腕で、あんな軽々持ち上げちゃって、すごいよね！」

「高田君は柔道でもやってるの？」

成瀬を囲んでいた輪が次第に広がり、馬場と高田の二人を呑みこむ。男子生徒も集まって来て、馴れ馴れしく馬場の腕や肩を触っている。何人かの女子は、「手が超デカーイ！」と大騒ぎしていた。高田は、まんざらでもなさそうに胸の筋肉を誇示している。

いつもと同じように、気に食わない奴を軽く捻ってやっただけだった。かつては、ケンカに勝った馬場を見る周囲の目は、恐怖と憎悪の二つしかなかった。だが、今は違う。周りには、誰も恐怖しているものはいない。

成瀬と目が合う。成瀬はゆっくりと馬場と高田の前に近づいて、ありがとう、と頭を下げた。馬場はクラスメイトたちが作る輪の中心に立っていた。


この輪を作ったのは、おまえか。


「あの、ありがとう、本当に」

「下校時間は気をつけたほうがいい。ああいうやつらは執拗だ」

「下校時間か、そっか」

成瀬は少し考えて、帰る方向どっち？　と聞いてきた。

「正門方向だ」

「あ、僕も」

成瀬はまた、人懐っこい笑顔で、右手を差し出した。

「僕とトモダチになってくれたら嬉しいんだけど」

「トモダチ？」

「そしたら、帰る時も安心で」

清々しいほどはっきりしているな、と馬場は苦笑した。成瀬が、この高校で三年間を生き抜いていくためには、馬場はいい駒に違いない。強かで計算高い。だが、成瀬自身は、それを意識していないように見えた。

高田を見ると、任せるぜ、とでも言うように首を少し捻った。

馬場は、もちろんだ、と成瀬の手を握り返した。小さく、華奢な手だ。力を入れれば、簡単に握りつぶせてしまいそうだった。

ホイッスルが鳴る。どうやら、また一点決まったらしい。クラスの輪ができて、中心には成瀬がいた。馬場の視線に気づいたのか、自陣に戻りながら、成瀬が手を振ってきた。つられるようにして、他の同級生たちも馬場に手を振る。

成瀬とトモダチになってから、馬場や高田は「成瀬のトモダチ」として扱われるようになっていった。中学の頃のように、体がデカいというだけで訳の分からない敵視を受けることはなくなった。高田もそうだ。

集団から少し離れたところに身を置きながらも、馬場は輪の中に入っていた。何か努力をしたわけでも、我慢したわけでもなく、いい位置に立っていられる。

成瀬は、居場所を与えてくれる。

トモダチというのはいいものだな、と、馬場は一人、口元を緩ませた。

2

球技大会、一組との試合終盤。

成瀬の目の前で、相手チームのゴールネットが揺れる。笛が鳴って、ギャラリーから歓声が巻き起こった。残り時間三分少々というところでの三点目。パスを出した成瀬が、ゴールした海斗に駆け寄って、軽くハグを交わした。

「ナイスパスじゃん、成瀬」

「そうでしょ」

並んで自陣に戻ると、グラウンド脇にたむろしている女子たちの黄色い声が聞こえた。「香取センパーイ」やら、「ナルくーん」が交錯する。海斗はガッツポーズで応え、成瀬は笑いながら小さく手を振った。声援が悲鳴に変わる。まるで、どこかのアイドルのようだった。

海斗といると、周りに自然と人が集まってくる。小学校の頃、小さい体を呪いながらいじめられる恐怖に縮こまっていた成瀬は、いつの間にか、大きな群れの中にいた。海斗の隣にいたおかげだろう。

中学三年間、海斗と成瀬はクラスが一緒になることはなかったが、サッカー部に入って、いつも一緒にいた。高校に進学するときも、成瀬は海斗と同じ高校を選んだ。海斗も成瀬も西中東高より成績上位の高校を受けられたはずだが、海斗は「家から近い」という理由で地元の公立校を選んだ。成瀬も、それに倣った。

海斗のいない高校生活は、考えられなかったからだ。

「親友」という言葉を軽く使うのは好きではないが、香取海斗だけは無二の親友だと成瀬は強く思っている。海斗もきっとそうだろう。二人並べば、たいていのことはできる。海斗は、そんな気にさせてくれる。

「ナイッシュー」

学年のアイドル二人の間にやたら自己主張の激しい髪型の飯山が割って入ってきて、成瀬と海斗の時間は途切れた。成瀬は、またこいつか、とため息をついた。

「ナイッシューじゃねえだろって。ミッちゃん敵チームじゃん」

「敵ながらアッパレってことだよ」

飯山が海斗の肩を抱くと、ギャラリーから悲鳴が上がった。今度は海斗に向けられたものではない。学年一の人気者に、学年一の嫌われ者が触れたことに対するものだった。

飯山ミツル。成瀬は苦々しく、海斗に近づく飯山の姿を見ていた。

成瀬だけでなく、飯山も西中東高に入ってきた。だが、海斗や成瀬とは状況は違う。成績の悪い飯山は、定員割れしていた西中東高くらいしか行くところがなかっただけだ。

高校でも、飯山の評判はすこぶる悪い。口うるささと空気の読めなさのせいで、誰からも嫌われている。不幸なことに、海斗と一緒にいることが多いために、飯山はやたらと悪目立ちしていた。校内では、ある種の有名人になっている。もちろん、悪い意味でだ。

にもかかわらず、飯山は小、中の頃と同じノリで海斗にからんでくる。飯山はわかっていない。海斗と対等に付き合っていると思っているが、飯山が辛うじて排斥されずに済んでいるのは、海斗が友達だからだ。もっと海斗に感謝しろ、と、成瀬は苛立ちを覚えることが多々ある。

「俺が決めて逆転するからな、カッチン」

「ミッちゃんさっきから全然役に立ってねえよ」

飯山は運動神経も鈍い。にもかかわらず、なぜか目立ちたがる。ポジションは中央から遠い後方に追いやられているのに、たびたび最前列まで上がって来て、パスを寄越せと騒ぎ立てる。パスが来たところで、まごついてボールを奪われるか、明後日の方向に蹴り飛ばすかどちらかなのに。

試合は結局、終了間際に海斗がさらにゴールを決め、四対〇で三組が勝った。三組は優勝決定だし、一組は最下位決定だった。海斗を中心に笑い合う三組に対し、一組は完全に全員がやる気を失って、しらけていた。飯山だけが、まだ一戦あるぞ、と騒いでいた。

「ねえ、海斗」

「どうした？」

海斗が、飲む？　とスポーツドリンクを差し出してきたが、成瀬は、大丈夫、と断った。試合をしながら思いついた話を、どうしてもしておきたかったのだ。

「あのさ、もうすぐアレ、あるじゃん。選挙」

「生徒会？」

西中東高では、十月に後期生徒会長選挙がある。ついこの間、ホームルームの時間に立候補について説明を受けたばかりだ。

「そう。あれにさ、海斗、出なよ」

俺が？　と海斗が笑う。どうやら、本気にはしていないようだが、成瀬は大まじめだった。

「冗談じゃなくてさ」

海斗は手のひらをひらひらと振って、無理無理、と首を振った。

「そういうガラじゃないって、俺は」

「馬場が、来年の球技大会をバレーボールにしたいんだってさ」

「デカいのが武器になるから？」

「走りたくないから、って」

なんて自分勝手なやつだ、と海斗は笑った。

「成瀬が出たらいいじゃないか。応援するし」

「もちろん、僕も出る」

は？　と、海斗が口を開けた。

「出るの？」

「そう。海斗と勝負」

「なんだそりゃ」

「たぶん、海斗が勝つと思うけどさ。なんかさ、かっこいいじゃん。海斗と僕が生徒会長選挙で勝負とか」

「よくわかんねえなあ。成瀬がなりたいんじゃないの？　生徒会長」

「僕は、そういうの向いてないし」

「なんだよそれ。でも、出るんだろ？」

「学校つまんないからさ。盛り上げられたらいいかなって」

　きっと、選挙は海斗が勝つだろう。それでいいのだ。選挙に負けたとしても、立候補者は執行部に入ることが通例だ。全校生徒の前で、登壇する海斗の姿が頭に浮かぶ。堂々と中央に向かう海斗に、成瀬が副会長として続く。選挙戦で激しく戦った二人が手を取り合って生徒会を運営する。きっと、学校のツートップだと全校生徒に認知されるに違いない。

「遊びじゃねえんだから」

「でも、ちょっとは遊び心があってもいいでしょ」

「まあ、そうかなあ」

「いいじゃん、香取会長」

「勝手に決めんなよな。成瀬が選ばれるかもしれないだろ」

　もし、自分が勝ったら、どうなるだろう。

　海斗の言葉で、成瀬の心がかすかに疼いた。二人が真剣に対決したとしたら、トモダチはどちらを応援するだろう。みんな海斗を応援して、成瀬は孤立してしまうかもしれない。そうなってしまったら、トモダチなど誰一人いない矮小な自分に戻ってしまう。

　群れの中でゆうゆうと泳いでいる気でいたのに、海斗が進路を変えた瞬間、一斉に他のみんなも進路を変えて、成瀬だけがポツンと取り残されてしまう。真っ暗な海の中で孤立したら、誰かの餌になって終わりだ。そんな自分の姿を、成瀬は想像した。

「成瀬？」

「え、うん」

「大丈夫？」

「う、うん。ちょっといろいろ想像したら楽しくなっちゃって」

　成瀬が微笑むと、海斗は少し安心したように、そっか、と答えた。

「海斗、この後、お昼どうするの？」

「ミッちゃんがさ、一緒に弁当食おうって」

「え、飯山？　クラス違うじゃん」

「まあ、ミッちゃんは友達いないからしょうがないんだよ」

「海斗が面倒見てやることないのに」

「成瀬は？」

「僕は、馬場たちと食べようと思うけど」

海斗は少し考えてから、じゃあ、俺一人で行ってくるわ、と言った。

「ミッちゃん一人なのもかわいそうだからな」

「あ、海斗」

おい早くしろカッチンこの野郎、と、飯山の無駄に大きな声が聞こえてきた。海斗は「後でな」と成瀬の肩を叩き、いそいそと飯山のところに向かった。少し離れた場所で、海斗が、悪ぃ、と謝り、飯山は、腹減ってんのに待たすな、と文句を言った。

ぞわり、と心がざわめいた。胸の中で揺れる水面は、次第に大きなうねりとなって、成瀬を呑み込んでいくような気がした。

3

え、と、町田の口から思わず声が出た。慌てて周りを見回し、誰かの注意を引いていないかを確かめる。

球技大会から一週間ほど過ぎ、学校生活は平和な日々が続いていた。成瀬たちが教室の後ろで談笑していたものの、町田の声に気づいた様子はなかった。

「香取君、嘘でしょ？」

「なんで嘘だよ」

後ろの席の香取海斗が、見慣れないプリントに名前を書いている。よく見ると、「生徒会長選挙」「推薦人」という文字が見えた。二年三組からは成瀬が立候補することになっている。生徒会長選に立候補するには五人の生徒からの推薦が必要になるのだが、海斗は当然、成瀬の推薦人になっているものだと思っていた。だが、立候補者名を見て驚いた。欄からはみ出す豪快な筆跡で、「飯山ミツル」と書いてある。

「だって、その飯山って一組の人だよね？」

「そうだよ」

クラスは、成瀬をみんなで応援しよう、という雰囲気になっている。成瀬は海斗と並ぶクラスの中心だ。町田も周りの空気に流されて、あまり深く考えることなく、成瀬に投票するつもりでいた。

「言っちゃ悪いけど、飯山って、めちゃくちゃ嫌われてる人じゃない？」

「そうなんだよ。好感度低いんだよね、ミッちゃん」

「ミッちゃん？」

「飯山ミツル、だからミッちゃん」

「そのミッちゃんをさ、なんで香取君が推薦すんの？」

「俺が出てみたら、って言ったら、その気になっちゃってさ。言い出しっぺだし、推薦人集めるの大変だし」

「でも、成瀬君も立候補するじゃない？」

「成瀬はわざわざ俺が応援しなくても大丈夫だろ」

そうかもしれないけど、と、町田はちらりと成瀬たちの集団に目をやった。成瀬はおしゃべりの八広（やひろ）の話を聞いて、楽しそうに笑っている。周りには女子も集まっている。絵に描いたような高校生生活の一幕だ。一応、町田も成瀬のトモダチの一人ではある。本人がそう言ってくれたのだからそうなのだろうが、どうも住む世界が違っているように見えた。

二年三組の生徒たちは、自分たちのクラスを誇りに思っている。授業中も休み時間も笑いが絶えないし、クラス対抗のイベントでは常に学年で上位に入る。イジメやケンカもない。団結力があって、みんな仲良しの素晴らしいクラス。確かにそうなんだろう。町田のように人づきあいの不得意な生徒も、同じクラスというくくりの中に入れてもらえる。

なのに、少し息苦しい。

トモダチ、という四文字に、みんな縛られている。少なくとも、町田には、そう見えた。クラスを団結させているのは、成瀬たち中心メンバーによる同調圧力だ。トモダチが右を向くときは、右を向かなければならない。さもなければ、待っているのは排斥だ。みんな、心の底では孤立を恐れている。

だが、海斗だけはクラスの変な理（ことわり）に縛られていない。休み時間は大概一人で寝ているし、昼もふらりとどこかに行ってしまう。それでも、孤立しているわけではない。成瀬たちも、海斗の自由さだけは受け入れている。

「そりゃ、成瀬君が相手じゃ誰も勝てないよ。トモダチ多いし」

「誰が見てもあいつが勝つのにな。本人は気づいてないみたいだけどさ」

「そうなのかな」

「じゃなきゃ、こんなに応援してくれなんて言わないだろ」

放っておいても圧勝だと思うけどなあ、と、町田は笑った。

「そこまでわかってて、なんで別の人を推薦するの？　負け確定じゃない」

「別に、勝ち負けじゃないだろって」

「違うんだ」

「本当はいいやつなんだって知ってもらったらさ、一人二人くらい友達ができるんじゃねえかなって。ミッちゃんにもさ」

「飯山君に、友達ができてほしいってこと？」

うんそう、と、海斗は署名を終えた立候補届に視線を落としながら、頷いた。

「なんでまた」

「だって、俺しかいないんだぜ、推薦人になるような友達が。もし俺がいなくなっちゃったらかわいそうだろ」

「いなくなったらって」

「何があるかわからねえからさ、人生」

くそ真面目な顔で海斗が呟くので、町田は思わず噴き出した。続けて、飯山のアクの強い顔を思い浮かべる。あまり深くは知らないが、成績も別によくはないし、部活をやっているわけでも、何か突出した才能があるわけでもないということは知っている。つまり、特に取り得のない町田と大差ないレベルの人間、ということだ。本来ならクラスの隅っこで地味に過ごすはずの立場なのだが、生徒会長に立候補しようと思うのはすごい、と、皮肉ではなく、素直にそう思った。

相手が成瀬と聞いた瞬間、ほとんどの生徒はやる気を失ってしまうだろう。勝てっこないのだから、立候補する気も起きない。むしろ、応援側にいって、勝ち馬に乗ったほうが気分がいい。

「僕も書こうか？」

「え、マジ？　助かる」

「うん。いいよ。香取君がそこまで言うなら、悪い人じゃないんだろうし」

「ついでに友達になってやってよ。ミッちゃんて呼んでやりゃ喜ぶから」

「え、ああ、それはまあ、おいおい」

海斗から手渡されたプリント用紙の推薦人欄に、町田は自分の名前を書いた。振り返って海斗に手渡そうとすると、すぐそばに迫ってきた成瀬と目が合った。町田は、自分の机のプリント用紙を静かにひっくり返し、成瀬に悟られないようにゆっくりと引き出しにしまった。

4

後期生徒会長選挙は、投票が来週に迫っていた。

毎年、投票前の最後の全校集会で候補者の演説が行われる。全校生徒が集まる講堂のステージ上で、成瀬は用意されたパイプ椅子に座っていた。隣には、しゃべりが達者な八広が座っている。珍しく緊張しているのか、今日は笑顔が硬い。

海斗は結局、立候補しなかった。先走って立候補した成瀬が言い出しっぺの責任を取る形になったが、応援してもらえるなら生徒会長も悪くない、という気持ちになっていた。

なのに、なぜ海斗はそこにいるんだ？

横を向くと、成瀬と同じように、海斗が同じパイプ椅子に腰を掛けていた。成瀬の視線に気づくと、海斗は、にっ、と笑った。海斗の隣には、鳥の巣のような頭をした飯山がいる。

壇上の四人は、それぞれ白いタスキを掛けていた。八広は「推薦人代表」と書かれたものを。成瀬のタスキには「生徒会長候補」と書かれている。同じように、海斗も推薦人のタスキを掛けていた。誰の？　頭をかきむしりたくなるのを堪えながら、飯山を見る。飯山の胸には、成瀬と同じタスキが掛かっていた。

飯山が会長選に立候補したことは、もちろん知っていた。聞かされたときは、仲間たち全員が、飯山じゃなあ、と失笑した。人を引きつけるどころか、人が寄りつかない性格の人間が、どう頑張っても支持を得られるわけがないと思ったのだ。

負けようのない戦いのはずが、戦況は一変した。飯山はともかく、推薦者が海斗ならば、話は全く違う。

「なんで香取が向こうにいんだよ」

八広が不安そうに成瀬を見た。気持ちはわかるが、そう聞かれてしまうとプライドが傷つけられて、ちくちくと痛む。

「飯山一人じゃ、推薦人集められないから」

「そりゃそうだろうけど」

「先生が海斗に応援してやれって言ったのかな。だから立候補も断ったのかも」

不安がる八広に、成瀬は別に何でもない、という表情を向けた。八広を落ち着かせるために咄嗟に吐いた言葉だったが、自分の中ですとんと腑に落ちた。きっとそうに違いない。立候補のためには五人の推薦人が必要だ。トモダチのいない飯山一人で集められるわけがなかった。

「なるほどね。じゃあ、まあ、無難に応援して終わりって感じかな」

「じゃないかな。海斗だって、さすがに飯山が勝つなんて思ってないでしょ」

「だよな」

——だよ。

八広に向けたものなのか、自分に向けたものなのか。成瀬は自分の言葉をゆっくり呑み込み、胃の奥に溶け込ませた。言葉はすんなりと溶けて、体の中にしみこんでいく。少し、気分が落ち着く。

時間がきた。選挙管理委員長が壇上に立って、生徒会選挙の意義、公正な選挙の大切さ、今日の候補者演説のポイントを流暢に語った。司会の女子の声がマイクを通して講堂に響き、続きまして、成瀬候補の応援演説です、と告げた。

慌てた様子で八広が立ち上がると、会場中から「ヒロ！」と声が掛かった。指笛が鳴り、限りなくヤジに近い声援が飛んだ。静粛にしてください、というアナウンスが急遽挟まれた。

「そういうの、今日はいらねえからな」

マイクの前に立つなり、八広がおどけた様子で一言いうと、講堂がどっと沸いた。ツカミは成功だった。

笑いが起こったことで緊張がほぐれたのか、その後の八広の応援演説は滑らかだった。成瀬がいかにいいトモダチであるか、という点を褒め、少しお茶目な部分をイジって笑いを取り、最後は、学校の改革を「いいやつ」である成瀬に託したい、と熱く語って拍手を浴びた。

八広の素晴らしいパスを受けて、成瀬の演説も勢いに乗った。学校を楽しく、という教科書通りの内容だったが、締めの挨拶をすると、全校生徒から割れんばかりの拍手が起こった。

八広が笑顔で、勝ったんじゃね、と笑った。会心の演説であったことは間違いない。講堂内の空気がそれを証明している。これなら海斗が相手でも勝てたかもしれない、とさえ思えた。

「いい演説じゃん」

席に戻った成瀬に、海斗がしゃべり掛けてきた。成瀬は興奮する体を何とか抑えながら、ありがとう、と返した。口の中が渇いていて、心臓が盛んに胸を叩いていた。人生でこんなにも多くの人間に拍手されたことがあっただろうか。海斗のおかげだ、と言いたかったが、すぐに「香取さん、お願いします」という無機質なアナウンスが聞こえた。

行ってくるわ、と残して、海斗はスタンドマイクに向かった。堂々としていて、緊張している様子はみじんもなかった。

「えー、二年の香取です」

知ってるよ！　と、仲間の誰かがまた茶々を入れた。一年生の着席しているエリアから、女子生徒の軽い悲鳴が沸き起こった。海斗は大きな拍手で迎えられたが、その空気を一度リセットするかのように、壇上で一度深呼吸をして、間を取った。

「俺が応援するのは、二年一組の、飯山君です。知ってる人もいると思いますけど、たぶん、全校で一番面倒臭い性格のやつです」

失笑のような笑いが起こったが、思いのほか広がっては行かなかった。海斗の声のトーンが、いつもよりもずっと落ち着いている。みな、これから真剣に何かが語られるのだという予感を持っているのだ。

「だいたい、こいつは口が悪い。人の言うことは聞かないし、自分の意見も曲げないしで、友達の俺が言うのもなんですけど、ほんとに面倒臭いんですよ。もしかしたら、ですけど、この中には何人か、なんで飯山君を推薦するの？　って思ってるやつも、いるんじゃねえかなって思います」

講堂の中は、水を打ったように静まり返った。ただ一人、破壊的に空気の読めない飯山だけが、おいバカ、応援しろよ、と後ろからヤジを飛ばした。

「だいたいね、人間っつうのは、自分が一番カワイイっつうか、大事なんだと思います。みんなもきっと、友達とかいると思うけど、友達のために死ねって言われたら、死ねますか？」

なんてことを言うんだ、という視線が教員たちから注がれたが、海斗は構わずしゃべり続けた。

「俺は、どうだろう。できるかな、わかんないです。でも、飯山君はきっと、簡単にできるって言うと思います。口先だけならって言う人もいると思うけど、これは本当です。飯山君は、とにかく人が好きなんだと思います。自分より人のことが好きでする。人のことを大事にしようとするんだけど、不器用だし、面倒臭いので、誤解されても、こいつは嫌われたっていいと思ってるんです。嫌われてもいいから、その人にとって大事だと思うことを口酸っぱく言うんです。俺に対してもそうです。いつも本気で正直に、言いたいことを言ってくれます。それがすごい痛いときもありますけど」

成瀬は、次第に現実味が薄れていく世界の中で、どんどん心が冷えていくのを感じていた。ここからでは、海斗の表情は見えない。それでも、海斗が懸命にしゃべっているのがわかった。勉強もスポーツも余裕でこなしてしまうあの海斗が、前のめりになって、必死にしゃべっている。身振り手振りを交えながら、一生懸命、飯山のことを伝えようとしている。

どうしてだよ、海斗。

八広が隣で何かしゃべっているが、だんだん、音が聞こえなくなっていった。海斗の背中は目の前にあるのに、今は手を伸ばしても届かないような気がする。

「俺は思います。生徒会長ってのは、人のために自分を投げ打って働かなきゃいけない。トップに立つ人間ってのは、自分のことしか考えてないやつじゃだめなんです。人のために死ねとまでは言わねえけど、群れの真ん中でふんぞり返ってるんじゃなくて、誰よりも先頭を走っていく。それくらいの覚悟を持ったやつであるべきです」

音が完全に消えた。成瀬の世界には、成瀬と海斗の二人しかいない。海斗の言葉は、すべて成瀬に向かって放たれているような気がした。

「だから、俺は、飯山君こそ生徒会長にふさわしいと思います。こいつの一番の友達として、俺の一番の友達を推薦します。どうか、投票をよろしくお願いします」

一番の。

一番の、友達。

海斗の声だけが響く音のない世界に、無数の亀裂が走った。一番の、という言葉が、成瀬の世界を揺るがして、四方の世界が大きく波打ったのだ。揺れは次第に大きくなって亀裂となり、一気に崩壊した。三角形の尖ったガラス片のような「世界の破片」が降り注いで、成瀬の体をズタズタに切り裂いていた。

海斗が言葉を締め、一礼する。ほんの少し間があった後、さざ波が大波に変わっていくように、拍手が大きくなっていった。会心の出来、と自惚れた成瀬の演説は、いかに軽薄だっただろう。

どうしてだ、海斗。

どうして、飯山を選んだんだ。

成瀬は、降り注ぐ世界の破片に貫かれ、喘ぎながら、視界の端にいる海斗に、声にならない声で何度も呼びかけた。

――そもそも、海斗は、

――友達だと思っていないんじゃないか。

――僕を。

成瀬は突然こみあげてきた吐き気に、思わず口をふさいだ。八広が、大丈夫か？と、心配そうに成瀬を見る。見るな、と言いたくなったが、しゃべることはできなかった。胸の奥から、第二波、第三波、と、不快な感覚が突き上げてくる。

飯山が、演説を始める。成瀬はおもむろに席を立って、ステージを降りた。八広が、おい、と声を掛けてきたが、返事をする余裕はなかった。異変に気付いて歩み寄ってきた担任に、「緊張したせいか」「気分が」「悪くなっちゃって」と、言葉を区切りながら状況を説明した。

「大丈夫か」

「少し、休めば大丈夫です」

飯山の声が響く講堂を後にする。成瀬の様子を見た生徒が、すこしざわつくのが聞こえた。

完全なる敗北だった。

一日目のこと（3）

三咲ががらりと引き戸を開けると、使い勝手のよさそうな洋室が姿を現した。オール電化のキッチンに、大きなバスタブがついた浴室。もちろんトイレは別になっている。浴室乾燥にシャンプードレッサーも完備で、間取りは１ＬＤＫ。一人で住むには十分過ぎるほどだ。その上、生活に必要な家電も一通りそろっている。

「いい部屋、ですね」

「そうでしょう」

「南向きで日当たりもいいし」

「ま、ただ、周りに何にもないけどね」

ミツルが、窓の外を指さしながら、へらへらと笑った。言葉通り、周りには何もなく、区画整理されたまま手つかずの空き地が広がっている。雑草がすくすく伸びていて、まるで草原の中にいるようだ。目の前の道路がきれいに舗装されているのがむしろ不自然に見えるくらいだった。

「しばらく、ここにいたほうがいいってことですか」

「そう。ここなら、あいつらにも知られてないから、安全だからね」

「ええと、それで、家賃とか宿泊費はどれくらいなんでしょうか」

「お金？　もちろんタダでいいよ」

「タダ？」

「そうだよ。タダ。無料」

「嘘」

思わず、本音が口をついて出た。周りに何もないとはいえ、立派なアパートだ。駅からはずいぶん遠いが、家賃はどれだけ安くても五万円を切ることはないだろう。いくら追われている三咲を助けようとしてくれているとはいえ、一部屋ぽんと無料で貸してくれる、となると、胡散臭さが漂ってくる。

「嘘じゃないさ」

「いやでも、タダでこんな部屋を貸してもらえる意味がわからないですし」

三咲は、無意識に胸元を手で覆い隠していた。助けてもらった見返りに何かを求められるのだとしたら、今の三咲がミツルに提供できるものは、そう多くない。

西西中の駅前で長身男と筋肉男の追跡をかわすと、ミツルは化粧ポーチに入っていた発信機らしきものをマスオに無理矢理押しつけ、駅近くの地下駐車場まで三咲を引っ張っていった。マスオが持っていった発信機が囮になったのか、駅近くまですんなり辿り着くことができた。そのまま電車に乗って逃げてもよかったが、ミツルは、自宅も大学も張られている、と、首を横に振り、駐車場に停めてあった年代物の小汚い軽ワゴンの助手席を指差した。

　三咲を乗せた軽ワゴンは、西西中駅付近から、都心とは逆の方向に走り出した。古い住宅地を抜け、長閑（のどか）な田んぼに囲まれたアップダウンの激しい細道を三十分ほど走り続けると、急に舗装された広い道路に飛び出した。やがて、大きなロータリーのある近代的なデザインの鉄道駅に着いた。駅舎には、「西中東中央駅（にしなかひがしちゅうおう）」という、もはやどの方角にあるのかわからない駅名が掲げられている。

　西中東中央駅は、西西中駅と比べると寂しい場所だった。駅前は随分閑散としていて、歩いている人もまばらだ。ミツルはワゴンを停めて近くのコンビニに寄り、水のペットボトル数本と、カップラーメンを数個買ってきた。どうやら、これがとりあえず間に合わせの食料、ということらしい。

　買い出しを終え、駅から再び軽ワゴンに乗せられて少し走る。さっきまできれいな住宅地の中を走っていたはずなのに、いきなりうっそうとした森の中に入った。舗装すらされていない小路をがたがた揺れながら通り過ぎると、森の中に区画だけはきれいに整備された空間が現れた。「住宅建設予定地」と書かれた看板が立つ向こうに、ぽつんと一軒だけ、真新しいアパートが建っていた。

それが、ここだ。ミツルは、一階の奥の部屋に三咲を招き入れた。

「ここは社宅って名目の税金対策だからさ。気にしないでよ」

「気にしないで、と言われても」

自分の家には帰れない。誰とも連絡ができない。お金もない。もう、歩く体力もない。昨夜は一晩中寝ることもできず、今は、倒れそうなほど眠い。体の消耗が、心も削り取っていた。静かな部屋の中に入ると、少し安心した。こんな僻地にアパートが建っているなんて、そうそう知っている人はいないだろう。

「大丈夫だって」

「ほんとに、いいんですかね」

「もちろん」

「ありがとう、ございます」

「じゃあ、ゆっくりしてて。後でまた、いろいろ買ってきてあげるから」

三咲はこの場で何かされるのではないかと警戒していたが、ミツルは「用事がある」と言って、あっさりと部屋を出ていこうとした。早く一人になりたい気もしたが、一人になるのが恐ろしくもある。ミツルを信用することもできないが、話をしてもらえるだけでも、それなりに気が紛れていたのかもしれない。

玄関先でゴツい革靴を履きながら、ミツルは、くれぐれも外に出ないように、と何度か繰り返し、去っていった。静かな音を立てて、玄関ドアが閉まる。すぐにサムターンを回し、ドアチェーンを掛けて施錠する。すべての窓に鍵を掛け、カーテンを引き、真っ暗なリビングの真ん中でうずくまった。部屋の中はしんとしていて、外からも隣からも、物音ひとつ聞こえてこなかった。

ようやく訪れた静寂の中、ほっと息をつく。床の上に疲れ切った体を横たえると、すぐに重苦しい眠気が襲ってきた。

六年前（前編）

1

　最後の一問、赤いサインペンで勢いよくバツをつけ、滑河（なめがわ）はため息をついた。解答欄はほぼ空白だ。埋まっている欄は数えるほどしかなく、さらにその半分は間違っている。

　採点しているのは、補講実施後に行った再テストの解答用紙だ。前期中間考査の赤点取得者を救済するために、あらかじめ出題範囲を教え、本来は試験後に行うべき解説を先に実施したというのに、絶え間なくバツをつける作業が続く。

　受験を控える三年生の中には、私大の受験科目にない理科を軽視する者も少なからずいる。だが、選択科目として化学を履修した以上、単位取得は必須だ。単位を落とせば、受験だなんだという前に、そもそも卒業ができなくなるのだ。

教頭は、なんとか全員に単位を取らせろ、と言う。進学率が下がるのを嫌っているのだ。学校の方針に従って、ここ数年は無理やり全員に単位を取らせてきた。だが、いつしかそれが当たり前になり、「滑河の化学はちょろい」と思われるようになった。今年も、ろくに勉強もせずに追試を受けた生徒が多くいた。

煮えくり返りそうになる腹をなだめるために、マグカップに入った褐色の液体を少しだけ口に含む。回らなくなっていた頭がすっきりとして、少し落ち着く。

「先生」

急に声を掛けられて、滑河は全身をびくりと震わせた。理科準備室はほとんど滑河の私室のようになっていて、あまり誰かが訪ねてくるということはない。椅子を回転させて入口を見ると、女子生徒が一人、笑顔を浮かべてこちらを見ていた。

「もう下校時間はとっくに過ぎているがね」

カーテンの隙間から外を見る。日が長い季節とはいえ、さすがに午後八時を過ぎると暗い。体育館からは強豪の女子バレー部が練習を続ける音が響いているが、校庭の男子サッカー部はもう帰ってしまっていた。

「掃除でも手伝おうかなと思って」

女子生徒は、悪びれもせず、笑顔でそう言い放った。

舐めるな。
この女子生徒の顔はよく覚えている。川間六実という生徒だ。二年の基礎化学の頃から、毎回追試の常連だ。化学には何の興味もないようで、授業中は寝ているか、携帯をいじっている。にもかかわらず選択授業で化学を取ったのは、二年の時にお情けで単位をもらえたことに味をしめたからだろう。また掃除でもやればいいとたかをくくっている。

悪いが、そんなことをしても単位はやれん。

そう言い放ったら、どんな顔をするだろう。青ざめるだろうか。泣きだすかもしれない。事の重大さが分からずに、キョトンとしたら笑える。開き直って罵られるのはごめんだが。
人間というのは残酷なものだ。腹の中では常に自分と人を比べて、上か下かを決めている。上の人間には媚びるし、下と見ればバカにする。単位を落として留年して、少し前まで下級生であった人間の群れに放り込まれて初めて、この女は自分の価値の無さに気づくだろう。堪えられずに中退するか、自分を見下す年下の男女を「トモダチ」などと呼んで一年間なんとかやり過ごすか。それは自由だ。

「あのー、これ、この棚でいいですか？」

川間はずかずかと準備室に入り込んできて、勝手に棚を片づけだした。滑河が何も言わずに見ているると、少しはにかみながら、「あたしが一番乗りですよね」と笑った。美人というほどではないが、愛嬌のある顔だ。いけないものを見ているような気になる。人の笑顔を正面から見たのは、いつ以来なのかすら思い出せなかった。

「その棚でいい」

「じゃあ、先生は、コーヒーでも飲んでゆっくりしてて」

滑河は思わずマグカップを手に取り、褐色の液体をまた一口、喉に流し込んだ。普段、女に微笑みかけられるという経験がないせいか、その笑顔が網膜に焼きついた。

感情は脳内の化学物質の分泌により引き起こされる。人間が人間に対していだく親愛の情は、セロトニンやオキシトシンといった神経伝達物質による、化学的、電気的な反応にすぎない。それはわかっている。

でも、それでもなお。

滑河は席を立ち、川間六実の背後に回った。背中の筋肉が動いているのがよくわかる。小さな手がビーカーを持ち上げて、棚に伸びる。その手に触れたら、いったいどんな気持ちになるだろう。

女に触れて、そのまま一体化したら。滑河のだらしなく老いた肉体は溶けて、生命感の塊のような存在に取り込まれていく。考えるだけで、ぞくぞくと鳥肌が立ち、下腹部が痛いほどに隆起していくのが分かった。

知識はある。理屈もわかっている。善悪の区別もつく。だが、滑河にはどうすることもできなかった。

「君」

「あ、はい。なに？」

作業の前に、コーヒーでも飲まないか。

すぐに、淹れてあげよう。

2

廊下を歩いていると、あちこちから「よう、会長」という声が飛んでくる。成瀬が生徒会長になって半年が経つ。三年生に進級し、前期生徒会長への留任も決まり、生徒会長という肩書がしっかり定着したようだ。が、成瀬にはあまり実感が湧かない。今でも、会長には海斗がふさわしかった、とたまに思うことがある。

昨年の生徒会長選挙は、結果的に成瀬の圧勝だった。成瀬が講堂を出た後、飯山が「俺についてこい馬鹿共」といった趣旨の、開校以来最悪と言ってもいい演説をぶちかましたおかげで、海斗の渾身の応援演説が完全に無駄になったからだ。

放課後、生徒たちが帰宅だ部活だ、と移動する流れに逆らって、成瀬は行き慣れた生徒会室に向かっていた。今日は生徒会の活動自体はないが、風紀委員長の増尾佳乃に、話があるから生徒会室に来て欲しい、と妙なことを言われたのだ。

「マッチ」

成瀬が呼ぶと、あ、はい、と、後ろからか細い声が聞こえた。

同じクラスの町田は、引っ込み思案で影が薄く、何をするにも覇気がない。人づき合いの悪さを危惧した担任教師から頼まれて生徒会で書記をやらせているものの、副会長という肩書だけぶら下げて何もしない飯山と並んで、お荷物のような存在だ。書記の仕事などほとんどなく、半ば生徒会長づきの雑用係のようになっている。

「鍵、ある?」

「あ、ごめん、持ってきてないです」

成瀬が、じゃあ、持ってきてくれる? とやんわり言うと、町田は、はい、と素直に返事をしながら、作り物とすぐにわかる笑顔を見せ、生徒会室の鍵が保管されている職員室に走っていった。もう少し気が利けばいいのに、と、ため息が出る。

海斗に出会うことなく、小学校の頃の自分のままだったら。自分も町田のような生徒になっていたかもしれない、と成瀬は思う。それだけに、町田を見ているとどうしようもなく心がざわついた。

「珍しいな」

隣にいる馬場が、成瀬の遥か上から見下ろしながら、ぼそりと呟いた。

「何が？」

「成瀬がそういう顔をするのはあまり見ない」

「そう？　変な顔してるかな」

「町田が飯山の推薦人だったからか？」

昨年の生徒会長選挙の時、同じクラスの生徒たちは、みな成瀬を支持していた。クラス全員で投票しよう、という空気の中、推薦人として飯山に投票したのが、海斗と、町田の二人だ。

「別にそんなんじゃないよ」

「ならいいけどな」

「なんだよ、言いたいことがあったら言ってよ」

「まあ、そういらつくな」

「いらついてないよ、別に」

町田を待って生徒会室前でしゃべっていると、突然引き戸が開いた。中から、何してんの？　と、佳乃が顔をのぞかせる。どうやら、生徒会室の鍵はすでに佳乃が持ってきていたらしい。

マッチはほっとくか、と成瀬が笑うと、佳乃が、マッチがかわいそうじゃん、と頬を膨らませた。なんだ、好きなの？　と茶化すと、慌てて「違う」「心配してるだけ」と首を振った。意外なことに、まんざらでもないらしい。町田みたいなやつを気に入る女子もいるんだな、と不思議な気持ちになった。

「で、本題なんだけど」

佳乃は、赤くなった顔を手であおぎながら無理やり話を変えた。

「うん、何？」

「一応、風紀委員長やらしてもらってるからさ、学校の風紀についての問題なんだ」

生徒会室には、一人の女子生徒がすでに着席していて、深刻な顔で俯いていた。成瀬は二人の女子の向かい側に座った。馬場は門番のように、入口近くに立っていた。

「風紀？」

「先生に相談できる話じゃないし、生徒会で何とかしてほしくて」

「そんな権限ないって、僕らになんか」

「権限とかどうでもいいよ。こんな時になんの役にも立たない生徒会じゃ困っちゃうでしょ。生徒のための組織なんだから」

「彼女が関係あるんだよね？」

「そう。私と同じクラスなんだけど、この子。ほら、言いな、六実」

　俯いていた女子がゆっくりと顔を上げ、また視線を伏せた。話をしたことはないが、顔はもちろん知っている。飯山と同じ一組の川間六実という生徒だ。佳乃のトモダチなら、成瀬にとっては「トモダチのトモダチ」という位置づけになるのだが、学年全員が「トモダチ」か、「トモダチのトモダチ」なのだから、成瀬にしてみれば疎遠な関係ということになる。

「僕ら、別に誰にも言わないよ」

「ほんと、ですか」

「もちろん。佳乃のトモダチなら、僕らともトモダチだからさ」

　六実は少し顔の緊張を解き、佳乃の目を見た。佳乃はやや大げさに頷き、六実の肩に手を置いた。風紀委員長の名にふさわしく、佳乃は品行方正な生徒だ。姉御肌で面倒見がよく、人を疑うということを知らない。困っているトモダチには、手を差し伸べずにはいられないのだろう。町田を気に掛けるのも、そういう世話焼きな性格のせいなのかもしれない。

「あの、あたし、ヤっちゃったんだ」

「ヤった？」

「うん」

「ヤった、ってのは？」

「セックス」

六実の口から飛び出してきた生々しい一言に、成瀬は少しどきりとした。でも、高校生にもなれば特段珍しいことではない。三年生なら、学年の女子の半分以上は経験済みだろう。

「ああ、うん。それで？」

「相手が」

「相手？」

「先生」

なるほどね、と、成瀬は呟いた。職員室には持っていけない話というのはそういうことか、と納得する。成瀬が馬場に視線を向けると、馬場は廊下に人の気配がないことを確認して、目で大丈夫だ、と伝えてきた。

「誰、って、言える話？」

六実は少し躊躇（ちゅうちょ）した後、化学の、と呟いた。

「化学って、滑河？」

「そう」

「ほんとに？」

「あんまおっきい声出さないでって」

佳乃が咄嗟に口元で人差し指を立てた。だが、あり得ないだろ、というのが率直な感想だ。無意識に、声も大きくなってしまう。

化学の滑河は、かなりの変人だ。授業はぼそぼそとしゃべるばかりで何を言っているのかよくわからないし、生徒と目を合わせようともしない。白衣はいつも汚れているし、髪の毛も伸び放題で不潔だ。六実に「滑河とセックスをした」と言われても、すぐに呑み込める話ではなかった。

「一応聞くけど、好きなの？」

六実は、必死に首を横に振る。

「ずっと片思いしてる人がいるんだよ、六実はさ。だから好きとかじゃないんだよね」

佳乃が、六実のフォローをする。

「うちの学校の人？　その、片思いの人って」

六実は少し戸惑いながらも、消え入りそうな声で「海斗君」と答えた。

「海斗か。それじゃ、滑河なわけないね」

「うん」

「じゃあ、無理矢理？」

それも違う、と、六実は否定した。

「わからないな」

「あたしも、わけがわかんなくて」

六実は中間テストの時に化学で赤点を取っていて、追試でも勉強せず、合格点を取れなかった。このままだと単位を落としそうなので、滑河の機嫌を取りに理科準備室に行った。成績のいい成瀬にはあまり関係ない話だが、滑河が準備室の整理や掃除を手伝うと赤点をチャラにしてくれる、という話は確かに聞いたことがあった。

六実はさっさと手伝いを終わらせて、追試の不合格を見逃してもらったらすぐ帰るつもりでいた。なのに、滑河と話をしているうちにだんだんと気分がよくなり、気がつくと背後に回った滑河に体をまさぐられていた。快感が強いあまり抵抗できず、そのまま理科準備室で関係をもった、というのが大まかな話の内容だった。

「気持ち悪いとか思わなかった？」

「その時は、思わなかった」

「今は？」

「思い出すと、すごい気持ち悪い」

成瀬が、うん、と首を捻り、難しい顔をした。

「佳乃、他の誰かに話した？」

「まさか。私は誰にも言ってないよ。ナルだったら信用できると思って」

そっか、ならいい、と成瀬は頷いた。こんな話を他のやつにしたら、あっという間に広まるにきまっている。

「盛られたな」

成瀬の背後で、それまで黙っていた馬場が口を開いた。

「盛る？」

「クスリだろうな」

馬場の言う「クスリ」がどういうものを意味しているのか、成瀬にもざっくりとは感じ取れた。実物を見たことはないが、そういう「クスリ」が世の中に出回っていることは知っている。

「気軽に手に入れられるもんじゃないでしょ、だって」

「そんなことはない。手に入れようと思えばそこら中にある」

「西中に？」

「もちろんだ。ハーブだの、バスソルトだのと言って普通に売ってる」

「脱法なんとか、みたいな？」

「そうだ」

「それはでも、クスリとは別物なんでしょ？」

「化学式で言ったらな。ただ、効果は違法なものとそう変わりない」

「マジか」

「それに、滑河は化学の教師だしな。少し知識があれば家で簡単に作れるものもある」

らしい、と、馬場は最後につけ加えた。

「つきとめてほしい」

それまでうつむき加減だった六実が、少し前のめりになった。

「つきとめる、か」

「もし、クスリだったら、何を飲まされたのかわかんないの、怖いし」

「そりゃそうだよな。でも、ここまでくると警察とか……」

「やめて」

六実は激しく首を振り、成瀬の言葉をかき消すように言葉を重ねた。佳乃が六実の肩を抱き、フォローに入った。

「ねえナル、警察に任せるとさ、六実のしたこととか全部バレちゃうじゃない？　そういうわけにいかないじゃん。だからナルに相談したんだ」

「と言われてもなあ」

成瀬は椅子の背もたれに思い切り寄りかかって、どうしたものか、とため息をついた。首を反らすと、仏頂面の馬場が逆さ向きに見えた。

「なあ、成瀬」

「なに？」

「そんな人を簡単に操れるようなクスリがあったら、怖いと思わないか？」

「簡単に、か」

成瀬はしばらく馬場の言葉を噛みしめていた。人を簡単に操る恐ろしいクスリ。そんなものが、本当にあったら。

「調べて、みよっか」

成瀬は六実に向かって、そう答えていた。

3

「馬場、ここ、なんだと思う？」

「さあな」

トタンに囲まれた工場らしき建物の前で、馬場は首を捻った。数分前、この建物の中に滑河が入っていくのは確認した。バイクの後方シートに馬場を乗せてきた高田がエンジンを切った。成瀬を乗せていた八広も高田に倣う。少し遅れて、原付バイクに乗った町田が到着した。

「四の五の言わずに、入ってみりゃいいだろ」

思慮の浅い高田が、面倒くさそうにあくびをした。もちろんそれが手っ取り早いのだが、どうも胡散臭い香りがする、と馬場は思った。

先月、生徒会室で川間六実の話を聞いてから、成瀬が滑河を尾行しよう、と言い出した。もちろん、半分お遊びだ。川間の話がどこまで本当かもわからないし、生徒会に教師と生徒間のトラブルを解決する義務もない。みんなで尾行ごっこを楽しもう、くらいのノリだった。

放課後、高田と八広がバイクに乗ってきて馬場と成瀬を乗せ、ＧＰＳ発信機をつけた滑河の車の後を追った。発信機は、以前八広の母親が旦那の浮気調査のためにつかったものらしく、簡単に取りつけることができた。

生徒会のコアメンバー四人に加え、多少足手まといにはなるが、大きめのカメラを持っている町田も連れていくことにした。もし滑河がクスリを買っているのであればどこかで取引をするだろうし、作っているのなら材料を買いに行くはずだ。その決定的な瞬間を写真に押さえてやれば、川間に何をしたのか、滑河を問い詰めることができる。

　だが、およそ一カ月間、馬場が尾行をしながら垣間見た滑河の日常は、至って地味だった。学校を出たら、車で三十分ほどのところにある市外の自宅アパートに寄り道もせず帰る。近所のコンビニに入ることはあったが、基本的に外出はしない。誰かと会っている様子もなく、家に来客もない。あいつトモダチいねえんだろうな、と八広が言ったが、馬場も、だろうな、と思った。

　成果のない尾行にも飽きてきて、そろそろ理科準備室に乗り込んで締め上げるか、と高田が物騒なことを言いだした頃、いつもは真っすぐ帰宅するはずの滑河が突然進路を変えた。学校のある西中市北東部から隣接市に向かう幹線道路には出ず、細い裏道に入ったのだ。

　他県から来た馬場には土地勘がなかったが、地元っ子の成瀬が言うには、滑河が向かっているのはニュータウン第三期、第四期工事予定地区にあたる区域らしい。ニュータウンの拡張のためにお役所がすでに大部分の土地を買い上げていて、元々の住人もほぼ全員立ち退いている。だが、計画自体が遅れているために長いこと手つかずのまま放置されているようだ。

　滑河の車が停まったのは、放棄されて荒れ放題になっている田んぼのど真ん中だった。昔、小さな神社でもあったのか、木々が集まって小さな森になっている場所がある。その木々の間に隠れるようにして、工場らしき建物が建っているのがわかった。

滑河の車は、その敷地内に入っていった。

工場の敷地はトタンで囲まれていたが、廃タイヤや錆びついたコンテナが山のように積まれているのがわかる。おそらく、小さなリサイクル工場か何かだろうが、稼働している様子はなかった。

「電気が通ってるな」

「なんでわかるんだよ」

「見ろ、あれ」

馬場が指差した方向を全員が見る。日が落ちて薄暗くなった空に、赤い光がぽつんと浮かんでいた。おそらく監視カメラだろう。普通に考えれば、こんな廃工場を監視する意味などないはずだ。だとしたらあのカメラは何を監視しているのだろう。

「成瀬、どうする」

「どうするって、どうしよっか」

高田が、行きゃいいだろうが、と主張する。成瀬は少し迷っていたが、やがて決心したように、行こう、と呟いた。

「一気に行くぞ」

身軽な八広を馬場が肩に乗せて持ち上げる。囲いの上部には有刺鉄線が張られているが、八広は軽やかに飛び越えて内側に降りた。入口の扉には簡単な閂がかけてあっただけで、すぐに開いた。

滑河がいるであろう奥の建物に近づく。馬場は目配せをし、入口前に全員を集めた。鉄扉の左右に馬場と成瀬が陣取る。八広と高田がいつでも飛び込めるように身をかがめ、足場をならす。町田は、見張り役として外に留まることになった。

せーの、と馬場が声を掛けて力を込める。金属が軋む音がして、人ひとりが通れるほどの隙間ができた。高田がまず飛び込み、続いて八広、成瀬、そして馬場がゆっくりと後に続いた。

果たして。

小さな照明ひとつの薄明かりの中、滑河は薬品を並べて何かを作っていた。鼻が曲がりそうなほどの異臭もする。建物の状況や滑河の表情から、ここで何が行われているのかは一目瞭然だった。

何やってんだ、と吠えながら高田が滑河に掴み掛かり、地べたに転がした。滑河が何もやっていない、と答えると、すかさず高田の蹴りが飛んだ。滑河がうめき声をあげて腹を押さえ、うずくまる。

——てめえ、クスリを作ってんだな？

馬場は近くに置いてあったガラス瓶を手に取り、明かりに当てた。中には褐色の粉末がぎっしりと詰まっている。滑河は、ちがう、と繰り返したが、血の気を失った顔がすべてを物語っていた。逃げようとする滑河を引き倒し、高田が右拳を振るう。滑河は小さくうめいて、鼻を手で押さえながらまたうずくまった。指の間から血がしたたり落ちた。

工場の一角には、整然と実験器具のようなものが並べられていた。理科室にあるものよりもずっと大がかりなものだ。ガラス瓶の中の粉末が薬物だとしたら、かなりの量がある。滑河が個人で使うにしては規模が大きすぎる、と馬場は思った。

これはヤバい、と、馬場が外の様子を見に行こうとした瞬間、町田の悲鳴が聞こえた。建物の中に、七、八人の男が一気に飛び込んできて、手に持った棒キレで襲い掛かってくる。高田は反射的に先頭の男を殴り倒したが、後ろに回られて引き倒されたところを、棒で滅多打ちにされた。成瀬と八広は腹に一発足蹴りをもらっただけでその場にへたり込み、町田に至っては、殴られてもいないのに地面にはいつくばって震えていた。無理もない。高校生活はいたって平和で、殴り合いのケンカなどめったに起きない。こんな状況に慣れているやつはほとんどいない。

一番目立つ馬場は、四人に囲まれた。四方から棒で殴りつけられ、たまらず膝をついたところを、一斉に上から取り押さえられた。

馬場が動けなくなると、ゆっくりとリーダーらしい男が入ってきた。周囲からは「大久保（おおくぼ）さん」と呼ばれている。人相は悪いが小太りの中年男で、その辺を歩いていてもおかしくないような風体だ。

「やってくれたな、おい、ガキども」

大久保は鼻血を出して座り込む滑河に近寄り、おい大丈夫か、と肩に手を置いた。どうやら、顔見知り以上の関係のように見える。

「覚悟はできてんだろうな」

「か、覚悟ってなんですか」

「決まってるだろ。人生にサヨナラする覚悟だよ」

八広が悲鳴を上げ、ごめんなさい、と何度も謝った。

「俺の大親友になんてことしてくれてんだ」

「な、滑河が、親友？」

「滑河大先生、だろ、この野郎」

八広が大久保に蹴りつけられながら、マジか、と震える声で呟いた。学校にいる滑河の姿を思えば、大久保のような人間とのつき合いがあるとは、誰も想像できないだろう。

「よう、そこにポリタンクあるだろ。見えるか？」

馬場の視野には入らなかったが、全員が大久保の指差す方向を見た。

「ありゃな、パイプクリーナーだ。業務用のな。排水管詰まった時に、髪の毛とか溶かして落とすヤツ。劇物だから簡単には手に入らねえ。風呂屋とか地方の旅館なんかからな、買ってくんだよ。あいつらも経費水増ししたいからな。まあ、それはいいや。で、アレをな、頭からドバドバかけてやったら、お前らがどうなるかわかるか」

おい、お前、と、大久保は成瀬を指さした。

「わかりません」

「わかりません、だってよ。おい、こいつらナメんとこの生徒だろうが。学校でこういうのは教えねえのか」

滑河は、目を泳がせながら、化学式と性質は教えてる、とだけ答えた。

「おい、教わってんじゃねえか。ちゃんと授業聞いてんのか？」

「すみません」

「こいつはなあ、ええと、なんだっけ、おい、ナメ」

「水酸化、ナトリウム」

「そう。それだ。どんな効果があるか言ってやれよ、な」

化学教師だろ、と、男は笑った。

「強塩基性で、タンパク質を、強力に分解する」

大久保がいやらしい笑みを浮かべ、わかるか？　と、ドスの利いた声を出した。

「お前ら一人一人ブツ切りにして、ドラム缶に漬け置きしとけば、すぐに溶けてクソ汚え(きたね)スープの出来上がりだ。あとは雨の日に下水にでも流して、残りの骨を砕いてその辺に撒い(ま)ときゃ、お前らはきれいさっぱり、この世から消えちまうってことだ」

八広が、恐怖におののいてぎゃあぎゃあとわめく。大久保の言うことは、おそらくハッタリではないだろう。思った以上にヤバいところに首を突っ込んだ、と、馬場は唇を噛んだ。状況は最悪。無事に帰る方法は、今のところ思いつかない。

「ここで、麻薬を作ってるんですか」

これから起こるであろうことを想像して全員が絶望した瞬間、澄んだ声が響いた。

成瀬だった。

「なんだてめえは。女みてえな顔しやがって、何笑ってんだ」

「すみません。初めて、見たので」

「ふざけてんのか」

「いや、そんなことは」

お前、いい度胸してるな、と、大久保が笑った。

「こいつはな、『コーヒー』だ」

「コーヒー？」

「とんでもねえ金を産む、宝の粉ってやつよ」

大久保が成瀬の言葉に食いついた。この男はさっきから随分口が軽い。軽薄な性格もあるだろうし、このまま口を封じてしまうからどうでもいいと思っているのかもしれないが、きっと根本的に自己顕示欲が強くて、他人を見下したい人間なのだ。自分が圧倒的優位に立っていると油断をする。つけ入るスキがある、と馬場は思った。

「宝の粉、ですか」

「こいつはな、バカ売れ確実、新型のヤクなんだよ」

「バカ売れ」

大久保は、得意げに瓶詰の薬物をちらつかせながら、げらげらと下品な笑い声を立てた。

「コーヒーの粉にしか見えねえだろ？」

「コーヒー、じゃないんですよね」

「当たり前だ。ヤクだつってんだろ。でもコーヒーにしか見えねえから、持っていてもまずバレねえ。その上、いくらやってもションベンに出ねえ」

「ションベン？」

「尿検査にきまってんだろ」

「そんなクスリの話、聞いたことないです」

「そりゃそうだろ。こうな、水面下で商売やってるからな、俺たちは。派手にやるとヤクザどもに持っていかれるからよ」

「ヤクザじゃないんですか」

「俺か？　ヤクザなんてイマドキやるわけねえだろうが。暴対法でグルグル巻きになってるし、せっかく稼いでも上納しなきゃならねえ。バカらしくてやってられるか」

そうですよね、と、成瀬が調子を合わせる。

気分が乗ってきたのか、大久保は得意げに舌を回す。周りの人間は完全に服従させられているのか、大久保がしゃべるのを止めようとする人間はいなかった。

成瀬の表情や声は、なぜか相手の懐にするりと入ってくる。人に敵意を抱かせない仕草やものの言い方を本能的にわかっているようだった。子供の頃、成瀬は同級生から暴力を受け、虐げられていたことがあったという。きっと、相手を怒らせずにやり過ごす術を、その時に身に着けたのだろう。

入学したての頃、上級生にカラまれながら、馬場の懐にもぐりこんできた成瀬を思い出した。あの時は、助けてやったらどうなるのか、面白半分で手を貸したつもりでいた。だが、馬場自身も、いつの間にか成瀬の渦の中に引き込まれていただけなのかもしれない。

「いいか、ここにおられる滑河大先生がだ、このバカ売れ必至のヤクを合成してくださったわけだ。原価も端金、道具も市販の実験器具で十分。慣れちまえば、その辺の民家でも作れちまうようなもんだ。それが、いくらで売れると思う？　おい、お前だお前」

大久保に蹴りつけられた町田は怯えた表情で首を振り、わかりません、と答えた。

「シャブの倍の値で売れんだよお。有名人とか、金を持て余してる資産家とか、そういうやつも食いつくんだ。ボロいなんてもんじゃねえだろ？　そのうちエスコバルになっちまうぜ俺は。そう思うだろ、お前もよ」

今度は、八広が標的になった。大久保に顎を摑まれると、八広は震えながら何度も「そう思います」と頷いた。エスコバル、と言われても何のことかわかっていないだろう。

「何年かすりゃ、もっと稼げるようになる。金は人を呼ぶ。人の数が力になる。そうなったらな、ヤクザもチャイニーズも、うかつには手を出せねえ。お偉いおトモダチが増えるからな」

一気にまくし立てて、大久保は息が続かなくなったのか、大きく息を吸った。

「つまりだ、俺が言いたいことが、どういうことかわかるか？」

大久保は成瀬の前にしゃがみ込んで、二度三度、白い頬を平手で軽く叩いた。

「今、誰かに知られちゃまずい、ってこと、ですかね」

「そういうことだ。おい、中野（なかの）」

大久保はすぐ隣にいた男に、「こいつらシメて、溶かしとけ」と言った。急に振られた強面（こわもて）の男は、ええ、俺がっすか、と泣きそうな顔をしたが、間髪入れず大久保に顔面を殴られて悲鳴を上げた。

「あの、大久保、さん」

「なんだ、おい、さっきからてめえは」

成瀬が再び口を開く。

「僕たちを、その、溶かすのは、やめたほうがいいです」

「何言ってんだ、お前は」

「僕たち、先生をつけてきたんですよ。ここにいる以外にも、そのことを知ってるやつもいます。急に僕らがいなくなれば、騒ぎになる」

「なんで先公を尾行する必要があんだよ」

「僕のトモダチの女子に手を出したからです。その、たぶん、『コーヒー』を使って」

大久保は顔色を変えると、傍らでうずくまる滑河に視線を移した。

「おい、ナメ、マジか」

滑河は、否定も肯定もせず、口の中で何かぶつくさと呟いている。もう一度問い詰められると、肩を震わせて、「少しだけ」と答えた。

滑河が言い終わるか終わらないかのうちに、大久保のつま先が滑河の腹にめり込んだ。そこから、間断なく、何発も蹴りが腹に入る。滑河は薄黄色い液体を吐きながら悶絶(もんぜつ)したが、それでも容赦はなかった。親友、と呼んでいた人間に対する仕打ちではないな、と馬場は苦笑した。

「やらかしたなてめえ。絶対に外に持ち出すな、って言っただろうが」

滑河は腹を押さえたまま苦悶の表情を浮かべてのたうち回り、弁解をするどころではなかった。どいつもこいつも、と怒鳴りながら、大久保は無関係な手下らしき男たちも殴りつけていく。

「なかなか、腹据わってんな、お前」

一通り暴れた大久保は、肩で息をしながら成瀬の前に腰を下ろした。成瀬は、怯えもせず、かといって余裕を見せるようなこともせず、人の感情に何の作用もしない絶妙な表情を浮かべ、大久保の様子をじっと見ていた。

「お前ら全員、明日俺んとこ来いや」

「俺のとこ？」

「もう、夏休みだろ？　西西中の駅からちょっと外れたところに、フリントっつうクラブがある。働かせてやる」

「僕らが、ですか」

「そうだよ。給料が出るとは思うなよ」

トカゲのしっぽか、と馬場は鼻で笑った。おそらく、全員クスリの売り子を強要されることになるだろう。摘発されれば、すべての責任を押しつけられて切り捨てられる。損な役回りだが、嫌だと言えば、大久保は後先考えずに全員を殺すかもしれない。こういう時は、バカほど極端で恐ろしいものはない。

「そしたら、全員、助けてくれますか」

「いいぜ。けれど条件がある」

「条件？」

「免許証と学生証出せ。住所控えんだよ。お前らが一人でもおかしなことをしたら、おウチが火事になると思えよ。それからな」

こいつを飲ませろ、と、大久保は「コーヒー」の瓶を、先ほど殴り倒した中野に投げつけた。中野が、必死の表情で受け止める。

「ヤク漬けにしとけ、こいつら全員」

「どうなるんですか、僕たち」

成瀬が、緊張した様子で、大久保に尋ねた。

「簡単だ。犬だよ。犬になるんだ。ご主人様にワンワン言って尻尾振る犬にな。ヤクでイカれるってのはな、気持ちでどうにかなるもんじゃねえんだ。脳みそが変わっちまうからな。そうやって生意気言ってられるのも今だけだ」

「人を、簡単に操る、クスリ」

「そういうことだ」

八広が、また大声で泣き叫ぶ。だが、成瀬は表情を変えなかった。暗くてわかりにくいが、血の気は引いているように見える。だが、どこか違和感を感じた。


成瀬、お前。

なんて顔しやがる。


馬場には、成瀬の口元が、ほんの少し笑っているように見えた。

二日目のこと（1）

薄暗いホールに、ほんのりと明かりがともって、大音量でかかっていた音楽が急に止んだ。さっきまでＤＪがプレイしていたターンテーブルのマイクを引っ摑んで、少し軽そうな色黒の男がＭＣを始める。皆さん楽しんでいますか！　と叫び、フロアを埋める百人ほどの人間が、ノリよく、イエー、と返した。

「ええと、宴もたけなわではございますけど、結構夜分遅くなってきまして。初めて参加の方もいらっしゃるんで、ちょっと説明入れさせてもらいますんでね」

　バーカウンター前の背の高い椅子に腰掛け、三咲は周りが盛り上がる様子をぼんやりと見ていた。さきほどまで頭に叩き込まれていた電子音が、少しのアルコールと混ざっていい具合に頭をどよんとさせている。手足が重くて、少し眠くて、それがなんとなく心地よい。

「このイベントなんですが、近隣トラブル回避のために、深夜零時から翌朝五時までの途中退場を遠慮していただいてます。このね、トモダチ集めてのオールナイトイベントは長く続けていきたいんで。でも苦情が来ちゃうとまずいじゃないですか。なんで、ご協力をよろしくおねがいします」

三咲は、え、と、腰を浮かせて、後ろを振り向いた。今日は、友人の篠崎瑞江に連れられてきたのだが、朝まで帰れないという話は聞いていなかった。

「ねえ、シノ、帰れなくなっちゃうってよ？」

「大丈夫だって。毎回そうだよ」

酒が入って上機嫌のシノは、ナンパしてきた同い年くらいの男と楽しそうに話していた。身なりのいい、見るからにお金持ち、という感じの男だ。服装もおしゃれで、顔もいい。シノが暇さえあれば「彼氏がほしい」とぼやいていたのを思い出し、どうしたものかと三咲は首を捻った。シノの恋路を邪魔するのもよくないし、先に一人で帰るのもなんとなく心細い。

「すみません、あと五分くらいで、いったん出口締めちゃいますんで、お帰りになる方は、早めに支度していただいて」

フロアから、帰らないよー！　という女性の声が聞こえ、また笑いが起こる。

「朝までいるよー、って方には、いつもの美味しいコーヒーをサービスしますんで」

何故か、会場中が一気に盛り上がり、拍手や指笛が飛んだ。三咲は、彼氏候補との会話に夢中になっているシノに向かって、声を掛けた。

「私さ、帰ろうと思うんだけど」

「え、マジで言ってんのお？　こっからが本番じゃん」

　周りを見ると、出口に向かう人間は誰もいない。ステージ上の男が、あと三分！

とアナウンスした。

「私、夜寝ないとダメでさ。シノは帰らないんでしょ？」

「うん、朝までいる。ねえ、三咲もいなよ、楽しいから」

　シノが、「トモダチがパーティをやるから一緒に行こう」と言い出したのは先週末のことだ。待ち合わせ場所は、西西中駅。パーティスペースなどという小洒落た施設があるとは聞いたことがなかったし、パーティ自体にもあまり興味もなかったが、田舎者とバカにされるのも嫌だったので誘いに乗ることにした。

　西西中駅は、栄えているような寂れているような、という微妙な規模の駅で、駅前には中途半端に店の寄り集まった繁華街があった。郊外に住む人間が都心に出るためのターミナル駅になっていて、利用客だけは毎日ものすごい数になる。

　シノに連れられて辿り着いた場所は、駅から十五分ほど歩いたところにある古めかしい雑居ビルの地下、という場所だった。入口に「ＶＲＩＥＮＤ」という店名が書いてある。ブリエンド？　と声に出すと、シノに笑われた。フリント、と読むらしい。

　フリントは週末と休前日はクラブとして営業していて、日曜日とウィークデーはパーティスペースとして貸し出しているそうだ。入口は、どことなく怪しい雰囲気がある。シノがいなかったら、絶対に立ち入らなかったに違いない。

だが、中に入って三咲は驚いた。敷地自体の面積はさほど広くもないが、地下フロア二階ぶち抜きのホールは広々として見える。天井には大きなミラーボールがぶら下がっていて、上階の吹き抜けを見下ろすような位置には、白い革張りのソファの置かれたＶＩＰ席が設けてあった。ＤＪブースや小さなバーカウンターもあった。「トモダチのパーティ」と聞いてもっと小規模なものを想像していたが、百人近い人間が集まっていて、フロアはすし詰め状態だった。

そろそろ夏休みも終わるということもあって、三咲も今日は少し遅くまで遊ぶつもりではいたが、まさか朝まで出られなくなるとは思わなかった。疲れたら早めに抜け出して終電で帰るか、カラオケ屋で朝まで仮眠をとって始発で帰ろうかと考えていたのだ。

三咲が「帰るね」と言って立ち上がると、シノが腕にすがりついてきて、嫌だと駄々をこねた。だいぶ酔っている。このまま置いていくのも心配なので、仕方なく椅子に戻った。ちょうどＭＣがタイムアップを告げ、出口に向かう階段に「ＫＥＥＰ ＯＵＴ」と書かれた黄色いテープでバツ印が作られた。

扉が封鎖されると、スタッフがコーヒーカップを配り出すのが見えた。プラスチックでできたホット用の使い捨てカップだ。カップの中には小さな紙の包みが入っていて、素朴なイラストの描かれたシールが貼られていた。シールには「DRIP・MILD（ドリップ・マイルド）」という、かわいらしい文字が躍っている。

「なにこれ」

「コーヒーだよ」

「コーヒーかぁ」

フロア隅には何台かのポットが並べられ、人だかりができていた。みな、手に紙コップを持ち、飲みながら談笑している。もらった包みは粉が不織布に包まれたドリップバッグになっていて、紙コップにセットし、お湯を注げば飲めるようになっているようだ。

シノの分は、隣にいたナンパ男が持ってきた。三咲の紙コップとは違って、小さなデミタスカップに黒々とした液体が注がれている。そっちは？　と聞くと、シノは「エスプレッソ」と答えた。エスプレッソは有料だが、男が奢（おご）ってくれたらしい。

「あ、ねえ、三咲」

「なに？」

「コーヒー、飲めないんじゃなかったっけ」

何故それを、と、三咲は声を詰まらせた。

「飲めないこともないんだけどね」

「でも、いっつもカフェ行くとオレンジジュースとか頼んでるじゃん」

よく見ているな、と、三咲は苦笑いをした。シノの言う通り、苦味のある飲み物は苦手だ。出されたら飲めなくもないが、自分から進んで飲もうという気は起きない。できることなら遠慮したい、というくらいの感覚だ。

「それ、後でくれない？　美味しいんだ。飲めない人には勿体ないの」

シノが、三咲にしなだれかかるようにして、甘えた声を出した。ここに来る前にいくつかコスメももらったことだし、欲しいと言われるなら特に異存もなかった。

「いいよ」

「やった。荷物全部ロッカーに置いてきちゃったから、持ってて」

シノは、三咲の小さなショルダーバッグにコーヒーの包み紙をねじ込むと、嬉しそうにデミタスカップに口をつけた。

「ちょっと飲んでみる？」

「え、あ、うん」

「美味しいよ」

シノは「はい」とばかり、半ば強引に自分のデミタスカップを三咲の唇に近づけてくる。コーヒーも飲めないのかと子供扱いされるのも嫌だったので、ほんのひと舐め程度、舌の上に転がした。苦いというかなんというか、とても飲みこめそうにない味が口いっぱいに広がる。慌ててバッグからポケットティッシュを取り出して、シノにばれないように舌を拭った。

「独特で、美味しい、ね」

「そうでしょう」

シノはケラケラと笑いながら、三咲の頭を撫でた。この酔っ払いめ、と思っているうちに、シノは「エスプレッソ」を一息で飲み干した。

やがて部屋全体が暗くなり、お腹の奥まで響く重低音と、不協和音のような電子音が響き出した。一定のリズムに合わせて、うねりやひずみの激しい音が左右から洪水のように襲い掛かってくる。

フロアからは悲鳴に近い歓声が上がっていた。ステージ前に人が密集し、一気にボルテージが上がる。音楽に合わせてレーザー光線がフロア中を駆け巡り、照明が激しく点滅を繰り返す。多くの人間が手を突き上げ、激しく体をくねらせながら何かに操られているかのように蠢（うごめ）く。

「うわ、なに、これ」

人々がステージ付近で激しく頭を振り、他の人とぶつかり合うのもかまわず一心不乱に踊り狂っている。先ほどまでの気怠（けだる）い空気とは、明らかに一変した。シノの言う

「ここからが本番」というのはこのことか、と三咲は息を呑んだ。

レーザー光線と重低音にやられたのか、三咲は頭がぐるぐると回るような感覚を覚えた。酒が合わなかったのかもしれないし、「エスプレッソ」の変な苦味もよくなかった。胸の奥から突き上げてくる吐き気を感じながら、三咲は一人、ワンフロア上にある出口に向かってメイン階段を上がった。一旦、外の空気を吸いたくなったのだ。

封鎖されたドアの前には、気味が悪くなるほど無表情なスタッフが二人、門衛のように立っていた。爆音の中、スタッフの耳元に口を寄せて、懸命に具合が悪いと訴える。スタッフは二度、三度頷いたが、外に出てよいか、という問いには、あっさりと首を横に振った。どうして、と聞いても、そう決まっている、という答えが返ってきただけだった。

スタッフは、フロアで休んでください、という一言ですべてを片づけた。途方に暮れて、ついさっきまで自分がいた辺りを見下ろす。バーカウンターにいたはずのシノの姿はなかった。曲調が変わり、一瞬だけ照明が強くフロアを照らし出した。見覚えのある色の服が見える。ずきん、と心臓が飛び上がって、激しく肋骨を叩いた。

「シノ」

レーザー光線のあまり届かないフロアの暗がりで、シノは両腕を壁に突っ張り、腰を突き出していた。シノの後ろには、先ほどのナンパ男が覆いかぶさっていて、犬のように腰を振っている。シノの体が弾かれたように痙攣して、ぐしゃぐしゃに乱れた髪の毛の間から一瞬だけ顔が覗いた。口からだらしなく舌が出ていて、剝がれたつけまつげが瞼にぶら下がっていた。

冗談じゃない、と、三咲は自分の顔から血の気が引いていくのを感じた。周りを見れば、シノと同じように、絡み合う男女の姿があちこちに見られた。要するに、「パーティ」とはこういうことなのだ。音楽を掛ける中で、見ず知らずの男女がその場限りの関係を持つ。みな、そういうつもりで来ていて、この空間の中では、それが当たり前のことになっている。

フロアをうろうろしていれば、遅かれ早かれ三咲も巻き込まれることになる。辺りを見回したが、フロアには身を隠す場所が見当たらなかった。

これじゃ、ゾンビ映画じゃん！

視線を避けながら、早足でトイレに向かう。個室に入って、朝まで籠っていようと考えたのだが、その計画は簡単に崩れ去った。女子トイレの個室のドアはすべて締まっていて、中から女のひきつった声が漏れ聞こえていた。

落ち着け、と念じながら、洗面台の水を流す。流れる水を見ると、精神が落ち着くと聞いたことがあったからだ。

「具合でも悪くなったのかな」

尻を針で刺されたように、上半身が跳ね上がった。鏡越しに背後を見ると、男が一人立っていた。酒に酔っているのか、目がうつろで焦点があっていない。年齢はかなり上だろう。身なりはきちんとしている。普通のオジサンだ。

「女子トイレですよ、ここ」

「固いことを言うなよ」

先客もいるだろう、と、男は個室を指さした。中からは男女の肉がぶつかり合う音がずっと続いている。

「ちょっとまあ、あの、吐き気が」

「それはよくない。私はＶＩＰ席にいるから。ソファもあるし、休んでいけばいい」

「あ、いや、大丈夫です、お構いなく」

「初めてかい、ここは」

「はい、そうです」

「驚いたろう」

「ええ、まあ、ちょっとびっくり」

へへ、と三咲が軽く笑っても、男の目は笑わない。口元だけが、不自然に笑みを浮かべている。

「私もね、今日で三回目でね。最初は驚いた」

「そう、ですよね」

体に絡みついてくる男の視線を外そうとするが、ねっとりと粘って、どうしても引きはがせない。じわりじわりと、三咲の首元に視線の糸が巻きついてくる。

男が、一歩前に出た。普通なら叫び声をあげれば誰かが駆けつけてきて、女子トイレに堂々と侵入する不届き者を取り押さえてくれるだろう。だが、今はどうだろう。ここには、秩序も法もあるようには見えなかった。

「じきに、慣れるよ。私も慣れたから」

「だといいんですけど。すみません、私、戻りますね」

男の脇をすり抜けようと身を屈める。瞬間、目の前を何かが横切って、視界をふさがれた。一歩後ずさる。男が片腕を壁につき、出口を塞ぐように立っている。そのまま、三咲に向かって、ゆっくりとまた一歩、足を前に出す。三咲も、一歩下がる。

「大丈夫。みんな、トモダチなんだ。悪いようにはならんさ」

三咲の腰が、洗面台に当たった。もう下がれない。逃げ場がない。

男の顔が、一気に迫ってきて、そして――。

悲鳴を上げながら三咲が跳ね起きると、見慣れない部屋が目に映った。見慣れないカーテン、見慣れない壁紙、見慣れない家具。ここが自分の部屋ではないのだと頭に馴染ませるのに、少し時間がかかった。

三咲が転がっていたのは、部屋の床だ。どうやら、安っぽいラグマットの上で横になっているうちに、あっさりと寝入ってしまったらしい。部屋の時計を見ると、もう朝方になっていた。カーテンの隙間から、うっすらと白んだ外の世界が見えた。夜中に一度目が覚めた記憶があるが、いつの間にかまた眠りに落ちてしまっていた。

部屋はしんとしている。誰もいない。自分の心臓の音が、どきんどきんと聞こえるほどだった。体が痛い。顔がべたついて気持ち悪かった。

なんで、こんなことに。

今まで生きていたはずの群れからはぐれて、三咲は完全なる孤独の中にいた。周りは、光の届かない深海のような真っ暗闇で、どこに捕食者がいるのかもわからない。果てしなく広い世界の隅っこの、穴倉のような部屋の中でうずくまりながら、三咲は子供のように声を上げて泣いた。

六年前（後編）

4

　何してんだよ、という声が後ろから飛んできて、海斗は顔を上げた。振り向くと、制服を酷く着崩したミツルが立っていた。ネクタイなぞは胸より下で交差していて、襟もとは大胆にもボタン三つまで開いている。ルーズなファッションを気取っているのだろうが、やりすぎだ。

「何もしてねえよ。ミッちゃんこそなんで屋上にいるんだよ」

「帰ろうと思ったら、屋上にいるのが見えたからにきまってる」

「きまってるのか」

「どうした、なんか悩みでもあんのか」

「別に、ねえよ」

「恋か？　恋のお悩みか」

海斗は何も答えずに、ため息をついた。ミツルはちっと舌打ちをすると、人差し指を海斗の額ギリギリのところに近づけてきた。

「おい、心配して言ってやってんのになんだ、この野郎」

「心配すんなよ。別になんもねえって」

「いいか、カッチン。お前には前科があんだよ、前科が」

「うるっさいなあ、ミッちゃんは」

ミツルが「前科」と言っているのは、小学校の頃にトイレの窓から飛び降りようとしたことだろう。今思えば、あの頃は両親の離婚でかなり参っていた。救ってくれたのは、ミツルだ。

「もう飛び降りねえよ」

「じゃあ、ここで何してんだよ」

「だから、何にもしてねえって」

「理由もなく屋上にいるやつとか、間違いなくヤバいだろ」

「俺は別にヤバくねえって」

「ヤバいやつほど、自分はヤバくねえって言うんだよバカ野郎」

あーあー、わかった、俺はヤバい、と海斗は答え、笑った。

「たまにさ、見たくなるんだよね。街をさ」

「街？」

　少し高台にある学校の屋上からは、街並みがよく見える。

　小学校の頃、建設中のビルが多かった街の中心部辺りは、立派なオフィスビルが出来上がって、そこだけ小さな森のようになっていた。駅付近は少しずつ開けてきてはいるが、まだまだ土色のまま放置されているエリアも少なくない。夢のニュータウンと呼ぶには、いまいち中途半端な眺めだった。

「面白いもんなんかないだろ、別に」

「まあね。いつになったらできんのかなと思ってさ」

「ニュータウン？」

「そう。いつまで経っても、できないのかもしれないけどな」

「なんだそれ」

「ガキの頃にさ、親父が言ってたんだ。今に、この辺りが全部キレイな住宅地になって、トモダチがいっぱい増えるぞって」

「随分と話を盛ったな。半分以上田んぼのままじゃんか」

　市が中心になって手掛けているニュータウン事業は、計画からだいぶ遅れている。計画通りなら今頃は市の人口が倍近くに増えているはずだったが、土地の買収が進まず、まだ第二期区画の道路整備が行われている最中だ。計画通りの街が出来上がるのは、いつになるのか見当もつかない。

海斗の父は、地元建設会社の社長だ。将来的には海斗が、その後継者になるのだろう。明確にそう言われたわけではないが、父と話していると、無言の圧力をいつも感じる。

西中市長や市議の大半は、建設業者が支持母体だ。当然、関係もズブズブで、不正入札と贈収賄が常態化している。海斗の父の会社も例外ではなく、ニュータウン利権にがっちりと食い込んで業績を上げていた。計画が遅れているのは用地買収が進んでいないせいだが、すでに買収された土地は待機地となり、一定期間ごとに除草や整地を行わなければいけない。そういう細かい仕事が父の会社に転がり込んでくる。

正義感の強かった海斗の母は、父のやり方にはついていけなかった。結局、意見が合わずに離婚することになったが、会社の大事な跡取りである海斗を連れていくことだけは許されなかった。裁判になれば、金が物を言う。母には弁護士をつける金はなく、妹と二人で実家に帰らざるを得なかった。海斗は、父のもとに残された。以来、母にも妹にも会っていない。もう、街ですれ違ってもわからないかもしれない。

朧（おぼろ）げに残る母の記憶は、父と言い合いをしている姿ばかりだ。何故、悪いことをしてまで金を稼がないといけないのか、という母に対して、父は不機嫌そうに言った。

――金が欲しいわけじゃない。

――トモダチを裏切るわけにはいかないんだ。


「友達なんか増えねえ、って親父さんに文句言えばいいじゃねえか」

ミツルが、半笑いで海斗を見る。

「友達ってさ」

「うん？」

「必要かな」

「俺にケンカ売ってんのか、カッチンは」

「違うって。真面目な話」

友達が多いことは悪いことではないだろうが、海斗は別に友達が欲しいと思ったことはなかった。いつの間にか自分の周りに輪ができていて、いつの間にか友達と呼ばれている。それにつられて海斗も友達と呼ぶし、友達という存在として付き合う。

だが、時にそれが重荷に感じることがある。

「余裕を見せつけんじゃやねえよ」

「磁石あるじゃん？　砂の中に埋めると、砂鉄がいっぱいつくだろ。あんな感じでさ、友達がいっぱい俺にひっついて、身動き取れなくなる気がすんだよ。身動き取れなくなって、トゲトゲが刺さりまくっても、友達って必要なのか」

「だから、俺にケンカ売ってんのか、カッチンは」

「そうじゃねえって。そう思っちゃうって話。俺はね」

「できるやつには、できないやつの気持ちなんかわかりっこないんだ」

「できないやつには、できるやつの面倒くささもわかんないんだって」

貴様そこに正座しろ、と、ミツルが鼻の穴を膨らませて、怒りの言葉をまくしたてる。海斗は、冗談だよ、と一言返し、後は聞き流すことにした。

「ミッちゃんはさ、相変わらず友達欲しいのかよ」

ミツルは少し考え込むようなそぶりを見せ、海斗から視線をそらした。風が吹き抜けて、半ばアフロヘアのようなミツルの頭を揺らす。思わず笑いそうになったが、我慢した。

「欲し、かった」

「かった？」

「小学校の頃は、マジで友達百人欲しかった」

「なんで？」

「歌わされるだろ、幼稚園とかで。友達百人できるかな、ってさ。ノルマみたいなもんだと思ってたんだよ。百人できねえと人間失格、みたいな」

「じゃあ、完全に失格じゃん」

「うるさいバカ黙れ。俺はな、気づいちゃったんだよ」

「気づいた？」

「百人も友達がいるやつなんか、一人もいない」

「いや、いるだろ。成瀬とかすごいぜ？」

「それは、友達じゃねえんだ。トモダチだ、ただの」

うん？　と海斗は首を捻った。

「どっちも友達じゃん」

「違うんだって。なんつうかさ、その場限りのやつらっているだろ。学校の中だけで仲良くして、別の環境に行ったら一切連絡取らないやつとか」

「ああ、まあ、それはいるよな」

「それがトモダチだ」

「わかんねえよ、よく」

「友達百人とか言ってもさ、結局、自分に都合のいいやつを周りに集めて、そう呼んでるだけなんだよ。教科書忘れてきたときに、隣のやつが貸してくれればいい。休んでもノートを取ってもらえばいい。暇なときに、一緒に行動するやつがいればよくて、一緒にいて楽なやつなら誰だっていい。そういう便利なやつを、他に言葉がないからトモダチって呼んでるだけだ。そんなのは本当の意味での友達じゃない」

「なんか、悟ったようなこと言うじゃん」

「覚えてるか？　イワシの群れ」

「イワシ？」

「行っただろ、ガキの時」

ああ、と海斗は頷いた。小学校の頃、遠足で水族館に行ったときの話だ。

「行ったな」

「なんであいつらがめちゃめちゃ群れてるか、覚えてるか？」

「他の魚に食われないように、デカい魚かなんかに見せてんだろ？　みんなで一致団結してさ」

違う、とミツルは首を横に振った。

「あいつら、群れなんてどうでもいいんだ。仲間だなんて思ってもいねえ」

「どういうこと？」

「イワシってのは、両隣に誰かがいりゃいいんだ。自分が同じような魚と、同じ方向に泳いでるって思えたらそれでいいんだよ」

「両隣？　端っこのやつはどうすんだよ」

「他の魚より中に入ろうとするのさ。内側に内側に。だからあいつら、グルグル渦を巻いてるだろ」

「そうなのか。なんかイワシも世知辛いな」

「トモダチ、ってのはそういうもんだ。でも俺は、隣のやつの動きばっかり気にしながら、同じ方向にグルグル回る人生はクソだって思っちゃったんだよ」


ミッちゃんは、強いんだよ。


そう言おうとして、海斗は口をつぐんだ。ミツルはきっと、当たり前だ、と鼻を膨らますだろう。そして、弱音を吐くなとまた説教が始まる。

「本当の友達だったらな、隣のやつが食われそうになったら、自分が食われて逃がしてやるくらいのことはするだろ」

「そうはいっても、なかなかできるやつはいねえよ」

「俺はできるぜ。本当の友達だからな。カッチンの」

そうだろ、と、ミツルは海斗を見た。

「だといいな」

「あいつにも言っとけよな」

ミツルが親指で屋上の入口を指した。いつの間にか成瀬が立っていて、海斗とミツルの様子を窺うように見ていた。隣には、ミツルと同じクラスの川間六実が立っている。海斗の心臓が、ずきん、と疼いた。

「成瀬」

「ちょっと、彼女がさ、話あるんだって」

できれば海斗とだけ、と成瀬がミツルに微笑みかけた。ミツルはちらりと海斗を見た。海斗は、目で頷く。

「ったく」

邪魔者は先に帰るぜ、と、ミツルはキザったらしく背中越しに語り、よたよたと屋上出口に向かった。ミツルが横を通っても、成瀬はミツルに視線を向けなかった。

5

「あ、ミッちゃん」

町田が昇降口で鉢合わせたミツルに恐る恐る声を掛けると、上履きを脱ぎながら、ミツルが鋭い視線を向けてきた。眉間にしわまで寄っている。何か怒らせたのだろうかと緊張するが、まだ一言声を掛けただけだ。

「馴れ馴れしく呼ぶんじゃねえよ」

「いやでも、香取君が、そう呼ぶと喜ぶって言ってたからさ」

それはカッチンだからだ、と、ミツルは口を尖らせた。

「で、マスオが何の用だ、俺に」

「いや、あの、僕、マスオじゃないってば」

「うるせえな。マスオでいいだろもう。付き合ってるんだろうが」

ここ最近、町田がミツルに話しかけると、「マスオ」と呼ばれるようになった。ミツルは、町田が増尾佳乃と付き合いだした、という話が気に食わないらしい。恥ずかしいからやめてほしいのだが、ミツルは憎々しげに「マスオ」を連呼する。

「いやまあ、そうだけど」

「じゃあ、マスオでいいだろ、マスオで」

「でいいだろ、とかじゃなくて」

「なんか文句あんのかよ」

「いやだって、仮に結婚したとしても、大体は男の側の苗字になるし、僕が増尾になるわけじゃなくてさ。いや、別にまだ結婚とか考えてるとかじゃないんだけどさ。仮にね、仮に」

ミツルの動きが一瞬止まる。町田が「ヤバい」と思った次の瞬間、ミツルの手が伸びてきて、思い切り顎のあたりを鷲摑みにされた。

「おい、調子に乗んなよ、マスオこの野郎」

「のって、ない、よ」

「顔がニヤケてんだよ、顔が」

自慢をするつもりは毛頭ないが、前から好きだった子と付き合えるようになったのだから、多少は顔もほころぶ。

「どうやったんだよ」

「え？」

「どうやって付き合ったんだよ」

「どうやってって、何もしてないよ」

「何もしないで彼女できんのかよ」

「いや、あの、成瀬君たちが」

「成瀬？」

「佳乃が僕のこと気に入ってるから、告ってみろって。生徒会の会議の場で八広君が、町田から発表が、とか言って無理矢理」

副会長はサボってていなかったけど、と、サボり常習者の副会長に向かって、町田は一言皮肉を入れた。

「それで？」

「もう言わなきゃダメみたいな空気になったから、付き合ってくださいって言ったよ。あとで冗談、でフォローしようと思って。そしたら、うんいいよ、って」

「マジかよ」

「成瀬君たちも、実はフラれると思ってたみたいで。最終的には、よかったねって言ってくれたけど」

自分で聞いておきながら、聞けば聞くほどイライラするのか、見る間にミツルの顔が強張っていく。

「地味顔のくせに勝ち組に躍り出やがって」

「うんまあ、僕も奇跡だとは思ってるよ」

ミツルは、なにやら小声でぐちぐちと文句を垂れ流しながら、靴を履いた。

「今日は、香取君は？」

「カッチンは、屋上だ」

「屋上？」

「成瀬と川間とカッチンでしゃべってる」

「川間って、川間六実ちゃん？」

「そうだよ。たぶんさあ、今頃、好きです、付き合ってください、とか言われてんじやねえかな。最近、よく一緒に帰ってるからな」

六実と聞いて、町田は顔から血の気が引いていくのを感じた。どうにも、胸がざわつく。

夏休み前の事件以降、滑河の尾行に加わらなかったミツルと増尾佳乃を除く生徒会執行部の三年生五人と川間六実は、大久保の元で働かされることになった。表向き、大久保は風俗店やクラブ、ラブホテルの経営者だが、その裏で違法な薬物の販売にも手を染めていた。

町田たちは、それぞれクスリを捌（さば）く手伝いをさせられている。夏休みの間は毎日塾に行くフリをしながら、大久保の元に通わなければならなかった。

「フリント」で大久保からクスリを預かり、ピザ屋の格好で指定されたホテルの部屋に持っていく。中では客が待っていて、町田は「コーヒー」の準備をし、提供する。大久保は、「コーヒー」を決して買い手に所持させない。まだ固定客の少ない新型麻薬であるせいか、警察や商売敵に察知されることを極端に警戒していた。品物単品では売らず、ホテルに呼んで、その場で使用させる事にしているのだ。

「コーヒー」の効果は数時間だ。夜、チェックイン後に服用すると、朝になってチェックアウトする頃にはちょうど効果が切れている。そのまま街の雑踏に紛れ込んでも、誰も薬物の常習者だと気がつかない。

町田が「勤務」している間、客からの連絡はひっきりなしに入った。どこでクスリの情報を仕入れてきたのだろうと思うような普通のオジサンが、大金を払って「コーヒー」を買う。若いカップルもいる。身ぎれいな主婦が一人で来ることもあった。

「コーヒー」を売っているうちに、町田の中から驚くほどきれいに罪悪感がなくなっていった。次から次へと客を捌いていると、薬物がそれほど恐ろしいものではないように感じてしまうのだ。

「コーヒー」を求める客は、売人（プッシャー）である町田を決して下に見ない。むしろ、エサをねだる犬のように、機嫌を取ってきたり、優しい言葉を掛けてくれたりする。普段、人から尊重されることのなかった町田には、それが心地よいと思うことさえあった。

だが、川間六実の場合は状況が違った。

ホテルに「コーヒー」を持って行くまでは町田と同じだが、そのまま、売春まで強要されることも多いようだった。客が、六実にクスリを使わせることもあったらしい。夏休みが明ける頃には、六実は完全な麻薬中毒者（ジャンキー）になっていた。

大久保の経営する無店舗型のホテルヘルスには、クスリ漬けにされた女がほかにもたくさん在籍していた。そのほとんどが、十代の少女だ。町田や六実と同じように弱みを握られ、ほぼ無償で働かされていた。

屋上にいる成瀬と六実が海斗に何の用事があるのか見当もつかないが、あまりいいイメージは湧かない。ミツルの言うような、高校生らしい長閑な恋の告白ではないだろうと、町田は思った。

「おい、行くぞ、マスオ」

帰るんだろ？　というミツルの声で我に返る。

「待たなくていいの？」

「別に、カッチンと帰らなきゃいけないわけじゃねえよ」

恋人じゃねえんだから。と、ミツルは皮肉全開の一言を加えた。軽口を叩いたようだが、どこか寂しさを誤魔化しているような感じもあった。

ミツルは、振り返りもせずよたよたと歩き出す。町田は急いでスニーカーに履き替えて、ミツルの後を追った。もうすぐ十月だというのに、西日がまだまだ強烈だ。何もしなくても汗が噴き出す。

昇降口を出ると、校舎の前を通ってグラウンドを迂回(うかい)するように校門に向かわなければならないが、ミツルはお構いなしにグラウンドのど真ん中をずかずか進む。もうサッカー部がアップを始めている。さすがに横切るのはまずいと、町田はミツルを止めに走った。だいぶ校庭に入りこんだ所でようやく追いつき、町田がミツルの肩に手を置いた瞬間、校舎側から女子のヒステリックな悲鳴が聞こえた。

町田もミツルも、声につられて後ろを振り向いた。最初は何が起きたのかわからなかったが、すぐに校舎の屋上に人影が見えることに気がついた。人影は、屋上の縁に上っていて、グラウンドに背を向けて立っている。後ろ姿でも、誰だかはすぐにわかった。

香取海斗だ。

「カッチン！」

友達の名を叫びながら、ミツルがカバンを放り投げて駆け出す。だが、何歩も進まないうちに、香取海斗の体がゆっくりと後ろに倒れていく。

それ以上倒れたら、もう。

体は重力に従って。

両手を軽く広げた海斗は、柔らかいベッドに身を預けるように、ゆっくりと虚空に倒れた。ミツルが何かに足を取られて、前のめりに転倒する。その間も刻々と倒れていく海斗の体が、完全に取り返しのつかない角度になったところで、香取海斗の体はすとんと落下し、そのまま地面に叩きつけられた。まるでバットで思い切り砂袋を叩いたような、鈍い音が響いた。

ミツルは奇声を上げながら倒れた香取海斗に走り寄った。だが、やがて「ふざけんじゃねえ！」という、絶叫が学校中に響き渡った。

救急車！　と教師が叫び、女子生徒たちの悲痛な声が聞こえた。町田は目の前で起きた出来事を理解することができず、ただ茫然と立ちつくしているだけだった。

ついさっきまで香取海斗が立っていた屋上に目をやる。町田の目に、屋上から去ろうとする成瀬の姿が映った。

二日目のこと（2）

三咲に与えられた部屋は、普通に電気もつけば、お湯も出た。日用品や衣服など、最低限必要なものはそろっている。ミツルが選んだのだろうかと思うと、下着を触るのには勇気が要った。が、背に腹は代えられない。

汗と脂で原形をとどめていないメイクを落として熱いシャワーを浴びると、不思議なことに、こんな状況でもほんの少しだけ元気が出た。下着を替え、新しい服を着る。ようやく、動き回るくらいの気力が戻ってきた。

カーテンの隙間から朝の光が入ってくる。外を見て、誰もいないことを確認すると、三咲はすぐにカーテンを引いた。備えつけられたテレビの電源を入れ、音量を下げる。もしかしたら昨夜のことがニュースになっているかもしれないと思ったのだが、朝の情報番組をしばらく見ていても、女子大生の行方がわからなくなったという話題は取り上げられなかった。

唯一ニュースらしいニュースといえば、少し前に西中市長が体調不良で任期途中の辞職をしたため、市長選と市議の補選が週末に行われる、ということくらいだった。

話題が天気予報に移ったところで、三咲はテレビの電源を消した。

やることがなくなって、三咲はベッドに転がった。疲れの残る両手足を伸ばすと、あれだけ寝て起きたばかりだというのに、またじわりと眠気がやってきた。意識が沈んで、とろりと落ちそうになった時だった。壁の向こうから、何か音が聞こえる気がした。


うめき声。


人がすすり泣くような、重苦しいうめき声が聞こえてくる。飛びそうになっていた意識が、あっという間に戻ってきた。上体を起こし、耳をそばだてる。しん、という静寂と、電化製品のモーターの音。気のせいかと首を捻りながら再び横になる。普段は意識をしない小さな音が、ひどく気になった。

十分以上神経をとがらせて、ようやく「気のせいか」と緊張を解いた瞬間、再び同じうめき声が聞こえた。今度は、さっきよりもはっきりと聞こえた。くぐもった低い男の声。苦痛にうめいているような声だった。

恐怖のあまり、とるものもとりあえず外に飛び出す。ミツルから「外に出るな」と言われているが、怖くてそれどころではない。独りでいると気が狂いそうだったし、誰か、生きている人の存在を感じたくてたまらなくなった。

　玄関ドアを勢いよく開けると、外廊下に人が立っていた。三咲は小さな悲鳴をあげて、その場にへたり込んだ。腰が抜けて、起き上がれない。

「あの、なにしてんの？」

　女性の声にはっとして顔を上げる。ちゃんと生きている人間、それも女性だった。オレンジ色の光が、生き物のようにふわりと光る。どうやら、外で煙草を吸っていたらしい。

　建物内にいるからには、このアパートの住人だろう。女は、オーバーサイズのスウェット上下にサンダルというラフなスタイルで、細い煙草を咥えていた。髪の毛は、前髪をまとめてちょんまげにしている。年齢は三咲よりも少し上だろうか。美人という感じではないが、顔立ちはそれなりに整っていて、かわいらしくはある。

「すみません、なんか変な声が聞こえてきて」

「変な声？」

「うめき声みたいな」

「見ない顔だけど、そこの部屋？」

　女は、煙草で三咲の部屋を指す。三咲は激しく拍動する胸に手を当てながら、そうです、と頷いた。女は、ふうん、と鼻で返事をしつつ、三咲の一〇七号室と、一番奥の一〇八号室に目をやった。

「あたし、一〇六なんだけど、うめき声なんか聞こえなかったよ」

「じゃあ、一〇八号室の人の声でしょうか」

女は、うーん、と唸って首を捻り、薄い笑みを浮かべて煙草の煙を吐いた。

「違うと思うな」

そこ、空き部屋だもん、という一言で、三咲は完全にノックアウトされた。もうダメだ。部屋には戻れない。

「あなた、名前は？　あたし、六実。六つの果実」

三咲は、慌てて自分の名を名乗った。三咲、という漢字を教えると、六実は、「六実と三咲って姉妹みたいでいいね」と笑った。

「確かに聞こえたと思ったんですけど」

「空耳じゃない？　でも、怖かったら、あたしの部屋に来れば？」

「え、いいんですか？」

「ここ、若い女の子いないから、歓迎だよ」

六実は手に持っていたビールの空き缶に吸い殻をねじ込むと、腰を抜かして座り込んでいた三咲に手を差し出した。細くて小さな手だが、しっかりと力を込めて三咲を引っ張り起こしてくれた。

　どんな人間かもわからないし、この建物にいるということは、かなりの訳ありなのだろうとは想像がつく。それでも、血の通った人間に触れて言葉を交わせるというだけで、少しだけ強くなれる気がした。

三年前

1

帰宅して玄関を開けると、真っ暗な廊下が香取雄大(ゆうだい)を出迎えた。クーラーもついておらず、蒸し暑い。一階には和室一間と洋室が二間、そして広めのリビングダイニングがあるが、ほとんど使われていない。キッチンは、半ばゴミ置き場のようになっている。

妻と離婚してから、もうずいぶん経つ。小さい娘を抱き、カバン一つを持って玄関先で一礼した姿が、今もまだ記憶に残っている。何も言葉は交わさなかった。玄関のドアが静かに開き、そしてまたかすかな音を立てながら閉まった。それだけで十数年の結婚生活は終わった。

家族四人用に新築した家は、今の生活には広すぎた。どうせ、帰って来ても寝るだけだ。決して少なくない金を使ってようやく建てた一戸建てが、これほど大きなお荷物になるとは思っていなかった。自分一人で生活するなら、一間あれば十分だ。

　少し感傷に浸っていると、バッグの中の携帯が鳴りだした。慌てて摑み出し、通話ボタンを押す。ディスプレイには、「村上」という名前が表示されている。

「どうも」

「よう。今、大丈夫か」

　村上は、小学校からの幼馴染だ。市内大手、村上建設の創業者一族の一人で、今は西中市の市長も務めている。

「どうした」

　雄大も香取建設という会社の経営者だが、会社の規模や格、というところでは村上建設より一段落ちる。だが、小学校からの同級生である村上とはフランクに話す仲だった。

「票の取りまとめの件だが」

　ああ、と、雄大は相槌(あいづち)を打った。そろそろ告示される、西中市長選の話だろう。村上は任期満了を迎えて、また選挙が始まる。村上が再選を目指して立候補するという話は、関係者にはずいぶん前から知らされていた。

「ああ、今やってるよ。名簿を作ってる」

「そうか。どれくらい集められそうだ」

「ノルマは達成できそうだ」

「頑張ってくれたな。名簿が出来たら秘書をそっちに遣るから、連絡をくれるか」

市長選の候補者は、市内の有力な建設会社の関係者を持ち回りで擁立することが決まっている。県知事は、地元出身の大物国会議員が自党から候補者を出してくる。いわゆる建設族、道路族の議員だ。知事、市長を押さえ、県議会・市議会の過半数を同党の議員で埋める。官僚と政治家、そして地元企業の有力者ががっちりとスクラムを組んで、西中市の市政を牛耳っている。

バブル崩壊以降、建設業界には冬の時代が訪れた。倒産していく同業者は飽きるほど見てきたし、一家で首を括った者もいた。今の時代は、どこの建設会社も民間の工事の受注だけではとてもやっていけない。公共事業がなければ経営は成り立たない。

選挙になると、各社に票集めのノルマが課せられる。会社の金で社員を西中市内に引っ越しさせたり、卒業アルバムを引っ張り出してきて、同級生や後輩、その実家に投票を呼び掛けたりする。下請けを呼びつけて票集めの協力をさせることもあるし、実際の選挙期間中には、無償で社員を動員して応援に当たらせる。

「まあ、村上なら当選するさ。安心しろよ」

「そう言ってもらえると心強いな」

選挙は、何としても勝たなければならない。対立候補はみな、市の財政健全化を旗印にニュータウン事業の見直しを争点にしようとしている。十五年以上前から国や政治家を巻き込んで計画してきたニュータウン計画を、今更手放すわけにはいかない。事業は、向こう三十年、地元建設業界に莫大な金をもたらす金の卵なのだ。

村上が市長になって、現在の任期を含めた二期八年でニュータウン事業の足場を固める。ニュータウンがらみの工事の入札では、村上から秘密裏に情報が回ってくる。市外から群がってくる他の建設業者を駆逐し、「トモダチ」の間でだけ利益を共有するのだ。

——それって、談合ですよね？

妻が、強張った表情で言い放った言葉が耳に響いた。そうだ。だが、そうでもなければ、会社は存続できない。妻はわかったような顔で「子供たちに誇れる親でいてほしい」「貧乏でも構わない」などと並べたてた。雄大は苛立った。貧乏でも構わない？　生存競争の中を生きていない女にはわかるまい、と、雄大は苛立った。結局、きれいごとばかりを並べる妻とは反りが合わず、雄大は離婚の道を選んだ。

「まあ、引き続き頼む」

「おう、任せてくれ。大船に乗ったつもりで」

調子のいいことを言って電話を切る。まだ暗いリビングのソファに汗臭い上着を放り投げると、冷蔵庫から缶ビールを一本取り出し、ぐいとあおった。ここ数年、ビールが旨(うま)いと思ったことはなかったが、だからといって止められるものでもなかった。

ビール缶を手に持ったまま、うっすらと埃(ほこり)をかぶった階段を上がる。二階には、洋室が三部屋ある。階段を出てすぐのドアを開け、電灯のスイッチを入れる。

白い光で照らし出された息子の部屋は、あの日から、何も変わっていない。薄い布団の掛かったシングルベッドに、小学生の頃から使い続けている学習机。本棚にはサッカーのマンガが並んでいて、部屋の隅には、あまり弾いていなかったギターが一本立てかけられている。まるで、時が止まってしまったかのようだった。ベッドに座り、少し撫でる。ぬくもりはなく冷え切っていたが、ほんのり男っぽい臭いがした。

ベッドの正面には、若者の部屋に似つかわしくない黒檀(こくたん)の仏壇が置かれている。無機質な位牌(いはい)と、線香差し。じっとこっちを見ているような遺影に目を合わせると、どうしようもなく胸がざわついて、頭をかきむしりたくなった。

「おい、どうしてだ」

海斗。

利発で活発な子供だと思っていた。いつかは香取建設を継いで、会社を大きくしていってくれるだろうと思っていたのに、十八歳という若さで逝ってしまった。学校の屋上でふざけているうちに、足を滑らせて転落したのだという。

いろいろなものを犠牲にしながら遮二無二走っている間に、いつの間にか雄大は一人になっていた。もし、村上とトモダチにならなかったら。談合に参加しなかったら。もっと家族と時間がもてていたら。海斗が事故になど遭わなかったら。酒を飲むと、考えるだけ不毛な「もし」をどうしても考えてしまう。

村上との通話を終えたばかりの携帯を見る。選挙協力をして、国や県のお偉いさんと関係を深めて、会社を守って、売り上げを上げて。


なんのためにだ？

雄大は答えを返してくれない息子に語りかけた。

2

町田の目の前で馬場が振るった拳は、大久保の腹に深くめり込み、水枕を殴りつけたような音を立てた。大久保は激しく嘔吐きながら膝をつき、崩れ落ちるように這いつくばった。

高校三年の夏から三年間にわたる奴隷生活が、ようやく終わった瞬間だった。

人が苦しむ様子を見るのはもちろんいい気はしないが、町田は、ほっ、とひとつ息を吐いた。

「コーヒー」の密造場所になっている廃工場のど真ん中。馬場と高田に挟まれた大久保は、玩具のように殴る蹴るされて、地べたを転げまわっていた。粘つく胃液を吐き出す大久保を、馬場は無慈悲に蹴りつける。恨みつらみをぶつけているような様子はなかった。この空間内での上下関係をわからせて、抵抗しようという気を削いでいこうとしている。馬場の暴力は、気味が悪いほど淡々としていた。

「おい、ふざけんなよ、おい！　てめえら、コラ！」

これまで大久保が顎で使っていた人間たちが、押し黙ったまま二対一の構図を見守っていた。昔鳴らしたとはいえ、五十過ぎの大久保が、若くてケンカ慣れした馬場と高田に抗う術はなかった。大久保が声をからして、このデカブツを殺せ！　と怒鳴っても、誰かが馬場に殴りかかっていくような気配はない。

「おい、大久保、てめえ、自分の置かれた立場ってもんを考えろや」

「誰に言ってんだよ、この野郎」

偉そうに場を仕切っているのが、新しい王様だ。三年前、町田がこの場所で大久保に捕まった時、大久保に殴り飛ばされていた中野という男だった。日頃からいいように使われて反感を抱いていた中野は、大久保を玉座から引きずり下ろすチャンスを、ずっと狙っていた。

中野のクーデターは、予定通り成功した。大久保は突然嚙みついてきた飼い犬の前に、惨めな姿をさらしている。町田は、斜め後ろに立っている成瀬をちらりと見た。綺麗な顔は何の感情も表に出さないまま、じっと大久保の様子を窺っている。目立たないように、人の陰から。

だが、今のこの状況を作り上げたのは、成瀬に他ならない。

大久保に捕まったあの日から、成瀬は大久保に虐げられていた中野に近づいた。中野が大久保に敵意を持っていることを、成瀬はすぐに見抜いていたようだ。成瀬たちは中野の手駒となることと引き換えに、クスリ漬けにされることを免れた。ギブアンドテイク、最もわかりやすい関係だ。わかりやすい分、関係も強くなる。

成瀬は大久保の組織の中で次第に根を広げ、中野の味方を増やしていった。こういった非合法組織というやつは、それぞれが利己的な思惑で結びついているだけに過ぎない。金が欲しいから。暴力が怖いから。そんな理由だけでしか繋がっていない人間を切り離すのは、成瀬にとっては簡単なことだったのかもしれない。

成瀬は、人の懐に入り込むのが抜群に上手い。相手が自分に好意を持つ距離感というものをよくわかっている。周り中を狼で囲まれた羊のようだったはずの成瀬は、あっという間に群れをつくって、その奥にもぐりこんでいた。中野を王様の座につけてはいるが、この群れの中心にいるのは、間違いなく成瀬だ。


成瀬の周りを泳ぐ、群れ。

それを成瀬は、トモダチ、と呼んでいる。


「大久保さんよ」

見かけだけ王様の冠をつけられ、成瀬に操られていることに気づかない中野が、勝ち誇ったような表情で大久保を蹴りつけた。大久保は四肢を震わせながら、自分を見下ろす、かつての部下を睨みつけた。

「あんた、やりすぎたんだよ」

「うるせえ」

中野が、ポケットからビニールの小袋を取り出す。中には茶色い粉末が入っている。「コーヒー」だ。中野が、ヒロ、と声を掛けると、八広が小袋を受け取って、バーカウンターに向かった。

「おい、なにする、気だ、てめえ」

滑河が作り上げた「コーヒー」は、新型薬物と複数の幻覚剤、カフェインを溶かした水溶液をコーヒーの粉末に浸透させたものらしい。摂取の仕方も簡単だ。お湯を注いで粉の中の薬物を溶かし出し、できた液体を経口摂取すればいい。成分が血中に入り込む量が限られる分、興奮作用、幻覚作用はそこまで強くない。

だが、八広が持ってきたのは、もっとえげつないものだ。小さなデミタスカップには、「コーヒー」の粉から抽出できる薬物を従来とは比較にならないほどぎゅっと濃縮した液体、言わば「エスプレッソ」が注がれている。

馬場はうつ伏せになったまま動かない大久保を無理やり引き起こし、仰向けに返した。すかさず高田が両腕を押さえつけ、馬場は足の上に乗って自由を奪った。八広が金属製の漏斗を大久保の口に突っ込み、喉奥までねじ込んだ。

「特製っすよ、これ」

人によっては致死量となってもおかしくないほどの薬物が、直接大久保の胃の中に送り込まれた。ほどなく、幻覚作用のある強烈な「ラッシュ」が起きるだろう。ラッシュの後は、多幸感に包まれたバラ色の世界が待っている。何度か繰り返せば、大久保は犬に成り下がる。飼い主にしっぽを振って「コーヒー」をねだるだけの、従順な犬だ。「エスプレッソ」で飲ませれば、従来の「ドリップ」よりも圧倒的に早く依存状態にすることができるらしい。

「成瀬君」

町田は唸り声を上げる大久保に視線をやったまま、成瀬に声を掛けた。成瀬もおそらく前を向いたままだったが、意識がこちらに向いたことを、肌で感じた。

「これで、終わりかな。僕ら、戻れるのかな」

大久保の支配から逃れて、自由になって。

「戻る?」

「普通のさ、普通の生活に」

「マッチ、もう遅いよ」

僕たちは穴に落ちたんだ。ぽつりと、成瀬が呟いた。

二日目のこと（3）

六実の部屋は、思ったよりも女の子らしく、かわいらしい小物で統一されていた。基本の家具は同じだが、いろいろ買い足されて、きっちり自分色に染められている。

三咲は緊張しながらリビングのクッションに腰掛け、肩をすぼめて辺りを見回した。

「六実さんも、ここに住んでらっしゃるんですか」

「うんそう。半年くらいね」

「半年も？」

「みんなそんなもん」

「みんな、って」

「全員は知らないけど、結構部屋埋まってるからね」

「そうなんですか」

「上の部屋は、元プログラマーのお兄さん。パソコンとか詳しいよ。部屋から一歩も出ないから、めったに見ないけど」

「プログラマー、ですか」

「それから、反対側のお隣は元ヤクザ」

六実が、三咲の部屋と逆の方向を指差す。え、と、三咲は言葉を詰まらせた。

「あ、気をつけます、じゃあ」

六実の話によると、アパートには二十人ほどの人間が住んでいるらしい。住み着いている人間も幅広い。元プログラマーや元ヤクザをはじめ、元会社経営者、元市役所職員、元スタントマン、元ホストに、元高校教師もいる。六実は、いずれの人間にも、元、をつけた。六実自身については、元風俗嬢、と、あけすけに語った。風俗嬢に偏見があるわけではないが、どう言葉を返していいのかはわからなかった。

三咲は、自分は大学生です、と言うことにした。一日講義を休んだくらいでは退学にはならないだろうが、六実のように半年もここにいることになれば、いずれは「元」大学生になってしまうかもしれない。母子家庭にもかかわらず大学まで行かせてくれた母親に、なんと言えばいいだろう。

「みなさん、同じですか」

「同じ？」

「あの、ミツル、って人に？」

六実は胸の底からため息を吐き出し、「まあね」と答えた。ミツルに対して、あまりいい感情は持っていないように見えた。

「面倒くさいでしょ、あいつさ。よくしゃべるし。人の話聞かないし」

「知ってるんですか、あの人」

「知ってるも何も」

同級生だもん、と、六実は苦笑した。

「あんたは？　あいつと知り合い？」

「いや、今日初めて会って。助けてもらって」

三咲は、今朝の出来事をかいつまんで話した。長身男と筋肉男に追われた話だ。見る間に六実の顔が曇る。

「馬場と高田だ」

「知ってるんですか？」

「知ってるも何も」

同級生だから、と、六実は俯いた。

「あいつらに目をつけられるって、相当ヤバいけど、なにしたの？」

三咲は首を何度か振り、わからない、と答えた。

「友達にパーティに誘われたんですけど、行ってみたら、すごいとこで」

「パーティ？」

「途中退出禁止って言われてたんですけど、抜け出したんです、私。そしたら、それからずっと追いかけ回されて」

「それ、フリントじゃないの？」

「そうです。知ってますか？」

「フリントから、逃げて来たってこと？」

「そうです」

「嘘でしょ？　途中でなんか、絶対抜けられないじゃん、あそこ」

「あの、そうなんですけど」

「どうやって出てきたわけ？」

「ほんとは、朝までトイレの個室にこもろうかと思ったんですけど、女子トイレに、男の人が入ってきちゃって。逃げ場もないし、だから、私――」


女子トイレに侵入してきた男は、いやらしい笑みを浮かべながら、三咲に向かって手を伸ばした。洗面台まで追い詰められ、後がなくなる。あわやというところで、三咲は手を男のあごに押しつけると、渾身の力を込めて右足を振り上げた。ぐにゃり、といういやな感触が脚に伝わって、背筋に悪寒が走る。

男はくぐもったうめき声をあげると、土下座をするような格好でトイレの床にうずくまった。小学校の頃、これが男子とケンカをする時の必殺技だった。まさかこんなところで役に立つとは思わなかったが。

男の横をするりと抜けて、トイレの出口に向かう。壁に背を添わせて、恐る恐る外を確認する。出入口付近では、やたら長身の男と筋肉ダルマのようないかつい男が、スタッフとなにやら話をしていた。二人の男は、何度もトイレに視線を送っている。いい予感はしなかった。

他に出口はないものかと、フロアをもう一度見まわす。ＤＪがいて、あれだけ多くの機材が並んでいるのだから、当然、地上に続く機材搬入口もあるはずだ。三咲たちが下りてきた表の細い階段では、大きなスピーカーなどは到底入らないだろう。そう考えながらステージ袖に目をやると、下手（しもて）に黒い布で目隠しをされた出入口が見えた。

だが、ステージに辿り着くには、下のフロアに降りなければならない。メイン階段は怪しげな男たちの目の前だ。トイレのある地下一階は、フロアをぶち抜かれ、壁に沿って狭い通路が作られているだけで、他に下の階に降りるルートもない。

ゆっくりと、筋肉男がトイレに向かってくるのが見えた。話をして、何かが解決するような相手には見えない。三咲は、よし、と、腹を決めた。一気にトイレから飛び出すと、設けられた手すりを越える。二メートルほど下には、曲に合わせて一心不乱に踊り狂う男女がいる。階段がないなら、こうするしかない。

「何やってんだてめえは。怪我する気か」

筋肉男には言葉を返さず、三咲は、うねうねと動く人の波に飛び込んだ。一瞬の落下感覚の後、衝撃と鈍い痛みが体中に走る。女の金切り声と、男の罵声。体がぐるぐると回転して、方向感覚を失う。天地もわからず転がっていると、いつの間にか、頬が硬く冷たい床に触れていた。将棋倒しになった人々が、半ばパニックを起こして暴れている。中には、楽しそうにゲラゲラと笑う人間や、さらに混乱させようとわざと暴れている輩もいた。混沌の中、蹴られたり踏まれたりしながらステージに近づく。

バックステージに侵入すると、あとはただ無我夢中で走った。クラブ内のきらびやかな世界から一転し、古い雑居ビル感のある、入り組んだ細い廊下に出た。角を曲がると、廊下で電話中の男とぶつかった。男は悲鳴を上げながらひっくり返る。待って！　と声を掛けられたが、止まって謝っている余裕はなかった。三咲も足を取られて転がり、膝や腰をしたたか打ちつけたが、すぐに立ち上がり、また走る。

薄暗い廊下の突き当りの大きなエレベーターに辿り着き、上向きの三角ボタンを叩き壊さんばかりに連打した。重苦しい音を立てて、ドアがゆるゆる開く。貨物用のエレベーターで、一般的なものよりも動作が重い。ドアに人一人通れる隙間ができると、勢いよく中に飛び込んで、今度は「閉」のボタンを狂ったように叩く。すぐに閉まってほしいのに、ドアはいったん完全に開き切り、そこからゆっくりと閉まる。その間に、数名の男の怒号と、バタバタという足音が聞こえてくる。

「早く！　ねえ早く！」

エレベーターは、イライラするほど緩慢な動きで、ゆっくりと昇り始める。地上に出るまではほんの数十秒。でも、その間に男たちが階段を駆けあがってきたらと思うと、気が気ではなかった。

ちん、と間の抜けた音がして、ようやく地上に出ると、涙が出そうになった。出入口のシャッターを開けて隙間から外に飛び出し、そこから一晩、三咲は追跡を受けながらも何とか逃げ切ったのだ。

「それ、マジで言ってんの？」

三咲が話を終えると、六実に手首を摑まれた。か細い腕のどこからこんな力が、というほどの強さだ。さっきまで、どちらかといえばのんびりとした雰囲気だった六実が、今はぎらぎらとした表情で三咲を見ている。

「あ、はい、ほんとうです」

「ねえ、どこ？」

「どこ？」

「持って出てきたんでしょ」

「コーヒー」を。六実が、ぐいと顔を寄せた。

「いや、持ってない、です」

「持ってない？　売った？　でも、売る時間なんかないよね。自分で飲んだ？」

「お、置いてきちゃったんです」

「フリントに？」

「はい」

六実が、今度は三咲の肩を鷲摑みにした。鎖骨に親指が食い込んで、かなり痛い。堪えかねて振り払おうとするが、三咲の力ではびくともしないほど、六実の指ががっしりと肩に食い込んでいる。ふと、今まで摑まれていた手首が視界に入った。くっきりと残る手形を見て、体中の毛が逆立った。

「嘘、ついてるよね」

「嘘？」

「置いてきたんなら、追われてないでしょ。出して。どこにあるの？　部屋？」

「ないです、ないですから」

「ねえ、持ってるんでしょ？　出してってば」

「いや、あの、すみません」

「持ってないわけ？」

「は、はい」

「じゃあ、もっとちゃんと持ってないって言ってよ！」

　それまで、六実の迫力に気圧（けお）されていた三咲は、聞き間違えたのではないかと疑った。だが、六実ははっきりと「持っていないと言え」と言った。持っているのかと問われて、持ってないと言えとは、どういう意図なのかがわからなかった。

「あの、持って、ないです。本当に」

「もっと、強く言ってよ！」

「持ってないです。ええと、あの、神様に誓って！」

　六実はまるで駄々をこねる子供のように、奇声を発しながらその辺にあるものを手あたり次第放り投げた。早朝の部屋に、家具や食器が転がる音が響く。三咲は、ただただ恐怖のあまり部屋の隅に縮こまって、荒れ狂う六実の姿を見ていた。

　玄関から、激しくドアを叩く音が聞こえてきた。「開けろや！」という乱暴な男の声がする。隣の部屋にいるという、元ヤクザの男だろうか。騒音に激怒して、怒鳴り込んできたのかもしれない。

混沌とする小さな部屋の中で、三咲はどうしていいかわからず、ただ頭を抱えるしかなかった。

一年前

1

　どん、と、すさまじい音がして水柱が立つ。続いて、ばさばさと大粒の水滴が辺り一面に降り注ぎ、見ていたみんなが悲鳴を上げた。滑河が思った通り、手製の爆弾は水中でも起爆することができた。だが、思った以上に威力がすさまじく、背丈をはるかに超える水柱を目の当たりにした級友たちは、肝をつぶして逃げ惑った。

　激しく波打つ川面（かわも）を見ると、二、三匹の魚が死んで浮いていた。一匹は、体が半分にちぎれて、ぼろぼろになっていた。

「ありゃ、笑ったな」

大久保が手を叩くと、しゃりん、と鎖がコンクリートの床を這う音がした。違法薬物の密造所と化した廃工場には、滑河と大久保の二人しかいない。見張り役の男が、昼食を食いにふらりとどこかに出ていったのだ。出入口には外鍵を掛けられていて出られないが、こうして大久保としゃべることはできる。

「笑ってたのは、君だけだ」

「ま、俺は肝の太さが違うからな、そこらのやつとは」

滑河と大久保とは、小学生の頃からの同級生だ。西中市がまだ市ではなく、いくつかの町と村だった頃から知っている。小学校の頃の滑河は教室の隅で本を読んでいるような根暗な少年で、友達は一人もいなかった。手先が器用で、工作や理科の実験が好きだったが、級友たちは、変わり者、変人、などと言って滑河を避けた。

対照的に、大久保は紛れもないガキ大将だった。日に二度は誰かしらとケンカをしていて、週に一度はひどい殴り合いをしていた。クラスではとにかく威張り散らしていて、いやいや付き従う連中を引き連れて、やりたい放題やっていた。

大久保から、爆弾を作れ、という依頼とも命令ともつかない言葉を掛けられたのは、小学校五年の頃のことだ。当時は、学校の近くを流れる小川でフナを獲るのが流行っていた。大久保は、どこで覚えてきたのか、発破でフナを一網打尽にしようと考えていたらしい。

突然の依頼に驚いたが、滑河は引き受けた。もしもうまく行ってフナがたくさん獲れたら、友達ができるかもしれない、と思ったのだ。実家の倉庫にあった化学肥料から爆薬を合成し、苦労して起爆装置を作り上げたのだが、結果は散々だった。爆発の威力の割に、フナは大して獲れなかった。その上、爆弾に驚いたクラスの連中が、それまで以上に滑河を避けるようになった。以来、この歳になるまで友達は一人もできなかった。

唯一、大久保だけが時々、怪しい依頼とともに連絡をしてきた。病死に見せかけて人を殺せる毒はないか、とか、死体を処理するにはどういう薬品がいいか、といった内容だ。大久保からすると、単に滑河を都合よく使っているだけだっただろうが、他に話す相手もいない滑河は、いつも真面目に答えた。

大久保が何をしているかは聞かないことにしていた。誰かのために、何かをする。そういう実感がないと、一人で生きていくのは辛いのだ。たとえそれが、犯罪の幇助(ほうじょ)であったとしてもだ。

「おい、くれよ」

犬のように鎖で繋がれて身動きの取れない大久保は、時折暴れながら、クスリを求め続けた。だが、ここ数日は体が弱ったのか、うずくまったまま、うわごとのような懇願をするようになった。

「コーヒー」に含まれる成分の血中濃度が低下しても、他の薬物のような離脱症状に苦しむことはあまりない。二日酔いに似た倦怠感が生ずるだけで、肉体的な影響は、アルコールよりもずっと低い。だが、脳内の報酬系と呼ばれる神経系には、「コーヒー」がもたらす爆発的なドパミン放出の興奮が残る。再び快楽を得たいという欲求が抑制できなくなり、重度の精神依存を引き起こす。人によっては、たった一回の使用でも、依存状態になってしまうこともある。

一度精神依存が形成されれば、摂取をやめて何年たっても、元に戻ることはない。目の前に「コーヒー」を出されてしまったら、絶対に使わずにはいられない。つまり、社会生活を正常に送って金を稼ぎながら、薬物からは絶対に抜け出せない、というサイクルが出来上がるよう、滑河が効果をデザインしている。

始まりは、大久保からの依頼だった。借金で「逃んだ」男から工場を分捕ったが、使い道がない。周囲に人がいない、誰も来ない場所だから、クスリでも作って儲けたい、という話だった。大久保は、海外ドラマを見て、「化学教師にクスリを作らせる」というアイデアを思いついたらしい。

タダでは済まない犯罪だということはすぐにわかったが、分け前の話を聞いて心が揺れた。利益の分配率は笑えるほど不利な割合だったが、それでも、いち教師では一生稼げない大金を、数年で稼ぐことができると思われた。少しの間だけ協力したら、仕事を辞めて、海外にでも移住すればいい。自分のつまらない人生をリセットするつもりで、滑河は大久保の誘いに乗った。

「持ってないよ」

「いっぱい作ってんだろうが、そこによ」

「出来上がったものは全部持っていかれてるし、どうにもできない」

大久保は、くそが、と、吐き捨てた。

「しかし、すげえな、これは」

「そうかな」

「難しいことはわからねえが、人類皆おトモダチ、って気分になるぜ」

「オキシトシンの分泌が促進されるから」

「なんだそりゃ」

「脳内ホルモンの一つ。愛情を感じたり、人を信頼したりするようになる。いわば、トモダチホルモンでね」

「そんなもん、コントロールできるのか」

「できるんだ。それほど難しくない。感情は化学で制御できる」

大久保は怠そうに上体を起こすと、滑河に向かって胡坐（あぐら）をかいた。少し太り気味だった体型は、見る影もなく痩せ細った。もうずいぶん長いこと、鎖につながれて「飼われて」いるのだ。食事もろくに与えられず、運動もできず、肉体を維持できなくなっている。げっそりとした顔の中で、目だけが爛々(らんらん)と光っていた。

「人間ってのは、案外くだらねえもんだな」

「コーヒー」の調合を変えるたび、大久保を使って効果の実験が行われる。動物実験のネズミのような扱いを受けているのに、大久保は自らそれを望んだ。長年薬物を摂取し続けていると、耐性がついて普通の量では快感を得られなくなってくる。「コーヒー」も同じだ。より多く、より濃く、と求めるようになる。

「なあ、ナメ」

「うん」

「俺たちはどうなると思う」

「わからない」

嘘だな、と、大久保は笑った。

「少なくとも俺は、クスリに頭やられて、死ぬだろうな」

「かもしれない」

「お前もきっと、用がなくなったら殺されるぞ」

「かも、しれない」

大久保は、気味の悪い声を出しながら、肩を震わせて笑った。

「なあ」

「うん」

「ほんとは、少しあんだろ、アレ」

もはや座っているのもしんどいのか、大久保は足を投げ出し、体を横たえた。砂だらけのズボンから覗く足首は、ぞっとするほど細かった。

「いや、ないよ」

「嘘つけ。お前だって、ヤクがなきゃやってられないだろ」

子供のように駄々をこねる大久保を見て、滑河は苦笑した。根本的な性格は、小学校の頃から変わっていない。単純で、直情的で、思慮が浅い。何一ついいところがないが、それでも何となく憎むことができない。

滑河は定位置となっている席を立ち、戸棚の奥から、錆びついた缶を取り出した。蓋は開いていて、ところどころひしゃげている。どう見てもゴミだ。

「少しだけね」

缶の中には、パケと呼ばれる小さなポリ袋に入った、無色半透明の結晶が入っている。「コーヒー」の元となる薬物の、純粋な結晶だ。

「やっぱあるんじゃねえかよ」

「彼らに見つかったら、大変だから」

「くれよ。な」

いいだろ？　と、横たわりながら滑河を見る目は、正気を保っていた。言いたいことは、目を見れば大体察することができた。滑河は、慎重に小さな結晶を取り出した。乳鉢と乳棒を使って粉砕し、さらさらとした白色の粉になったものに蒸留水を注ぐと、混ぜる間もなく一瞬で綺麗に溶け去った。出来上がったものを注射器(ポンプ)で吸い上げると、三本分になった。たったこれだけで、外の世界では数十万円の金になる。

「ポンプで入れてくれんのか」

「一番効率がいいから」

「なんだよ、おい、すごそうだな」

「たぶん」

帰ってこれなくなるよ、と、滑河は注射器を爪で軽く弾いた。

「いいねえ。やってくれ」

大久保の元に近寄り、やせ細った腕を掴み、ビニールひもで腕を圧迫する。ほどなく、青い静脈が浮き上がった。

一本、注射器を手渡す。覚醒剤の使用経験のある大久保は、慣れた手つきで皮膚に針を突き立てた。血流に沿うようにゆっくりと押し込むと、徐々に溶液が血管内に取り込まれていく。

「お、すげえな。パリッて来たぜ、脳に」

興奮した様子で、大久保が二本目の注射器に手を伸ばした。

「思えばさ、長え付き合いになったよな、ナメとは」

「そうだね」

「俺にとっちゃよ、最高の友達だったよ、お前はさ。お前だけは、なんか信用できたんだよ」

ありがとな、と呟くと、大久保の目がぐるん、と白目をむいた。歯を食いしばりながら、三本目に手を出すが、手が震えて摑めない。

「こちらこそ。ありがとう」

大久保が滑河を「最高の友達」と感じているのは、きっと、脳内で溢れ出したオキシトシンのせいだ。効果が出るまでがかなり短い気はしたが、そう思うことにした。こんな関係が、最高の友達なわけがないじゃないか。大久保に向かって、言葉にはせずに答えた。

手が震え出した大久保に代わって、三本目は滑河が注射してやった。大久保は楽しそうに笑い、汚いマットレスに横たわって奇声を発しながら、自慰を始めた。もう、滑河の存在はわからない様子だった。

大久保の血中には、致死量など遥かに超える薬物が取り込まれている。ほどなく急激に血圧が上昇し、激しい痙攣が始まるだろう。分泌系のコントロールを失い、口から泡を吹き出す。脳の血管や心臓付近の動脈は、津波のような血の圧力に耐えることはできない。いずれ、破れてしまう。

滑河は、必死に虚空を摑もうとする大久保の手を握った。きっと、最初で最後の握手になるだろう。骨ばった手が、滑河の手を握り返した。

2

西中市内の田園地帯にひっそりと建つ寺の境内には、人の気配がない。季節はもう秋であるはずだが、まだまだアブラゼミの耳障りな鳴き声が響いていた。建物の裏手にある遮蔽物のないこぢんまりとした墓地には、ひしめき合うように墓石が並んでいる。雄大の曾祖父の時代から、香取家の墓もここにある。

隣には、墓地にはまるで溶け込まないがちゃがちゃした格好の若者が一人、雄大と並ぶようにして立っていた。名前を聞くと、飯山ミツル、と答えた。昔、息子の口から名前を聞いたことがあった気がするが、はっきりとは覚えていなかった。

「あ、オジサンよ、そこの雑巾取って。それそれ」

ミツルは、倍以上の歳の差がある雄大にも友達に接するような口調で言葉を返してくる。不思議なことに、生意気な、とは思わなかった。へらへらとした見た目とは裏腹に、何か陰のようなものを背負っているように見えたからかもしれない。

以前から、息子の命日に近い秋の彼岸の時期になると墓に新しい花と線香が供えられていることは知っていた。が、誰が訪れているのかまでは知らなかった。彼岸入りした今日、花を買い、ふらりと墓地に立ち寄ってみると、桶と柄杓を手に墓石を洗う若者と出会った。どなたですか、と尋ねると、「海斗の親友」という答えが返ってきた。まだ忘れずに墓参りをしてくれる友達がいたのかと思うと、目頭が熱くなった。

ミツルは、神社でやるように大きく二度ほど柏手を打ち、そのまま手を合わせて目を閉じた。作法も何もあったものではないが、そうしてもらえるだけでも救われる。息子が生きていたという、一つの証拠のような気がしたのだ。

「君は」

「うん？」

「海斗とは親友と言ってたな」

「そう。無二のね」

「そうか。じゃあ、聞いてもいいか」

「何を？」

「息子は、何故死んだんだ」

「何故って、説明聞いたろ。俺だって全校集会で聞いたよ」

「ふざけて、誤って転落、か？」

雄大には、海斗が学校の屋上でふざけているうちに足を滑らせて転落死した、という事実を、どうしても受け入れることができなかった。誰も、「何故そんなことをしたのか？」という問いに答えをくれなかったからだ。

「君は、どう思う」

「さあな。校長が言ってたんだから、そうなのかもな」

「そうか」

「なんか理由があったとしたら、俺としては納得がいかねえよ、逆にさ」

「逆に？　なんでだ」

「何もしてやれなかったからな。親友だとか言っておきながら」

雄大は、ぐっと喉を詰まらせた。

「とはいえ」

「うん？」

「カッチンはさ、屋上でふざけたりはしねえよ」

「わかるのか」

「わかるさ。親友だから」

りたい。」

「だとしたら」

「カッチンが落ちたのには、きっと理由がある。それは間違いない」

我が意を得たり、と、雄大はミツルの顔を見つめた。きっと理由がある。それが知りたい。

「なにか、知っていることはないか」

「あんまり。下校途中で誰かの悲鳴が聞こえて、振り返ったら、もうカッチンが落ちるところだった」

「見た、のか」

ミツルは墓石を見つめたまま淡々と語るが、雄大にとっては耳を塞ぎたくなるような話だった。まさか今になって、息子の死の瞬間を知る人間に会うとは思ってもいなかった。

「俺は、びっくりして近寄ったよ。でも、あ、ダメだ、って思っちゃった。頭からスゲエ血が出てたしね」

「何か、言わなかったか、息子は。何が起きたのかとか」

「アスファルトに叩きつけられてんだぜ？　俺はこういう理由で飛び降りたんだ、後は頼む、なんて言えっこねえだろ。バカなのか、オジサンは」

「いや、それはそうだが」

「止めろ」

「止めろ？」

「カッチンは、止めろ、って言ったんだ。声は出てなかった。唇の動きだけだ。それで終わりだった」

ミツルが見た光景を想像すると、胸に迫るものがあった。命の火が消えていく中で、海斗は何を伝えようとしたのだろう。

「何を、止めろ、ということだろう」

「なんだろうな」

真実が欲しい。知りたい。そして。

許されたい。

息子の死の理由がわかったら、ほんの少しだけ、雄大は楽になれるかもしれない。捨てられない思いを抱えたまま生きていくのは、もう嫌だった。

「君は、何をしようとしているんだ」

ミツルは、視線を遠くに置いたまま、さあね、と呟いた。

「止めようとはしてるよ。何を止めりゃいいのかわからないけど。カッチンが止めろって言ったからな」

「何をすべきか、わかってるのか」

「わかっているような、いないような」

「どっちだ」

「どっちだろうな。でも、どっちにしても、俺一人じゃ、どうにもならない」

「一人？」

トモダチいねえから、と、ミツルは自虐的に吐き捨てた。

「みんな、いるだろ。お互い都合がいいから付き合っているだけ、みたいな、ギブアンドテイクな感じのトモダチ。そんなのいらねえよって、俺はずっと思ってたんだ」

「そうか」

「でも、一人じゃ割と何にもできないってことに気づいてさ。生きていくことはできる。別に、寂しくもない。けど、友達が死んでも何もできねえんだ。俺にトモダチがもっとわさわさいたらさ、いろんなことがわかってたかもしれないし、何かできたかもしれない。もしかしたら、カッチンが、死ぬ前にね」

「そうであってほしかったな」

今更だが、と、雄大はため息をついた。

「オジサンはさ、トモダチいる？」

「仕事上の付き合いならいるな。それをトモダチと言っていいのかはわからんがね」

「ギブアンドテイクな感じ？」

「まあ、仕事がなかったら付き合ってないだろうな」

「俺はさ、友達っつうのは、もっと神聖なもんだと思ってたんだ。一度友達ってなったら、一生友達」

「そういう友達ができる人は、なかなかいない」

みたいだな、と、ミツルは頷いた。

「カッチンは、間違いなく友達だった。俺の」

「そう言ってくれるなら、息子も幸せかもしれないな」

幸せ？　と、ミツルは鼻で笑った。

「死んじまったら、幸せもクソもねえよ、オジサン。カッチンなんか、いなきゃよかったってよく思うぜ」

ミツルの両目が真っ赤になって、見る間に涙が溜まった。ミツルは、目がかゆい、と言いながら空を向き、鼻をすすった。

「すまない」

「どうでもいいトモダチほど、大事にしたほうがいいぜ。これほど便利なもんもあんまりないからな」

「便利？」

「トモダチが数多くいるやつってのは強いんだ。イワシの群れの真ん中の一番奥にいれば、なかなか食われない」

よくわからないたとえ話をまくしたてるミツルの横顔は、何かしらの決意があるように見えた。視線の先にあるのは、香取家、と書かれた黒い墓石だ。

「話してくれないか」

「うん？」

「何か、助けになれることがあるかもしれない」


君の、トモダチとして。


ミツルは一瞬、驚いたような表情を浮かべたが、すぐに元の表情に戻った。

「ギブアンドテイクってこと？」

「もちろんだ。俺も、海斗に何があったのか知りたい。君が便利なトモダチを必要としているなら、俺がそうなってもいいさ」

ミツルは少しの間、口を開かなかった。ゆっくりと、何かを考えている。そして、意を決したように口を開いた。

「成瀬、ってやつがいるんだ」

二日目のこと（4）

六実が落ち着くまでには、結構な時間が必要だった。ようやく訪れた静けさに、三咲は胸を撫でおろした。

外からドアを叩く音と、開けろ、という男の怒声。半ばパニックになった三咲が六実の部屋の玄関ドアを開けると、すぐさま強面の男が上がり込んで来た。ぎろりと三咲を一瞥（いちべつ）して「誰やねんお前」と吐き捨てると、何の躊躇もなくずかずかとリビングに踏み込む。三咲が声を出す間もなく、男は六実にいきなり平手打ちを見舞った。力のこもった一発だ。ばちん、という音が生々しかった。

きっと、怒ったヤクザ男に暴行を受けるのだ、六実の次は三咲だ、と、覚悟をしたものの、そうはならなかった。ヤクザ男は尻もちをついた六実を丸め込むようにして抱き込み、静かな声で落ち着け、落ち着け、と繰り返した。六実はしばらく半狂乱になって泣き喚いていたが、そのうちゆっくりと呼吸をし出し、静かになった。男の腕の中から、すすり泣く声が聞こえた。

そこから、男はずっと六実の背中をさすりながら、絶え間なく、とりとめのない話をし続けていた。

三咲は何もすることがなかったが、じゃ、後はお願いします、とヤクザ男に言うこともできず、じっと二人の様子を見守った。ようやく、小さな声で、ごめん、と六実が呟いた時には、すでにお昼を回っていた。

「おい、ネエチャン」

「は、はい」

「冷蔵庫から、ビール持ってきてくれや」

突然話し掛けられて、三咲は弾かれたように立ち上がり、台所に向かった。洗い物や食べガラで埋まったシンクの奥に、小さな冷蔵庫が置いてある。食べかけの漬物と惣菜（そうざい）が数品、マヨネーズと醬油（しょうゆ）、卵。後はよく見るビール缶が幾つも入っていた。

三咲が恐る恐るビールを持っていくと、男は片手で器用にプルタブを開け、旨そうに一口飲んだ。

「ネエチャンも飲むか？」

「あ、いや、私は」

ヤクザ男は、遠慮せんでええで、と言うが、あまり馴染みのない関西弁の迫力も相まって、完全に腰が引けた。男は憔悴しきった表情の六実にビールを差し出し、半ば無理矢理飲ませた。

「あの、すみません、こんなことに」

「あ？　ああ。まあ、よくあることや。別にネエチャンが謝らんでもええ」

ヤクザ男は、鬼越、と名乗った。「鬼ちゃんでええぞ」と、反応しづらい冗談をにこりともせずに言う。どこまで本気なのか、三咲にはよくわからなかった。

「ごめんね」

繰り返す六実に、三咲は、激しく手を振りながら、とんでもない、と首を振った。

「大丈夫、ですか」

「あんまり。たまにこうなっちゃうんだ」

「たまに？」

「思い出すの。アレを」

あのコーヒーのようなものがただのコーヒーではないということに、三咲も薄々感づいてはいた。馬場と高田の二人が執拗に三咲を追うのも、ミツルが三咲をかくまっているのも、そして六実が暴れ出すのも、すべてはあの「コーヒー」のせいなのだ。

「なんなんですか、アレ」

不思議そうな顔をした鬼越に、六実が「この子はやってないんだって」と囁く。鬼越は、なるほど、といった様子で二度、三度頷いた。

「なんなのかはわからないけど、クスリだよ」

「クスリっていうのは、麻薬とか、覚醒剤とか、そういう」

「そういうもんなんだろうね」

六実は答えを求めるように、鬼越に視線を向けた。鬼越はビールを飲み干すと、缶を握りつぶしながら小さく首を傾げた。

「ありゃ、ここ何年かで出回り出した、新型や」

「新型？」

「シャブを水で溶いて飲むやつはおるけど、コーヒーに偽装した粉末ってのは、なかなかお目にかかれるもんやない」

三咲は高校の頃、薬物に関するセミナーを学校で受けたことがある。一度でも手を出したら、人生終わり。廃人決定。一生十字架を背負うことになる、と教えられた。そのせいか、薬物を使用したその瞬間から使い続けずにはいられなくなって、あっという間にボロボロになっていくイメージがある。

だが、少なくとも「コーヒー」の話をするまで、六実とは普通に話ができていた。イメージにある麻薬常習者とは全く違う。鬼越やシノもそうだ。見ただけではわからない。三咲は、ステレオタイプの常習者が周りにいないという理由で、薬物など違う世界の話なのだと思っていた。だが、気づいていないだけで、思いのほかすぐそばに薬物の常習者はいるものなのかもしれない。

フリントで乱れ狂うシノの痴態が、ありありと思いだされた。あれがクスリの力か、と背筋が凍ったが、同時に、やっぱりクスリのせいだったのか、という奇妙な安堵感もあった。

シノは、どうしているだろう。助けてあげなければ、と思っても、今はどうすることもできなかった。連絡も取れないし、取れたとしてもできることは何一つない。そもそも、シノ自身が三咲の助けを望むだろうか。

「あの」

「うん?」

「なんでここに集められてるんでしょうか、私たち」

「別に、行く当てがあるなら出てってもいいみたい」

「え、そうなんですか?」

「でも、あたしは出ていけないからここにいるんだけど。みんなそう」

「出ていけない?」

六実は、ぐっと唇を嚙み、何度か乱暴に髪をかき上げた。

「出ていったら、あたしは同じことをすると思うから」

「同じことっていうのは、クスリを、ってことですか」

「そう。何とかしてあいつらに近づいて、手に入れようとする。殴る蹴るされても縋りついて、くださいって頼んじゃう」

「そんな」

「それでもいいって、思っちゃうんだよ」

俯いたまま、六実はまた大粒の涙をこぼした。がたがたと震える手を見て、六実の言葉は誇張ではないのだと理解した。

「警察に助けてはもらえないんでしょうか」

「あいつらのトモダチはさ、警察にもいっぱいいるんだよ。通報したり、警察署に相談に行ったりすれば、すぐ情報は伝わる。あいつらはすぐ逃げるし、後から復讐される と思う」

「それに、警察はな、実際に被害がないと動かへんからな」

鬼越が、静かに首を横に振った。

「仮に動いたとしても、末端の人間がパクられて終いや。なんぼでもいいわけのしょうがある。トカゲのしっぽ切り言うやつやな。俺らがここを出るためには、群れの奥にいる王様を捕まえんとあかんのや」

鬼越は一旦台所へ行き、二本目のビールを持って戻ってきた。また器用に開栓して、喉にビールを流し込む。クスリをやりたいという欲求は、アルコールでなんとか紛らわすしかないらしい。

「それにな、ここにおる人間は、あのコーヒーとやらの常習者ばっかりや。常習者が、売人をサツに売るのは無理や」

「仕返しをされるからですか？」

「ちゃう。売人をサツに売ったら、もうヤクが買えへんようになるやろ。それがあかんのや」

三咲が六実に目を向けると、六実は泣きそうな顔で、何度か頷いた。一粒、二粒と、涙が頬を伝って零れ落ちた。

「やめなきゃいけないのは、わかってる」

「それでも？」

「うん。目の前に持ってこられたら、絶対に断れない。もうね、一生あいつらの言いなりになるしかないんだ」

「わかっていても、やっちゃうんですか」

「クスリを使うと、世界中の人に愛されてるような気分になって、自分も世界中の人を好きになれる。安心できる。なのに、クスリが切れると、やっぱり独りなんだってことがわかっちゃうんだよ」

「独り」

「あたしはこの歳になるまで、一人も友達を作れなかった。ていうか、切り捨ててきちゃった。それでもいいんだってずっと思っていたけど、一度、人と繋がる喜びを知っちゃうと、もう孤独に堪えられない。独りだって思いたくない。世界中の人が、自分の周りに集まって来て、一緒にいてくれるような安心感を味わってしまったら、独りで夜寝ることすら、怖くてどうしようもなくなる」

六実は両手で顔を覆い、肩を震わせた。クスリがもたらす世界がどれほど素晴らしいものなのかは想像できないが、孤独の寂しさは三咲にもほんの少しだけ理解ができた。トモダチと呼んでいた人を失い、トモダチと呼び合う人たちとの連絡が取れなくなり、得体のしれない初対面の男に救いを求めてしまう。誰かに助けてほしい。寄り添ってほしい。大丈夫だ、って言ってほしい。

「あたしは、一人でいるのが嫌で、取り返しのつかない間違いをしたんだ」

「間違い？」

「あたしのせいで、何人もの人の人生を滅茶苦茶にした。大好きだった人は死んじゃったし、鬼ちゃんも危ない目に遭わせた。もう、そんなことしたくない。けど、クスリを見たら、ダメなんだ。だから、あいつらが全員捕まって、この世からあのクスリが消えてなくならないと、あたしは――」

ここから、出られないんだ。

六実の部屋に入った時、かわいい小物のあるいい部屋だ、と三咲は思った。だが、それは間違っていた。ここはきっと、牢獄なのだ。六実にとっては。

半年前

1

「ねえ、ヤバいかも」

　六実は、ドアホンのモニターに映るものを見て、思わず声を震わせた。モニターに映る数名の男のうち、先頭の男は背が高すぎて顔がカメラの死角に入ってしまっている。馬場だ、と、六実はすぐに気がついた。

　一定の間隔で、馬場が何度もドアチャイムを鳴らす。いくら無視をしても、淡々とチャイムが鳴り続ける。居留守を使っても無駄なのだろう。馬場たちは、六実がここにいることを把握している。

「おい、なんやこいつら。俺の家に何の用や」

「どうしよう」

「知り合いか」

鬼越が、六実の後ろからモニターを覗き込む。チャイムが一旦止まり、カメラの正面に一人の男が立たされた。ぐったりとうなだれていたが、無理矢理顔をカメラに向けられる。赤黒く腫れあがった顔。曲がった鼻。ひどく殴られていて、元がわからないほど顔が変形している。だが、六実には辛うじて誰なのかはわかった。口から、ヒロ、という声が漏れた。

「おい、どういうことや」

「バレたんだ」

「何が」

部屋の真ん中に置かれている安いテーブルには、黒い液体の名残が残ったマグカップが二つ置かれている。


六実は、昨晩から鬼越の家に押しかけていた。初めはあまりいい顔をしなかった鬼越だが、「お土産」を見せると、一も二もなく六実を迎え入れた。六実が携えていたのは、「コーヒー」だ。

持ち込んだ「コーヒー」を二人で飲むと、やることは決まっている。狭苦しいシングルベッドにもぐりこみ、そのまま何度も交わった。「コーヒー」の効果が切れるまで休みなく快楽を貪り、朝方になってようやく眠りにつく。だが、突如鳴り響いたドアチャイムの音に、二人とも叩き起こされることになった。

「お前、これ、買うた、って言うたやろ」

「ごめん」

「おい、どうやって手に入れたんや」

「男にお金渡して、流してもらったの」

「男？」

六実は、モニターに映ったボロボロの男を指さす。鬼越は顔を強張らせてモニターを見つめていたが、やがて大きなため息を一つついた。

「そんなもん、お前な、一番あかんやつやろが」

「ごめん、なさい」

「なんで、そんなヤバいことしたんや」

なんで、と言われると、急に涙が出てきた。

「だって、鬼ちゃんが」

「俺が？」

「田舎に帰るとか、言うからじゃん」

六実が鬼越と出会ったのは、もうかなり前のことだ。

大久保の経営する風俗店で働かされていた頃、六実についていた固定客の一人が鬼越だった。歳は五十過ぎ、トラックの運転手だが、若い頃は暴力団員だったらしい。かつては妻子がいたが、随分前に音信不通になったそうだ。だいぶやんちゃをしたから、と鬼越は語っていた。

鬼越は、月に二度ほど六実を指名した。六実が「コーヒー」をホテルに持って行き、二人で飲み、売春を行う。毎回二人分の「コーヒー」を買う鬼越は、「太い」客だった。

だが、ある日突然、六実は自由の身になった。理由はわからないが、六実たちを仕切っていたオーナーがどこかに行ってしまったからだ。六実と一緒に働いていた数名の女も解放されたが、行き場がない、と、途方に暮れていた。

奴隷のような生活から自由になったとはいえ、それで世界が大きく変わるわけではなかった。高校を中退して、何年も違法な売春と薬物摂取を続けていた女が、そう簡単に一般社会に戻ることなどできなかった。結局、六実には別の風俗店で働くしか道はなかった。

「コーヒー」は手に入らなくなったが、鬼越は変わらず六実を指名しにやってきた。

薬物依存という罪を共有しているせいか、鬼越とは素で何でも話すことができた。今までの境遇も包み隠さず話したし、同じ風俗店の女の悪口も言えた。

かつて六実と付き合いのあった人間は、みな離れていってしまった。親とすら縁が切れた。世界から切り離されたような孤独の中、鬼越とだけは、どこかで通じ合っていると六実は思っていた。風俗嬢とその客と言ってしまえばそれまでだが、それ以上のつながりがあるように感じていたのだ。

鬼越の存在をなんと言い表せばよいかはわからなかったが、一番近い言葉は「友達」だと六実は思った。自分を偽らず、何でも話せる友達。孤独という深い穴の奥底に落ちた六実に、唯一、光を当ててくれる友達。荒れた生活の中でも辛うじて六実が人間性を保っていられたのは、鬼越がいたからに他ならない。


それなのに。


「俺が田舎に帰るのなんか、関係ないやろ」

「嫌だって、言ったじゃん」

鬼越が、田舎に帰る、と言い出したのは、一カ月ほど前のことだった。いつもと同じホテルに呼び出され、いつもと同じようにサービスを済ませた後、六実は鬼越からもうじき帰郷する、と告げられた。あまりにも唐突な言葉に、六実は混乱した。鬼越にしがみついて、困る、と何度も首を振った。鬼越は、もうすでに新しい運送会社から採用通知をもらっていたらしい。今更断れない、と繰り返した。

鬼越がいなくなる。六実を支えていたものが、音を立てて崩れ去った。友達だと思っていたことは六実の独りよがりで、鬼越にしてみれば六実など性欲のはけ口以外の何物でもなかったのかもしれない。つながり？　そんなものはきっと、最初からなかったのだ。


「コーヒー」があれば。

「コーヒー」があったら、鬼越もきっと離れていかない。

鬼越を引き留めるためには、「コーヒー」が必要だった。「コーヒー」を見た時の、あの抗いがたい渇望は六実の体が一番よく知っている。ちらりと見せられただけで、我慢ができなくなる。相手からどんな無理難題を押しつけられたとしても、きっと服従してしまうだろう。「コーヒー」を持った六実が、行かないで、と言えば、鬼越は、わかった、と言うはずだった。

「コーヒー」を売ってくれる可能性のある人間はいないかと、ほぼ使うことのなかったスマートフォンのアドレス帳を何度も見返した。まるで、自分が社会という群れの中にいた頃の名残のような一覧には、付き合いのある人間の名前はほぼない。

だが、アドレス帳の終わり、「や行」に差し掛かったところで、一人の男の名前が目に留まった。


八広。


成瀬たちと同じ生徒会のメンバーで、大久保に捕まった五人の中の一人だ。あの頃、八広もフリントで「コーヒー」の売人をやらされていた。六実が高校を中退してからは会うこともなかったが、高校時代は「チャラい」と有名で、片っ端から「ヤれそうな」女子に声を掛けていた。六実も一度、誘われたことがある。その時に聞いた電話番号が、まだ残っていた。

後先を考えず、衝動的に八広に連絡をする。電話は奇跡的につながった。ヒロ、久しぶり、懐かしいから会いたい、とまくし立てる。八広は六実の名前を聞くと、二つ返事でオーケーと返してきた。

八広と再会し、「コーヒー」の話を切り出す前に近況を聞く。驚いたことに、当時六実をいいように使っていた大久保はトップの座を追われ、成瀬たちは今や幹部になっているという。六実が違法風俗から解放されたのと、時期が重なる。そういうことか、と納得がいった。

八広自身も組織の一員だったが、成瀬や馬場、高田ほどは上に行けず、フリントのステージでMCを任されたり、「コーヒー」の製造場所の監視をしたりするくらいだという。それでも、「コーヒー」に手の届く場所にいるということだ。

再会したその日に六実は八広をホテルに誘い、関係を持った。風俗で六年も働いたのだ。どこをどうすれば男が悦（よろこ）ぶかは熟知している。惜しげもなく技術を披露すると、八広は簡単にオチた。

以来、頻繁に連絡が来るようになり、六実は八広が求めるまま、何度か抱かれた。八広が自分の体に溺れたのを見定めて、六実は「コーヒーが欲しい」という話を切り出し、金を渡した。八広も最初は、無理だ、と渋っていたが、金と女という餌に負けた。元々、組織内での処遇に不満を抱いていたということもあっただろう。八広は、六実の元に茶褐色の粉末を持ってきた。

「コーヒー」の横流しはどう考えても危険な行為だったが、たとえバレたとしても、成瀬の「トモダチ」である八広なら大事にはならないと思っていた。八広自身も、そう思っていたフシがある。「コーヒー」は大量にストックされている。少し拝借するくらいなら、見逃してもらえると思っていたようだ。

　だが、それは完全に見込み違いだった。

　ドアモニターに映し出されている八広は、息をしているのかも危ぶまれるほど、徹底的に暴行を受けた様子だった。次は六実だ。女だから、という甘えた論理が通用するような相手ではない。

「だからってお前」

「ごめん」

　鬼越はため息をつくと、タンスの奥から、革のバッグを取り出して、床にひっくり返した。どすん、と重い音がした後に続いて、細長い金属のようなものがころころと落ちてくる。出てきたのは、黒光りする拳銃と、弾丸だった。鬼越は焦った様子で、拳銃に弾を込めはじめる。

「ねえ、それ、どうする気なの？　あいつら撃ち殺すの？」

「残念やけどな、こいつはオモチャ改造しただけのもんやし、撃ってもろくに当たらへん。完全にハッタリ用やけどな、隠し持っといたら、使えるかもしれん」

「ハッタリって」

「ないよりましやろうが」

ない方がマシかもしれない、と、六実は答えた。そんなものを振りかざしたら、どれほどの報復を受けるか、わかったものではない。けれど鬼越は六実の言葉は聞かず、ズボンの中に改造拳銃を二丁、ねじ込んだ。

「だいたい、こいつらなんで俺の部屋を知ってるんや」

六実ははっとしてカバンをひっくり返し、中身をぶちまけた。大したものは入っていない。財布に、手帳。ハンカチとポケットティッシュ、のど飴。後は、化粧ポーチと携帯用のスタンドミラー。

化粧ポーチに手をかけ、乱暴にファスナーを開ける。中には、ごちゃごちゃと化粧道具が入っている。

「あった」

マジックテープをはがす音とともに六実がつまみだしたのは、五百円玉ほどの大きさの、黒いコインのようなものだ。化粧ポーチの中でも、六実がまず使わないサイドポケットに入れられていた。もちろん、自分で入れたものではない。

「なんやそれ」

「発信機、だと思う」

「発信機？」

「売春をやらされてた時、逃(ト)ばないようにって、持たされてたことがあるんだ」

いつの間に、誰が？　と、背筋が凍った。同じ風俗店で働く女の誰かが、成瀬たちと繋がっていたのかもしれない。指名が入るまでの待機時間中なら、六実が化粧ポーチを出しっぱなしにして、目を離している時間はかなりある。

「発信機や言うたな、それ」

「そう、だけど」

「盗聴器とはちゃうってことやな？」

「たぶん、声は聞こえないと、思う」

「せやったら、誰か、助けてくれるような奴に電話せぇ」

助けてくれる人、と呟きながら、カバンから転げ落ちていたスマートフォンを拾い上げ、電話番号を目で追った。助けてくれる人、助けてくれる人。うわ言のように繰り返すが、メモリーされている人間は、縁が切れているか、成瀬と繋がっているか、どちらかしかない。

「いないよ、そんな人！」

「誰でもええ。とにかく、可能性のあるやつを探せ。ダメやったらそこまでや」

インターホンの呼び出し音が、心を急(せ)かす。

どうにでもなれ。

六実は、やぶれかぶれになって、一つの番号を選択した。ほどなく、コール音が耳元で鳴りだす。出てもらえなかったら終わりだ。祈るように目を閉じる。

――もしもし？　あれ？　六実？

ねえ、佳乃、助けて！　ありったけの声で叫ぶ。

2

成瀬に微笑みかけるような表情を残し、次第に海斗が空に落ちていく。言葉をかける間も、駆け寄る間も、そして後悔する間も、成瀬には与えられなかった。地上から女子生徒の金切り声が聞こえ、教室の窓が次々と開放される音がした。

――なんちゃってな！　びっくりしただろ、成瀬。

海斗が笑いながら這い上がってくるのではないかと、少しだけ空を見たまま、海斗の声を待っていた。もちろん、そんなことは起こらなかった。

あれから、もう随分時間が経った気がする。

かつて高校時代を過ごした校舎の屋上に立って、成瀬はあの時と同じように空を見ていた。季節で言えばもう春だが、時折吹き抜けていく風は冷たく、肌を刺す。

たった数年で、人生というのは恐ろしいほど変わる。どこにでもいる高校生だった成瀬が、今や違法薬物密造グループの幹部だ。普通に生きていたら手に入らなかったはずの大金が懐に転がり込み、大きな力も手に入れた。金も力も、まだまだ倍々ゲームで膨張していく。どこまで大きくなるのかは、成瀬自身にも想像ができなかった。

だが、今は大きくなるしか道はない。もっと金を稼ぎ、人を集めて、大きな群れにしなければならない。群れが少しでもしぼんでしまえば、あっという間に捕食者が群がって来て、成瀬を、トモダチを食いつくしてしまう。そうなるのはごめんだ。

穴に落ちた。出口の見えない環境の中で、成瀬はそう感じていた。誰にでも、成瀬と同じ落とし穴に落ちる可能性はある。穴はあらゆるところに開いていて、こうしている今もたくさんの人間が落ちている。

深い穴に落ちれば落ちるほど、手を差し伸べてくれる人はいなくなる。一度穴に落ちたら、地上に這い出すのは難しいのだ。それでも生きて行こうとするなら、同じように落ちてきた人間を食い物にしていくしかない。そうしているうちに、どうやったらもっと人を食い物にできるのか、どうやったら人を穴に落とせるのか？　という考えを持つようになる。

あの高校に入学しなかったら、成瀬と大久保の人生が交差することはなかった。もっと違う高校にも行けたのに。そうしたら、違う人生を送っていたはずだ。どうして、この道を選んでしまったのだろう。

海斗。海斗がいなかったら。

目の前で、またゆっくりと海斗の幻が空に落ちていく。海斗は成瀬を置いて、無責任に一人だけ消えてしまった。しゃがみこんだ成瀬の手を摑んで引っ張り上げて、この世界の希望を見せておきながら、結局、海斗は成瀬を拒絶したのだ。

海斗のせいで。

恨み言を口の中で吐くと、鼻の奥がつんとひきつった。

「どう？　ナル」

同行者に話しかけられて、成瀬は自分の世界から現実に意識を引き戻した。隣で、市職員の中山が成瀬の様子を見ていた。中山も、成瀬の「トモダチ」だ。フリントの常連で、「コーヒー」の常習者でもある。

「建物はちゃんとキレイにしてるからね」

「そうだね。通ってた頃と変わらない」

ニュータウンの一期分譲開始とともに開校した西中東高は、ニュータウン計画の遅れによる人口の伸び悩みによって生徒数の確保が難しくなり、去年、ニュータウン西部にあるもう一つの高校と統合することになった。けれど、ニュータウン建設計画自体が頓挫したわけではなく、将来的な人口増の可能性から、西中東高を完全に廃校とするか、一時的な休校とするかで、市議会が揉めているらしい。

議会の決定が下りるまでは、校舎は取り壊されずに保存されることになったが、維持費は毎月かなりの額が掛かる。負担を埋めるために、市は民間に貸し出すことを決めた。成瀬が数年ぶりに母校を訪れたのは、懐かしさに浸るためではなく、校舎を借り受けるための下見だ。

「使えそう？」

「いい映画が撮れそう。『馬場、陸上部入るってよ』とか」

「馬場君、走るの嫌いでしょ、確か」

成瀬は、確かに、と言いながら笑った。市に提出する借受申請書には、自主映画の撮影や若者向けアート制作の場としての活用、と記されている。無論、表向きの理由だ。実際は、もっと別の目的がある。

「でも、さすがだね。ここの貸し出しの話って、ナカちゃんのお父さんがまとめてくれたんでしょ？」

「まあね。選挙のお礼だってさ」

中山の父親は昨年四月の市議会議員選に立候補し、見事初当選を決めた。過去に二度、市議選で苦杯を嘗めてきたが、その鬱憤を晴らすようなトップ当選だった。

西中市は現職の票固めが強固で、新人が戦うのは無理だと言われてきた。市の経済を支える建設業界の力が強く、業界関係者とのパイプを持つ候補しか勝てなかったのだ。そこで、「トモダチ」のために、と選挙のバックアップを引き受けたのが、成瀬たちだった。

「でもさ、さすがナルだよ。どうやったの？」

「どうやったって、トモダチに、ナカちゃんのお父さんに入れてって言っただけ」

「親父がびっくりしてたんだ。あるはずのない票が、突然湧いて来たって」

「基本、若い人ってなかなか市議選なんか行かないでしょ。投票率二割くらいだし。行ってもらえれば、それだけでも結構な数になる」

「そういうもんか」

「あとは、市外のトモダチに住民票を移してもらったり」

「それって、不正転入、ってこと?」

そう、と、悪びれもせず、成瀬は頷いた。

市外に居住している人間に住民票を移動するように依頼し、投票当日にのみ西中市に来て投票してもらう。古典的な不正の手口だ。選挙権を得るには住民台帳に三カ月間載ることが必要だが、実際に誰かが家まで来て確認しているわけではない。抜け道はいくらでもある。

「そんなん、バレない?」

「露骨にやったらバレると思うけど。ナカちゃんのお父さんの話があってから、じわじわやってたからさ。それで千人分くらいは稼げたかな」

「そんなに?」

「まあ、こういうのって、現市長派の市議が長年やってきたことなんだよ。他の候補も、ほとんどみんなやってる。だから、誰も不正です、って言い出せない。自分もバレちゃうから」

「でも、あれだけ集めるのはすごいよ。トモダチ何人いるのさ」

成瀬は、ははは、と軽く笑った。

――数は力だ。

大久保を追い落として組織のナンバー2に成り上がると、成瀬の懐には大きな金が入ってくるようになった。金が入ると、急激に人が集まってくる。金が人を吸い寄せるのだ。人が集まると、それが力を生む。例えば、市議選で新人候補を勝たせるような力だ。金、数、力がぐるぐると回り出して、渦を作り出している。それこそ、勝ち組のサイクルだ、と成瀬は思っている。

渦をさらに大きくするには、もっと「コーヒー」を作る必要があった。「コーヒー」は金を生むと同時に、多くの人間の弱みを握ることができる、魔法の粉だ。だが、廃工場での生産はそろそろ限界だった。人がほとんど近寄らないエリアにあるとはいえ、頻繁に人の出入りがあれば、いずれ誰かに目をつけられてしまう。

母校の校舎を借りて、そこに「コーヒー」の製造ラインを作る。発案したのは、成瀬だ。校舎は、住宅地から離れた丘の上にある。周りには高い建物もなく、二本の小路でのみ下界と繋がった陸の孤島になっている。まさか、学校跡で違法薬物が作られているとは誰も思わないだろう。これだけの敷地があれば、かなり大掛かりな器具も置けそうだ。

「でも、あのさ、ナル」

「うん?」

「親父が言ってたんだけど、市長がニュータウン建設を再開しそうだって」

「再開って、今頃？」

「あいつら、全部プロレスやってるんだよ。市内の建設三社と、国とか県とか市のお偉いさんと、地権者と」

「プロレス？」

「地権者がごねて二期の工事遅らせるでしょ？　その間、建設業者は整地だメンテだっつって、待機地の草取りとかして儲けてるわけ。でも、その地権者も、ほとんどが建設関係とか、市議の親族とかなんだよ。わざとごねて、地価を吊り上げてんの。で、十分上がったから、そろそろ売っぱらおうとしてる」

「なんだそれ」

「二期の工事が始まったら、三期工事予定区画でまた何年か同じことやるつもりなんだよ。業者は、宅地建設と三期区画の待機地整備でまた儲ける。地権者は、二期の区画の土地を売った金で三期工事予定区画の土地を買って、またごねる。ニュータウンの完成まで、三十年引っ張るつもり。その頃には一期のインフラが老朽化するから、またそこでお仕事ができる」

「よく考えられてるな」

「用地買収で地権者と市が対立してるように見せてるけどさ。土地を買うカネはどう

せ税金だから、地価が上がったところで、市長も市議も痛くもかゆくもないんだよね。国も巻き込んだプロジェクトだから、今さら中止なんてできないしさ。人口増やして税金をがっぽり吸い上げて、それをお仲間だけに還元するってわけ。やりたい放題だよ、あいつら」

「そういうことか。なるほどね」

「でさ、二期区画が出来上がると、人口が増えちゃうでしょ？　そうなると、学校がまた必要になって、ここもそんなに長いこと使えなくなっちゃうかもしれない」

「それ、なんとかなんないかな」

「一応ね、うちの親父が二期工事開始に反対するみたいだけど、市議会はまだまだ市長派が多いからね。数で押し切られそう」

「マジかあ。止められないのかな。いつ決まる？」

「次は九月に定例の市議会があるから、そこじゃないかな。そこで通っちゃうと、県と国に話が行くことになる。もううちの親父じゃお手上げ」

成瀬は屋上からの風景を見ながら、少し考えた。いずれ、「コーヒー」の製造は西中市から別の場所に移していくつもりだが、それにはもっと大きな金が要る。少なくともあと数年は、西中市を拠点に稼いでいかなければならない。

「ナカちゃんのお父さんが市長になったら、止められるかな」

「たぶんね。でも、今の市長の任期がもうちょいあるからね。どうしようもない」

「仮にさ、市長選になったら、どれくらい票を集めればいいのかな」

「そうだなあ。市長選なら浮動票を五千票取り込めれば勝てるかも、って言ってたね。昔だったらそれでも敵わなかったけど、ニュータウンの建設で人口が増えて、建設関係じゃない人も増えてるからね。あいつらにとっちゃ、人口増は諸刃の剣だな」

「五千票か」

届かない数じゃないな、と成瀬は思った。

市役所や県庁の中に「トモダチ」を増やしていければ、もう少し大胆に商売をすることができるかもしれない。違法行為で巨額の利益を生むためには、権力とくっつくことが重要だ。

「ナカちゃんさ、中学校の同級生だって言ってたよね、市長の息子」

「うん？　ああ、村上？　そうだよ。仲悪かったけどね」

「今度、会える？」

「ああ、うん。いいけど。でも、なんで？」

「僕もさ、小学校の時の同級生なんだ、そいつ」

「そうなの？」

「村上経由で、市長さんに辞めてもらうよう頼もう。そしたら、市議会より前に選挙になるでしょ？」

「頼むって、そんなの、村上がうんと言うかな」

「大丈夫」

トモダチだからね、と、成瀬は微笑んだ。

3

さて出かけよう、というときになって、急にスマートフォンが振動した。インスタントメッセージの受信通知だ。アプリを開くと、ごめん、今日無理になった、とだけ書かれていた。村上は「はぁ？」と不機嫌そうな声を上げ、スマートフォンを放り投げた。

相手は、ついひと月ほど前に酔った勢いでナンパした女だ。マメにメッセージのやり取りを繰り返し、ようやく飲みに引っ張り出すことに成功したのに、いきなりの直前キャンセルだ。

履きかけていた靴を蹴り飛ばして部屋に戻り、万年床に仰向けになる。女と飲みに行ってテンションを上げて、カラオケに行って盛り上がって、適当なホテルに泊まってセックスをして、翌日ランチでも食べてから帰ってくるつもりだったが、あてが外れた。今や予定は真っ白だ。

　スマートフォンを拾い上げてまさぐり、羅列された名前を目で追う。すると、まるで天に気持ちが通じたかのようなタイミングで電話が掛かってきた。最近疎遠になっていた中山だ。久しぶりすぎて、一瞬何用かと訝しく思ったが、三コール鳴るよりも早く、電話に出た。

「今ヒマ？」

　挨拶も、久しぶり、の一言もなく、中山はいきなり本題に入った。村上に会いたいというトモダチがいるから来ないか、という誘いだった。女？　と聞くと、残念ながら、男、という答えが返ってきた。女と飲んでセックスする予定からは随分地味な休日に成り下がるが、仕方がない。家で悶々としているよりはいいだろう。とりあえず行く、と返事をした。

　集合場所は、西西中駅近くのバーだった。ビリヤード台が二台とダーツ台が数台置いてあって、露出の多い服装をした女が数人働いている。店員目当ての客も少なくない。いったいどんな男がこういういい女を抱けるのだろう、といつも思う。今日もかなりかわいい子が何人か、客に媚びることもせず、マイペースに働いていた。

「何年振りだっけ、会うの」

「わかんねえ。二年くらい？」

私立中時代の同級生だった中山の隣には、トモダチだという男が座っていた。暗くていまいち顔がよく見えなかったが、色が白そうで、欧米系のハーフのような顔つきをしている。髪の毛はゆるりとしたパーマがかかっていて、ややあどけなさの残る顔によく似合っていた。

「こっちはナル」

ナル、と呼ばれた男は、やわらかい笑みを浮かべて、軽く頭を下げた。きっと女にモテるだろう。そう思うと、なんとなく嫉妬心が湧いた。ナルってのは、ナルシストのナルですか？　と軽口を叩こうかと思ったが、さすがにナメていると思われるだろうからやめた。

「覚えてる？」

「覚えて？」

「僕、小学校の頃、むらっちと同じクラスで」

「え」

ああ、と、村上は思わず声を出した。

「もしかして、成瀬？」

「そう。よく遊んでたよね。クラス変わってからは離れちゃったけど」

成瀬のことは、一緒のクラスであったということ以外、正直あまり覚えていない。

だが、向こうから会いたいと言ってくるくらいなのだから、それなりに仲が良かった、という認識でいていいのだろう。村上は、覚えてるよ、久しぶり、と、適当に話を合わせた。

「飲み物、どうします？」

成瀬が突っ立っている村上を座らせ、飲み物のメニューを差し出した。村上が「ジンバック」と答えると、嫌な顔一つせずに手を上げ、店員の一人に向かって注文をした。いつも無愛想な店員の女が、笑顔で対応する。お互い名前も知っているようで、親しげなのが妬ましかった。

「お前さ、むらっちって呼ばれてたの？」

中山が隣で噴き出した。「むらっち」は、小学校の頃のあだ名だ。今更呼ばれると、かなり気恥ずかしい。

村上は改めて成瀬を見た。あまり派手な感じには見えないが、腕時計やアクセサリーに目がいった。村上でも手が出ないような、高級品ばかりだ。相当金を持っているに違いない。トモダチだと言っておけば、後々いいこともあるかもしれない。

いまいち気分が乗らないまま始まった飲み会だったが、男三人でも案外楽しかった。成瀬は酒が飲めない体質らしく終始ソフトドリンクだったが、酔っ払った中山と村上にずっとついてきた。話を合わせるのが上手いし、バーに来る客と全員知り合いなのではないかと思うほど顔が広かった。気がつくと、成瀬を中心とした輪ができて、店全体で飲み会をやっているような雰囲気になっていた。

バーで散々飲み食いした後、成瀬は二次会に行こうと言い出し、店員の女の子何人かに声をかけた。驚いたことに、声を掛けられた女は、少し前のめりになって、行きたい、と手を上げた。


店員の女の子二人を連れ出して飲み直し、カラオケに行って大いに盛り上がった。途中、成瀬は用事があると言って先に帰った。まだしゃべっていたい気もしたが、帰ってくれてよかった、とも思った。男女の人数が、二対二で釣り合う。

成瀬が帰るなり、中山は隣の女とイチャつき出し、村上が見ているのも気にせず、胸をまさぐったり耳を噛んだりした。気まずくなって、もう一人の女と話そうとすると、女はどこか別の場所に行こう、と言った。そのまま話はとんとんと進み、気がつくと近くのラブホテルの一室にいた。夢や妄想ではない。夢か妄想のような現実だ。だいぶ酒を飲んだせいか、とんでもなく頭が痛い。買ってきたミネラルウォーターをがぶ飲みし、アルコールを追い出そうと必死になった。今は、酔い潰れるわけにはいかないのだ。

ざっ、という水の音が消えて、ドアの開く音がした。ラブホテルには慣れているはずなのに、ひどく緊張した。なにしろ相手は、どんな男がこの女を抱けるのだろう、とさえ思っていた女だ。シャワーを浴び、タオル一枚を体に巻きつけた姿を見ると、脳が沸騰しそうなほど興奮した。

「成瀬ってさ、どういうやつ？」

シャワー上がりの女は、コーヒーを淹れて村上の隣に腰掛けた。温まった肌から女の匂いがふわりと立ち上って、村上の鼻をくすぐった。鼻息が荒くなりそうになるのを誤魔化すように、濃い褐色の液体を口に含んだ。味も何もわかったものではないが、普通のコーヒーよりも苦味の強い、変わった味がした。

「ナルくん？　同級生なんじゃないの？」

「そうなんだけど、ガキの頃とは違うしさ」

「アタシも去年くらいに友達から紹介してもらったんだけど、お店にもよく来てくれるし、いい人だよ」

「へえ、そうなんだ」

「すごいトモダチいっぱいいるの。あの人ほんとにすごいよ。誰とでもすぐトモダチになっちゃうから。うちの店もさ、ナルくんのトモダチがいっぱい来てくれるから、超儲かってる。アタシも時給上げてもらっちゃった」

少し緊張している村上の様子を見透かしているのか、女は悪戯っぽく笑うと、半分ほど残っていたコーヒーを一気に飲み干した。とろりとした目を村上に向けながら、いきなりズボンに手を伸ばす。きれいにネイルを塗った指を器用に動かして、中のものを引っ張り出すと、そのまま、女は村上の股間に顔をうずめた。強烈な快感で声が出そうになって、村上は慌てて口を閉じた。

今日は、女と飲みに行ってテンションを上げて、カラオケに行って盛り上がって、適当なホテルに泊まってセックスをして、翌日ランチでも食べて帰るつもりだった。すべて崩れ去ったかと思っていた予定が、思わぬ形で戻ってきた。成瀬には感謝しなければならない。

村上は、女の髪を撫でながら、なんていい一日だ、と天井を見上げた。

二日目のこと（5）

建物の中で一番奥まった場所にある、一〇八号室。ひっそりとしていて、人気のない角部屋だ。三咲が、ドア横にあるチャイムを押す。返事はない。試しにドアノブを軽く捻ると、小さな音を立ててドアが開いた。不用心なことに、鍵もドアチェーンもかかっていない。

「すみません」

返事はない。だが、人がいることはわかっている。

トラブルを収めてくれた鬼越に礼を言い、六実の部屋を出て自室に戻ると、隣の一〇八号室から、かすかなうめき声がまた聞こえた。気のせいではない。誰かがいるのだ。六実の話では、一〇八号室に住んでいる人間はいないはずだった。だが、誰もいなければ声が聞こえるわけがない。

しばらく壁に耳を当てて様子をうかがっていたが、意を決し、三咲は再び部屋を出て一〇八号室の前に立った。三度、ドアチャイムを押したが、反応はない。おそるおそるドアを開いてみると、またかすかにうめき声が聞こえた。

「お邪魔します」

靴を脱ぎ、ゆっくりと部屋に上がる。

間取りは、三咲にあてがわれた部屋と左右対称になっている。部屋の中はがらんとしていて、家具は見当たらない。人の気配を感じるリビングに続く、半透明の引き戸を開ける。ひやりとした空気が隙間から流れ出してくる。クーラーがついているようだ。遮光カーテンが引かれていて、室内には一筋の光も入ってこない。入口付近の壁を探ると、電灯のスイッチに触れた。スイッチを入れる。

部屋がぱっと明るくなった瞬間、三咲は悲鳴を上げそうになって口を押さえた。真っ暗な闇の中から浮かび上がってきたのは、じっと動かない、男の姿だった。

男は椅子に座った状態で手足を拘束されていて、口には粘着テープが貼られていた。粘着テープにはチューブが固定されていて、床に置かれたペットボトルから水を吸いだせるようになっている。だが、水を飲む以外の行動は一切できないに違いない。部屋で聞いたうめき声は、男の出す苦痛の声だったのだ。

男は電灯の光に顔をしかめながら、また、人間のものとは思えないうめき声をあげた。距離を保ちながらゆっくりと回り込むと、生気のない男の目も、三咲を追って動く。生きていて、意識もあるようだ。

「あの、大丈夫ですか」

声を掛けても、男は動かない。肩を落とし、落ちくぼんだ目を向けたまま、何の意思も示さなかった。

男のいる部屋は異様だった。壁には大きな白地図が貼ってあって、○や×が幾つも書き込まれていた。地図の周りには何十枚も写真が貼ってある。男女、年齢はまちまちだが、すべてどこか遠くから隠し撮りをされているように見えた。

「あんまりそいつに近寄らないほうがいいぜ、三咲ちゃん二十歳」

急に声を掛けられて、三咲は小さな悲鳴を上げた。声がした方向に立っていたのは、ミツルだ。手提げカバンとコンビニ袋を携え、壁に寄りかかっている。三咲が気づくと、へらへらと笑いながら荷物を床に放り投げ、椅子に座った男に近づいた。

「誰、なんですか」

「こいつ？　こいつはキンタマ顔でおなじみの村上だ」

「村上？」

「そう。今、ここでクスリ抜きをしてる」

「クスリって」

「おっかないね、クスリってさ」

ミツルは無造作に村上という男に近づくと、口を塞いでいた粘着テープをはがした。男は痛みで少し顔をしかめたが、すぐにまた生気のない元の表情に戻った。口を真一文字に結んだまま、一言もしゃべらない。ミツルはコンビニ袋からパンを取り出し、無理矢理男の口にねじ込んだ。

「なんで、こんなところで」

「助けてやったからに決まってる。切り札だからな」

「切り札?」

「こいつはバカだからさ、クスリ漬けにされた挙句、クスリ欲しさにとんでもないことしちゃったんだよ」

「とんでもないこと?」

三咲ちゃんはまあ、知らなくてもいい、と、ミツルは詳しい話をしようとはしなかった。

「でも、これって監禁なんじゃないの?」

「まあね。でもしょうがない。このまま放っておいたら、殺されちゃってたからな、こいつ」

西中という平凡な街で、そんなことが有り得るのか、と三咲はこめかみを押さえた。つい数日前までは、薬物が出回っていることも、その薬物を濫用するパーティがあることも、まるで想像ができなかった。いったい自分は、どれほど深い奈落の上で生活していたのだろう。背筋が薄寒くなる思いがした。

「殺される、って、簡単に言わないでよ」

「ただ、まあ三咲ちゃんの言うことにも一理ある。俺がいくら助けてやったって言ったってさ、肝心のクスリの現物がなけりゃ、監禁扱いされてもしょうがない」

「クスリって言ってんのは、あの、コーヒーみたいなやつ？」

「そう。でも、あいつらもバカじゃないから、なかなか現物を売らないんだ。パーティに人を集めて、会費って形で法外な金を取ってる」

「あの、フリントってクラブの？」

「そう。クスリの密売グループが絡んでる」

「クスリって、売る人も買う人も、こんなに身近にいるもんなの、かな」

「このアパートにいるやつは、だいたい『コーヒー』をやり過ぎて、依存症になったようなやつばっかりだ」

三咲の脳裏に、先ほどの六実の暴れようが浮かぶ。

「でも、せっかく連れて来たけど、みんな現物は持ってなかった。パーティに参加するか、どこかのホテルの部屋を取って、その場で使うかしかないんだってさ」

「連れて来たって、助けたってこと？」

「そうだよ」

「一人で？」

「ほとんどね」

情報は下僕がスパイしてるけど、と、ミツルは村上に聞こえないよう、小声で囁いた。ああ、例の、と、三咲はマスオの顔を思い出した。

「何のために？」

いいか、三咲ちゃん、と、ミツルは声を張った。

「クスリで、人生がめちゃくちゃになる人間が、こんなにいるんだ。助けるのに理由なんて必要か？」

そうだけど、と、三咲はミツルの声に押されて、一歩下がった。

「本当は、全員助けたいんだ。でも、俺一人じゃ追いつかない。どんどんクスリに手を出すヤツが増えて、そいつがまたトモダチを連れてくる。ドブネズミみたいに増えてるんだ。このまま放っておいたら、何年後かには、ものすごい数になる。そうなったら、もう手に負えない」

ミツルは、苛立ったように壁を見つめた。ミツルの視線を追うように写真を見ていくと、シノの横顔があった。やっぱりシノもそうだったのかと、悲しくなった。

「どうして、私を？」

「うん？」

「もっといっぱい助けなきゃって人がいるのに」

ミツルは、三咲ちゃんは特別だ、と微笑んだ。

「あのパーティは、紹介制だったろ？　名簿が作られるんだ。それを、うちのマスオが毎回見てる」

「それが？」

「知ってる名前があって驚いたよ。俺の親友、カッチンの妹の名前だったからな。香取三咲ちゃん、二十歳」

「親友？　お、兄、ちゃん、の？」

三咲の口からこぼれ落ちたのは、もうずいぶん長いこと使っていなかった単語だ。記憶の奥底、まだ自分という存在があやふやだった頃の光景が、鮮やかに脳の中に蘇ってきた。

両親が離婚して以来、兄とは会ったことはなかったが、数年前に突如事故死したという話は聞いた。高校の屋上でふざけているうちに、誤って転落したのだという。母は、悪ふざけをするような性格ではなかった、と言っていたが、学校や警察がそう結論づけた以上、何も言えなかった。

葬式にだけは母と参列することができた。親族としてではなく、一般の参列者という扱いだった。会場には父の会社の関係者と思われる人々や、学校のクラスメイトと思われる高校生が沢山訪れていた。

遠く離れて暮らすことになっても旧姓に戻さずにいるほど、母は兄との繋がりを大事にしていた。遺影に向かって泣きじゃくる母と一緒に手を合わせたことを、三咲は今もはっきりと覚えている。

「カッチンの妹をクスリ漬けにさせるわけにはいかないからな。慌てて駆けつけたさ。本当は、俺が裏口から侵入して、発煙筒と爆竹をバンバンぶん投げて騒ぎを起こして、三咲ちゃんだけ連れ出そうと思ってた」

「無茶でしょ」

「無茶だな。半分くらい失敗すると思ってた」

「バカじゃないの？」

「バカなのは三咲ちゃんだろ。まさか裏口から脱出して、一晩逃げまくるとは思わなかった」

だって、と、三咲は顔をひきつらせた。無論、外で発煙筒を持ったミツルが、自分を助けようとしていたことなど知る由もない。

「だけど、三咲ちゃんが逃げ出したおかげで、ようやくチャンスが生まれたんだ」

「チャンス？」

「現物が、外に出てきたんだ。重要な証拠になる」

「現物」

　ミツルが、持ってるよね、と軽く笑った。どきん、と、心臓が波打つ。ジーンズの後ろポケットに入れてある、小さな紙の包み紙が熱を持ったように感じた。

「だけど、鬼ちゃんが言ってたけどさ、あ、鬼ちゃんて元ヤクザのオッサンね」

　三咲は、ついさっきまで一緒にいたから知っている、と頷いた。

「アレ、まだ法律で規制されてない、新型のクスリなんだってさ。だから、作って売っても大した罪にならない。懲役食らってもいいとこ二、三年。下手すりゃ執行猶予がつく」

「それじゃ、あんまり」

「だろ？　だから、このキンタマ顔が切り札になるんだ」

　ようやく尻尾を摑んだってわけだぜ、と、ミツルは熱っぽく語った。縛られた男がどんな「切り札」になるのか、三咲には想像もつかなかった。

「なんで、そんなに危険を冒して、こんなことしなきゃいけないの？」

「約束なんだ」

「約束？」

「カッチンはな、最期に、止めろ、って言ったんだ。だから、止めようとしてる」

「止める？」

「そうだ」

「何を？」

「成瀬だ」

たぶん、そういうことなんだ。ミツルは、珍しく真剣な顔で呟いた。

三カ月前

1

「フリント」のＶＩＰ席を占領した村上は、細長いグラスに入ったシャンパンを一気に飲み干した。週末、クラブ営業中のフリントは、そこそこの人の入りで賑わっている。大抵は、終電を逃して朝までだらだらと時間を過ごそうとする若者だ。中には、三十代、四十代と思われるオトナもちらほら見受けられる。ＶＩＰ席からは、そんな人の群れが渦を巻く混沌としたフロアを、王様のように見下ろすことができた。

「シノちゃんは、ここ初めて？」

　村上の隣に座っているのは、少し派手目のシノという女子大生だ。年齢は二十歳だという。かなりアルコールが入っているのか、上体がゆらゆらと揺れ、村上の肩にもたれかかるような格好になっている。

「初めて来た。トモダチに面白いところがあるからって言われて」

「トモダチも一緒？」

シノは笑いながら、ＶＩＰスペースの外を指差した。フロアは地下一階と二階が吹き抜けになっている。上階のスペースには、フロアを見下ろすギャラリーとソファのあるＶＩＰ席、そしてトイレがある。どうやら、シノの連れは泥酔したのか、トイレに籠っているらしい。

「村上サンは、一人でＶＩＰ席にいるの？」

「そう。いい子がいたらしゃべろうと思ってさ」

「すごいね。こういうトコのＶＩＰ席って、初めて座った」

「結構いいでしょ？」

白い革張りのソファの感触を楽しみながら、シノは上機嫌でシャンパンを喉に流し込んだ。

「村上サンてさ、何してる人なの？」

「何って、別に大したことしてねえよ」

「でも、こういうとこってかなり高いじゃん。お金持ち？」

村上は少し得意げに鼻を膨らませ、首を横に振った。

「ここ、トモダチがいてさ。だから、いつでもタダでＶＩＰ席使えるんだ」

「タダ？　すごくない？」

中山の紹介で成瀬と付き合うようになってから、すべてがうまく行っている。成瀬は思いのほか面白いやつだった。

あまり陽気なタイプには見えないのだが、成瀬はとにかくトモダチが多い。西西中の繁華街がさほど広くはないとはいえ、注意深く街を歩いていると、あちこちで「ナル」という名が呼ばれているのを聞いた。成瀬の元同級生だ、と言うだけでサービスをしてくれる店もあったし、どこの店に入っても、一人か二人は「トモダチ」だと言うやつがいる。

それだけ顔が広いとトモダチ付き合いだけでも大変そうなのに、成瀬は、村上が連絡をするとすぐに時間を取ってくれた。どうやら自分を気に入っているのだと思うと、成瀬に対する好感度は一気に上がった。

フリントの実質的なオーナーが成瀬だと知った時には本当に驚いた。フリント自体はかなり昔からあるクラブだが、前オーナーの時はあまり評判がよくなかった。内装は古臭かったし、とにかくガラが悪い。地元のヤンキーと、昔ヤンキーだったオッサンと、その連れの頭の悪い女たちの溜まり場、という印象だったのだが、ずいぶん改善された。内装は高級感のあるものになったし、客層も、金を持っていそうな人間が多くなった。

村上が、フリントのことは知っている、という話をすると、成瀬は、遊びに来るならＶＩＰ待遇にしておく、と約束してくれた。入場料金は免除、ＶＩＰ席は、空いていれば自由に使用可。さらにシャンパンも一本サービスでつく。至れり尽くせりだ。

ＶＩＰ席を取れれば、ナンパの成功率は飛躍的に上がる。それまで週末のたびに苦労していたのが嘘のように、女が簡単に引っ掛かるようになった。女が寄ってくるようになると、つるんでいる男トモダチが村上に気を遣うようになった。おこぼれにあずかろうというのが見え見えだ。仲間内でデカい顔ができるのは気持ちがよかった。

「ここにタダで座れるならまた呼んでよ。トモダチ連れてくるから。カワイイ子」

「いいよ。でもさ、その前に一回ヤらせてよ」

村上がおどけた表情で言うと、シノは大笑いしながら、なにそれヤダ、と首を横に振った。遊び慣れているのだろう。拒否をしながらも、嫌な顔はしなかった。

「随分ストレートに言うね」

「俺、嘘つけないし、シノはカワイイからさ」

「そう？」

「あんま好きじゃない？　そういうの」

シノは笑いながら、わかんない、とトボケて見せた。

「まあ、嫌いじゃないよ、ぶっちゃけ」

「じゃあさ、今から行こうよ、もう一軒飲みに。よく行くバーがあるからさ。んで、そのまま泊まっちゃおうぜ。奢るよ」

「えー、どうしよう」

「マジでさ、忘れらんない夜にしてやっからさ」

「言い方がオッサン臭いって。クスリでも使う気？」

クスリ、と聞いて、心臓がずきん、と疼いた。

「クスリ、使ったことあんの？」

「やるとき？　ないよ。草くらいならあるけど」

村上は、お、と、身を前に乗り出した。「草」や「ハッパ」は、大麻（マリファナ）を指すスラングだ。

「草やってんだ」

「ちょっとだけね」

「いつから？」

「中学んとき」

「中学？　早え（はえ）な。どこで引いてくんだよ」

「そう？　その頃、三十くらいの社会人と付き合ってて、よくもらってた」

大麻は他の麻薬類と比べるとハードルが低いせいか、村上の周りでも常用している人間がかなりいた。村上自身も、やったことがある。乾燥大麻を煙草のようにして煙を吸引するやり方だったが、臭いに馴染めず、あまり効果も感じなかった。

「じゃあさ、今度ここで面白いパーティがあるんだけど、興味ある？」

村上はシノの耳元に口を寄せ、小声で囁いた。

「パーティ？　草やるの？」

「違う。もっと新しいヤツ。やってもまだ捕まんないやつだよ」

「何それ。アブないやつじゃないの？」

「アブなくねえよ。俺も何度か行ってるし。みんなでハッピーになって、音楽聞いて盛り上がろう、っていう感じ」

酒のせいもあるかもしれないが、シノは大きな拒絶反応は見せなかった。

「それって、ドラパってやつ？」

ドラパ、とは、ドラッグパーティのことだ。そこまで知ってるなら話が早いな、と村上はひそかに笑った。

「まあね。最近さ、どこもクラブって健全になっちゃって面白くないっしょ？　外人のプッシャーとかがうろうろしてて、ちょっとアブねえな、ってくらいの雰囲気がいいのにさ。今はハッパ吸ってるだけでつまみ出されるだろ？」

健全なのはいいことじゃん、と、シノは軽くかわして見せる。駆け引きを仕掛けてきているな、と村上は思った。

「まあ、興味があれば、紹介するよ。俺はまだ見たことないけど、モデルとかアイドルもたまにいるらしいよ」

「ほんとに？　西中に芸能人なんか来るの？」

「ね。でも、マジらしいよ」

「行くって言ったら、タダ？」

「もちろん、またＶＩＰ席に招待するって」

「でもさ」

「うん？」

「ＶＩＰ席座るなら、一回村上サンとヤらないといけないんでしょ？」

シノは自分で言いながら噴き出し、手を叩いて笑った。オーケー、ということだろう。村上は勝ち誇ったようにシノの肩に手を回し、シャンパンを一本追加した。

2

深夜。ドアチャイムが鳴る。

寝入りばなだった六実は転げるようにしてベッドから飛び起き、姿勢を低くして身構えた。が、一つため息をつき、すぐにその警戒を解いた。チャイムはこれでもかというほど連打されて、室内にはけたたましい電子音が響き渡っている。こんなことをするのは、どうせ一人しかいない。

六実が玄関ドアを開けると、むさくるしい髪型のミツルが立っていて、馴れ馴れしく、よう、と手を上げた。六実が何か言うよりも早く、玄関の中に入って来て、ビニール袋や段ボールを運び込む。中には、食料品や日用品がこれでもかというほど詰め込まれていた。

「ちょっと、勝手に入らないでよ」

「悪(わり)ぃな」

悪いと言いつつも、悪びれる様子もなく、ミツルはずかずかと部屋の中に入り、キッチンに持ってきた荷物を並べた。ミツルは一週間に一度、生活に必要なものを届けに来る。しかも、アパートにいる全員分だ。住人全員の一週間分の食料ともなるとかなりの量になるが、ミツルは時折やって来ては、各部屋を回っている。

「これで、とりあえず全部かな」

最後にミツルが持って入ってきたのは、缶ビールが詰まった段ボールだ。ビールが台所に運び込まれると、六実はいつも不安になる。アパートに住む人間には、これがすべて無償で提供されているのだ。何カ月住んでも、お金は一切かかっていない。いったいなぜここまでしてもらえるのかが理解できず、逆に気味が悪い。

「他に、足りないもんあるか、むっちゃんよ」

「ないけど、そのむっちゃんっての止めてよ」

「なんだよ。いいだろ、トモダチなんだから」

トモダチ、と言われると、ぞわりと鳥肌が立つ。

「なにそれ」

「いいか、むっちゃん、聞け。ビールを飲むのはいいが、アルコールも立派な薬物なんだからな。一気に飲むなよ。ゆっくりでも飲み過ぎるなよ」

うるさい、と声を荒らげそうになって、口をつぐむ。ミツルの言い方はいちいち人の感情を逆撫でするが、頼っている以上は文句を言うこともできない。

飯山ミツルは、高校の頃からみんなに毛嫌いされていた。空気が読めないし、いつも上から物を言う。不潔っぽい髪型に、クドい顔も気持ち悪がられていた。同じクラスだった六実も、あの頃は極力近づかないようにしていた。話しかけられても無視をしたし、近づかれたらそっと離れることにしていた。

だが今は、そのミツルの庇護を受けなければ六実は生きていけない。少しでも好感を持たなければと思うものの、胸の中で感情が反発して、激しい拒否反応が起こる。ミツルが何を言っても苛立つし、何をされても感謝の気持ちが起こらない。こうしてミツルに甘えているような状況は苦しかった。自己嫌悪で押しつぶされそうになる。ミツルは配るものを配ると、いつもさっさと帰る。どうせなら、「抱かせろ」とでも言われたほうが気が楽だった。求められるものがあって、それに対する対価がある。ギブアンドテイク。わかりやすい関係なら、悩むこともない。

ミツルが言う、トモダチ、の意味はどうしてもわからなかった。六実とミツルの間に何か結びつきがあるのかと考えても、何もない。愛情も、友情も、何もないのだ。あるのは、「トモダチ」という呼称だけだった。

「じゃあ、そろそろ行くわ。あんまり外に出るなよ。大人しくしてろよな」

ミツルは六実に背中を向け、玄関へと歩き出した。正面を向くと嵐の如く喋るミツルだが、アフロヘアのような後頭部は、何も語ろうとしない。

ミツルの後頭部を初めてまじまじと見たのは、数カ月前のことだ。

八広を使った「コーヒー」の横流しがバレて、車でどこかに連れていかれる途中のことだった。六実は両手足を拘束され、鬼越と一緒に後部座席に押し込まれていた。運転していたのは町田だったが、お互いしゃべることはなかった。隣で鬼越がひゅう、と喉を鳴らす。鬼越は抵抗虚しく馬場に叩き伏せられ、ボロボロにされていた。

頼みの綱の改造拳銃も簡単に奪われて、助手席の男がおもちゃ代わりに弄んでいた。

車がコンビニの駐車場に停まった。運転席の町田がロックを解除すると、突然、マスク姿の男が車のドアを開け、前列シートの男二人にスプレーを噴射した。あっと声を発する間もなく、町田たちは車外に引きずり出され、代わりに運転席に滑り込んで来た男が、車を発進させた。


スプレー男は、ミツルだった。


なんでこいつが、と六実は驚いた。考えられるのは、藁にもすがる思いで佳乃に連絡をしたところから、回り回ってミツルに連絡が行った、ということだろう。

車がコンビニから離れて細い裏道に入ると、ミツルは運転しながら助手席に転がった拳銃を手に取り、なんかすげえもんがあるな、と笑った。六実は、アフロヘアのような後頭部を、じっと見ているだけだった。


「ねえ」

「うん？」

「なんでさ、あたしを助けたわけ」

ミツルは、履くのが面倒そうな革のブーツのひもを結びながら、ふふん、と軽く笑った。

「別に、理由なんてどうでもいいことだろ、むっちゃんよ」

「お金も時間もかかってるし、危ない思いしてんじゃん、あんたも」

「まあ、細かいことは気にする必要はねえよ」

「気になるんだよ！」

ミツルが靴ひもを結ぶ手を止め、肩越しに六実を見た。表情はへらへらとしていて、相変わらず何を考えているのかが分からなかった。

「なんでだよ」

「だって、あたしが」

言葉を続けようとすると、喉がぎゅっと締まった。頭の中に浮かんでいることを喋るのを、体が拒絶しようとしている。

「だって？」

「だって、あたしが、あたしがさ、殺したんだよ！」

あんたの、友達！

上手く開かない喉を無理矢理こじ開けて、六実は叫んだ。予想以上に大きな声になったせいか、ミツルは少し肩をすくめた。

「カッチン、を？」

「あんただっていたじゃない、屋上に、あの時！　海斗君がふざけて落ちるわけないことくらい、わかるでしょ！」

ミツルは、靴ひもがほどけたまま立ち上がり、六実に向き直った。表情は変わらないが、背負っている空気が変わった気がした。

「成瀬がそう言ったんだろ」

「そう、だけど、さ」

「何があったのか、知ってるのか、むっちゃんは」

「知らない」

「なんだよ、結局知らないのかよ」

「でも、あたしが飲ませた」

「飲ませた？」

「あたしが、海斗君に、飲ませたの！」

ミツルの表情が一気に強張り、目を見開いた。いつも何を考えているのかわからないミツルが、初めて感情を表に出した気がした。ミツルの受けた衝撃が、そのまま波紋のように、六実の心を揺らした。

「『コーヒー』をか」

大久保の元で働かされていた頃、「コーヒー」はフリントの物置に保管されていた。バー用の飲料や食材を入れる冷蔵庫が幾つか並んでいる中、うち一つは電源が入っておらず、中には「コーヒー」をはじめとする薬物が保管されているのだ、と、成瀬が言っていた。

とはいえ、保管場所が分かっていても、六実が勝手に入ることは許されない。物置は施錠されていて、誰かが必ず目を光らせていた。あることはわかっていても、届かない。指をくわえて見るような毎日が続いたが、ある日、一瞬のスキができた。

フリントで客待ちをしていた六実の目の前で、男が物置から「コーヒー」のパケを持って出てきたのだ。フロアには成瀬がいて、地図を見ながら男と何かを話し込んでいた。おそらく、「コーヒー」を売りに行く先を確認していたのだろう。

見つかったら、大変なことになる。わかってはいたが、「コーヒー」が欲しいという気持ちは止められなかった。成瀬と男が話し込んでいる隙に、六実は物置に忍び込み、話に聞いていた冷蔵庫からポリ袋を一袋、盗み出した。不幸なことに、六実が「コーヒー」を盗み出したという事実は、数週間、誰にも気づかれなかった。

「逃げたかったんだ、あたし」

「逃げる？」

「そう。現実から逃げたかった。毎日最悪だったから。だから、海斗君を巻き込んだ。好きだったのもある。カッコよかったし。でも、どこまで好きだったかって言われたら、あたしよりもっと海斗君のことを好きだった子はいっぱいいたと思う。あたしは、みんなが大好きな海斗君を独占したら、ちょっとは生きてる意味があるって思えるんじゃないかって、考えた」

最低でしょ？　と、六実は笑った。笑いながら、涙が止まらなくなった。ミツルの口から、先に「最低だ」と言われたら、一生立ち直れなかったかもしれない。押せば倒れそうな精神を守るために、六実は自ら、最低、と言うしかなかった。

「海斗君がどうして屋上から落ちたのかは知らない。でもきっと、あたしが自分勝手に海斗君を思い通りにしようとなんかしなかったら、あんなことにはならなかった」

「そうか」

「ねえ、それでもあんたはさ、トモダチとか言って、あたしを匿うわけ？」

ミツルは再び六実に背を向け、ようやく靴ひもを縛り上げた。ひもが擦れ合う音が、妙に大きく聞こえた。

「俺だって、タダでみんなの面倒を見てるわけじゃないさ。トモダチ付き合いってのは、ギブアンドテイクが基本だろ？」

ギブアンドテイク、と、六実は聞いたままの言葉を口にした。

「あたしは、あんたから奪っただけで、なにも与えてない」

「いい情報だったよ。カッチンが死んだ理由が、ぼんやり見えてきた。成瀬を止めるためには、必要な情報だ」

六実が全身を引き裂くような罪悪感に苛まれながら告白しても、ミツルの声色はそれほど変わらなかった。

「また、来週末に来るからな、むっちゃんよ」

ミツルがドアノブに手を掛けた。だが、ドアノブを捻ることなく動きを止めると、六実に背を向けたまま、ドア脇の壁を思い切り拳で殴りつけた。ドン、と鈍い音が六実の腹に響いて、じんとした余韻を残した。

ミツルは、いてて、と手を振りながらドアを開け、外に出ていった。

また、静寂が訪れる。ミツルが出て行った後の玄関の壁には、拳大の穴がぽっかりと残っていた。六実は指で穴をなぞると、その場にゆっくりとしゃがみこんだ。

三日目のこと（1）

時間が経つのが遅い。

他の部屋ではどう過ごしているのだろう。三咲は、テレビを消して、ベッドの上に座った。時計を見る。あと、十時間ほどだろうか。夜、暗くなるのを待って、三咲はここを出る。

このアパートが、三咲の父の会社の社宅であると聞いたときには、驚いた。「税金対策だから気にせずいてもいい」とミツルには言われたが、一旦、地方にある実家に帰ることにした。いかにしつこい馬場と高田であっても、西中市から数百キロ離れた田舎までは、そう簡単に追ってこれないだろう。

三咲がそう決めると、ミツルはすぐに父と連絡を取ってくれた。選挙だ仕事だと忙しい最中であるようだったが、父は車で迎えに来てくれるという。母とも、なんとか連絡がついた。「コーヒー」のことは伏せた。「部屋に空き巣が入ったから、怖いので帰る」と伝えた。

週明けから、大学の後期の授業が始まる。毎日、何も感じることなく通っていたキャンパスが、随分遠い場所のように思える。果たして、また普通に通える日は来るだろうか。ミツルが「コーヒー」を密造している連中を一網打尽にしてくれるまでは、自宅にも、大学にも戻れない。

時間が経つのが、遅い。

父が来るまで何時間だろう。頭の中で、時間の計算を始めた時だった。ばりん、とものすごい音がして、リビングの窓ガラスが砕け散った。締め切っていたカーテンが舞い上がり、外の光が入る。三咲は悲鳴を上げてその場にうずくまった。

割れた窓から、男の腕が入ってくるのが見えた。がちん、と窓の錠が外され、ゆっくりとサッシが開いた。外側から、カーテンがいっぱいに開かれる。

「いい部屋だな」

背中を丸めながら侵入してきたのは、馬場だ。部屋に入るなり、煙草を取り出して火を点ける。軽く壁を叩き、いい部屋だ、と呟いた。まだ残暑が厳しい季節というのに、黒いスーツを着て革の手袋をはめた姿は、とてつもなく異様だった。馬場はゆっくり三咲に近づくと、しゃがんで顔を覗き込みながら、片手で三咲の喉を摑んだ。

「立て」

言われるがままに立ち上がると、馬場に抱え上げられ、そのまま外に引っ張り出された。乱暴に投げ捨てられ、中庭に転がる。隣の一〇八号室からは、椅子ごと村上を担ぎ上げた高田が出てきた。

　騒ぎに気づいた鬼越が飛び出してきて馬場に殴りかかったが、力の差がありすぎた。鬼越は髪の毛を摑まれ、腹に膝蹴りを一発叩きこまれると、口をパクパクとさせながらその場にうずくまった。馬場が、容赦なく倒れた体を蹴りつける。六実が悲鳴を上げながら鬼越に駆け寄る。馬場は煙草を咥えたままだった。

「お得意様ばかり、勢ぞろいだな」

　馬場が指さし確認をしながら、人数を数える。六実が、なんでここに！　とヒステリックに叫んだ。

　馬場が村上の前に立ち、口の粘着テープをはがす。何度か軽く頰を叩いて口を大きく開かせると、指を突っ込んで、細い糸のようなものを引っ張り出した。村上の口の中から、糸にしっかり結びつけられた黒い塊が姿を現した。糸の端は、村上の奥歯に結ばれているようだった。

　発信機。

　三咲の化粧ポーチに仕込まれていたものより一回り大きいが、直感的にそれとわかる色、形だ。胃の中から異物を引っ張り出された村上は、涙目になりながら粘つく唾液を垂らして咳き込んだ。

「それにしても、こんなに集まってるとは思わなかったな。何人だ」

「おいどうすんだ、三人しか乗れねえぞ、車」

高田が、乗ってきた車を指さし、舌打ちをした。

「まあ、いいさ。逃げるも残るも自由にしてもらおう」

「いいのか？」

「さすがに、二人でこの人数は捕まえられないからな。でもまあ、数日後には、『コーヒー』を売ってくれ、って土下座しに来るだろう」

いつでも歓迎だ、と、馬場はにこりともせずに言い放った。

「適当だな、お前は」

「まずは、村上」

馬場はポケットからナイフを取り出し、椅子に固定された村上の手足を自由にしていく。拘束が解かれると、村上は跪（ひざまず）くように、その場にへたり込んだ。

「あとは、先生だな」

馬場が三階の奥を見上げながら、先生、と手を振った。カーテンの隙間から様子を窺っていた中年男が、すぐにカーテンを引いて隠れた。

「高田、先生連れてこいよ」

「俺がか？　エレベーターねえんだぞ、ここ」

「筋肉バカは、階段を駆けあがるのとか好きだろう」

「うるせえな。どうせお前はあれだろ、階段上るのも好きじゃねえんだろ」

よくわかってるな、と馬場が高田の肩を叩くと、高田は肩をいからせながら階段に向かった。

「あと、問題なのは」

君だ、と、馬場は三咲の前にしゃがみ込んだ。

「そろそろ返してくれるか」

「持ってない」

「もうそれはなしだ」

「持ってない、ってば！」

「そうか」

馬場は立ち上がると、スーツの内ポケットから、見覚えのあるスマートフォンを取り出した。「フリント」で紛失した三咲のものだ。馬場は太い指で画面をいじり、どこかに電話を掛けているようだった。掛けていたはずのロックも解除されている。

「俺だ」

電話の向こうで、誰かがしゃべっているが、何と言っているかまでは聞こえない。

「女に渡せ」

馬場は再びしゃがみ込むと、三咲に向かってスマートフォンを差し出した。画面には「篠崎瑞江」の表示が出ていた。スマートフォンをひったくり、耳に当てる。

「シノ？　ねえ、シノ？」

呼びかけても、何の応答もない。引きつったような声がうっすらと聞こえるだけだ。それでもしつこく呼びかけると、電話の向こうから、「三咲？」という弱々しい声が聞こえた。

「シノ？　大丈夫？　どこにいるの？」

「ねえ、なん、で」

「なんで？」

「なんで、行っちゃった、の？」

「ごめん、シノ、私、びっくりして」

「死んじゃう、かも、知れない、私！」

「どこにいるの？　今どこ？」

「わかんない。暗い。ねえ、お願い、助けて！」

半狂乱になって呼び掛ける三咲から、馬場が無慈悲にスマートフォンを取り上げ、通話を切った。

「君が協力してくれないと、彼女が辛い思いをする」

「シノはどこにいるの」

馬場は返事をせずに、ただ手を差し出して、寄越せ、とジェスチャーをした。

「持って、ないんだって」

「そうか。おトモダチのことは別にかまわ……」

「違う。渡したの！」

馬場の言葉に被せるように、三咲は本当のことをしゃべった。もう、隠しようがなかった。

「だから、本当に持ってない」

「誰にだ」

「誰にって」

馬場は、再びスマートフォンをちらつかせる。

「ミツル、って、人」

なるほどな、と、馬場は頷いた。

「いろいろ面倒なことをしてくれたのは、飯山か」

馬場が少し考え事をするように、顎を撫でながら小さく唸った。ちょうど、アパートの玄関から高田が戻ってくる。貧相な顔をした中年男が、よろよろと前を歩かされていた。

「トモダチ思いの君も、一緒に来てくれるだろう？」

馬場は、親指で停まっている車を指差した。どこに連れていかれるかはわからないが、ろくなことにならないことは目に見えている。

私が行ったって、何かできることなんかない。

第一、こんな面倒なことに巻き込んだのは、シノじゃん。

――でも。

「靴だけ、履かせてよ」

三咲がゆっくりと立ち上がると、馬場は満足げに、どうぞ、と部屋に向かって手を差し出した。トモダチ、という、何の形もない四文字が、三咲の脚を縛るということを確信しているようだった。

「川間」

馬場が視線を向けると、六実は怯えた様子で身構えた。

「何、よ」

「飯山が来たら、言っておいてくれ。電話する、ってな」

馬場が六実に向かって、三咲のスマートフォンを投げて渡した。

「飯山も、親友の妹が連れていかれたと聞けば、素直に来てくれるだろう」

六実が目を見開き、耳を塞いでまた悲鳴を上げた。口が、何度も「妹」と発音するように動いていた。

二カ月前

1

「コーヒー」を。

「エスプレッソ」で。

フリントのＶＩＰ席で、村上はボーイにそう声をかける。ほどなくして、デミタスカップに注がれた、深い褐色の液体が運ばれてきた。

液体を飲んで数分から数十分経つと、まずは「ラッシュ」と称される幻覚が見える。大砲で空に打ち上げられ、時空と色彩の歪(ゆが)んだ世界を、ジェットコースターに乗って戻ってくるような感覚だ。サイケデリック・トランスだとか、アシッド・ハウスといったジャンルのミュージックビデオを見ている気分になる。

最初の幻覚は、さほど長くは続かない。やがて、世界中がきらきらと輝き出し、あらゆる人間から愛されているという幸福感で満たされていく。隣にいる人間がたまらなく愛(いと)おしくなり、そして相手からも心から愛されているという確信を得る。全身が性感帯になったかのように敏感になり、ただ人と触れ合っているだけで、脳が震えるほど気持ちがよくなる。

愛に包まれた世界は、三時間から四時間ほど続く。その間は、何が起きても楽しくてたまらない。周りを無数の人間が取り囲んで、ぐるぐると渦を巻いて歌い踊りながら、ひたすら自分を称(たた)えているように思える。王様になった気分だ。

だが、時間が経つと、次第に世界のリアリティが戻って来て、最後は電源が落ちるように、ぶつん、と現実に戻る。

村上が成瀬と初めて会った日、バーの女とホテルで飲んだのが、「コーヒー」だった。女にどこで手に入れたのかを聞くと、ナル、という答えが返ってきた。

「コーヒー」が欲しい、と成瀬に頼むと、フリントで平日夜に極秘のドラッグパーティが開催されていると聞いた。そこで、「コーヒー」が提供されているという。成瀬がドラッグの販売に絡んでいるということには驚いたが、金回りの良さはそのせいか、と納得もした。

パーティは完全紹介制で、三回以上参加した人の紹介がないと入場できない。最初の一回は無料で参加できるが、以降は参加するだけで数万円が必要になる。当然、客層は限られていて、エリートサラリーマンや会社経営者、スポーツ選手にタレントといった、社会的地位のある人間が多く集まっている。

成瀬自身が紹介者となったことで、村上は「ドラパ」でもＶＩＰ扱いだった。料金は一切免除だし、ＶＩＰエリアも優先的に使用できた。好きなだけ「コーヒー」も飲むことができる。ＶＩＰ席からフロアを見下ろすと、羨望の視線をひしひしと感じるのがたまらなかった。

フリントでは、あらゆるものが満たされる。優越感、沢山の「トモダチ」、そして「コーヒー」のもたらす幸福な世界。なんでも思い通りになるという全能感。現実世界は、どうでもよくなった。いちいち人に気を使ったり休日の空白を気にしたりしなくても、孤独から完全に解放される、約束の場所ができたのだ。

次第に、現実世界でせこせこ生活しているのが馬鹿らしく思えてきて、村上は暇のある限り、フリントに通い詰めるようになった。最終的には、自宅で独りになっただけでも、孤独感でイライラするようになっていた。

「あ、むらっち、来てたの？」

クスリの効果で世界がきらきらとし始めた頃、ＶＩＰ席に成瀬が現れた。成瀬と一緒にいるところをよく見るえらく背の高い男や、厳つい体格の男もいた。

「一緒に飲もう」

「もちろん」

VIP席に、男たちが入って来て、一気に賑やかになった。女の子を引っかけて飲むのもいいが、こうしてトモダチに囲まれるのも楽しかった。

「キメてる?」

成瀬が笑いながら、空になったデミタスカップを持ち上げた。村上は、結構ね、と頷いたが、いまいち呂律が回らず、みんなに大笑いされた。いつもならむっとして不機嫌になるところだが、「コーヒー」を飲んでいれば、笑われるのも幸せに思えた。

「これは、マジで最高」

「よかった」

「ありがとう」

村上が成瀬に手を伸ばし、ハグをして肩を叩いた。成瀬もまた、ぽん、と村上の背中を叩いた。

「むらっち、すごいやつあるけど、いる?」

離れ際に、成瀬が小声で耳打ちをした。すごいやつ?　と村上が聞くと、成瀬は「すごいやつだよ」と言って微笑んだ。

「エスプレッソより？」

「ヤバいよ」

　成瀬が扱う「コーヒー」には、いくつか種類がある。一番オーソドックスなのは、お湯を注いで飲む「ドリップ」だ。効き目を強めたい場合は、濃度を上げた「エスプレッソ」にする。濃縮された薬物を一気に飲むので、少しずつ摂取する「ドリップ」よりも短時間で強烈に効き始める。村上は、当初「ドリップ」で飲んでいたが、何度も飲むうちに体が慣れてきて、効き目が弱くなってきた。今は「エスプレッソ」で入れている。

　さらにすごい、と聞いて、二つ返事で欲しい、と言うと、成瀬はボーイを呼んで、「ドッピオ」と告げた。スタッフは一瞬戸惑ったような表情を浮かべた。

「お客様は、すでにエスプレッソを召し上がっていますが、よろしいでしょうか」

「大丈夫だよ」

「かしこまりました」

　程なく、ボーイが一回り大きなデミタスカップに入った、「エスプレッソ・ドッピオ」を持ってきた。聞けば、「エスプレッソ」のさらに倍量の成分が入っているらしい。飲んだらどうなってしまうのかが想像できず、口をつけるのに躊躇したが、みんなにはやし立てられると、引き返すことはできなかった。真黒な液体を一口で飲み干す。苦味が強い。飲んですぐは何も起こらない。だが、どうなるだろうと思いながら音楽を聞いているうちに、村上はいつのまにか知らない世界に浮いていた。
　自分の体が猛烈な速度で吹き飛ばされ、原子サイズにまでばらばらになって、空気中を漂っている。笑顔の仲間たちが、大きくなったり小さくなったりする。バラバラになった体は、その中をするりと通り抜けていくことができる。
　粒子状になった村上の魂が、次第に成瀬の中に取り込まれていく。心地よい。口では表現できない満足感に包まれながら、そうか、自分は成瀬になりたかったのか、と村上は思った。普段、トモダチの心の中は見えない。どう思われているかもわからない。もしかしたら嫌われているかもしれないという不安の中で、トモダチと付き合っている。だが今は成瀬の中に入って、成瀬の中から世界を見ることができる。心と心が通じ合って混ざり合う安心感は、感じたことのない幸福だった。

——むらっちは、僕のトモダチだ。

「もちろん、そうだ」

——困ったことがあるんだ。助けてくれる？

「あたりまえじゃん。だって、友達だろ？」

——ありがとう。頼みがあるんだよ。むらっちにしかできない。

「俺にしか？」

——そう。むらっちにしか。

「なんだよ、言えよ。俺が何とかしてやるよ」

——を

「おい、ナル？」

——して。

「ナル？」

　成瀬の声が次第に遠くなって、いつの間にか周りは暗くなっていた。さっきまで成瀬と話していたはずなのに、気がつくと、村上はだだっ広い空間にポツンと取り残されていた。成瀬を捜そうとしたが、体が重くて動かない。異常に喉が渇いていた。

「誰か」

　やがて、ぷつん、と何かが切れるような感覚があって、現実世界が戻ってきた。強烈な吐き気と頭痛に襲われて、何度も嘔吐く。耐えかねてトイレに行こうとしたが、立ち上がって数歩も歩かないうちに、首を引っ張られて転んだ。まさぐると、太い鎖のついた首輪が巻かれていて、金属の柱につながれていた。

　村上が放り込まれていたのは、古い工場のような建物の中だった。床は砂だらけで、屋外と変わりがない。申し訳程度にくたびれたマットレスが敷いてあり、安い水のペットボトルが数本置かれていた。フリントで「コーヒー」を飲んでから、どうやってここに来たのか、何も覚えていない。覚えていないのだが、何か良くないことが起きているということだけは理解した。

　同時に、足の先から、死神のようにひたひたと孤独感が這いあがってくる。寂しい、というレベルのものではない。世界中の人間から疎外されてしまったような、よりどころのない孤独。たった一人で、真っ暗な海の中を泳いでいるような、絶望的なまでの寂しさだった。手が震え、抑えようとしても止まらない。

「おい、くれよ、誰か」

ここはどこか、これから自分はどうなるのかということよりもまず、頭の中は「コーヒー」のことでいっぱいになっていた。暴れても叫んでも、誰も言葉を返してくれない。ついさっきまで、愛に満ち溢れた世界で、王様のように振る舞っていたはずなのに。

2

錆びついて重くなった金属製のスライドドアを馬場が開けると、鼻をつく臭いが外に溢れ出した。脂と酸、そして排泄物(はいせつぶつ)の臭い。

汚いマットレスの上、村上が落ちくぼんだ目を馬場に向けていた。廃工場に放り込まれて一週間が過ぎ、疲労で声も出せないらしい。小刻みな、はっはっ、という息遣いだけが聞こえている。馬場に続いて入ってきた成瀬が、やあ、むらっち、と軽く声をかけた。

「居心地はどう？」

いいわけねえだろ、と、か細い声が聞こえた。

「飯だ」

馬場は、携えてきたコンビニ袋を村上に向かって放り投げる。少し、目測を誤って、袋は村上の肩に当たって落ちた。中から、パンが数個、転がり出る。

だが、村上はじっとりとした視線を成瀬に寄越すだけで、動こうとしなかった。村上は毎日、ほぼ水だけで過ごしている。体は生きるためのエネルギーを必要としているはずだが、本人は食欲を感じないらしい。

「いらないの？」

「アレをくれ、ナル」

「アレ？」

「濃いヤツ」

成瀬は、なるほどアレがいいのか、と二度三度頷くと、馬場に目配せをした。馬場はポケットから鍵束を取り出し、奥の保管棚から褐色の粉の詰まったパケを三つほど摑み出した。再び村上の元に近寄り、腰を落として「これか？」と目の前にちらつかせると、それまで生気を失ってうずくまっていた村上が、突如猛犬のように摑みかかってきた。

あと一歩で馬場に届く、というところで、がいん、という金属音が響いて、村上がひっくり返った。村上の首は太い鎖で工場の柱に固定されている。どれだけもがこうと、人間の力ではどうにもできない。

村上は人間の言葉とは思えない音を口から吐き散らしながら、何度も馬場に向かって跳びかかった。無駄だということがわからないのか、それとも、無駄だとわかっていてもそうせざるを得ないのか。馬場は村上の手が届かないぎりぎりの距離に座り込み、滑稽なダンスを見守った。

パケを開け、粉を一つまみして指先でこね回す。こんなもののために人がこうなるのかと思うと、不思議な感じがした。そして、パケをひっくり返して粉末を地面にぶちまける。届きそうで、届かない距離。村上は空気を切り裂くような悲鳴を上げた。ふざけんな、とでも言っているのだろうが、よく聞き取れない。

「たくさんあるから、別に少しくらいやってもいいんだがな」

村上が懸命に舌を突き出し、地面にこぼれた粉をなめとろうとする。馬場は立ち上がってため息を一つつくと、足で粉末を蹴り払った。見るに堪えない無様な姿だ。村上は涙と鼻水を垂らしながら、くれ、くれ、と懇願する。

まるで獣のようになった村上を見ていると、ここで瓶を片手に「宝の粉」と高笑いしていた大久保の顔が思い出された。村上のような人間のおかげで、「魔法の粉」は、普通では考えられない額の利益を生んでいる。

ぼろ儲け、というイメージとは違って、違法薬物の販売で利益を出すのは、案外難しい。薬物の中で一番利益が出るのは、覚醒剤やコカイン、ヘロインといった強烈な依存を形成する薬物だ。こういった薬物の依存に陥った常習者は、何があってもドラッグを優先的に買う理想的な固定客となる。だが、依存が強烈な分、国内では警察の取り締まりも厳しい。捌けるのは、指定暴力団や海外のギャングのような、密輸ルートと販売ルートを持つ大きな組織に限られる。縄張り争いも激しく、馬場たちの組織のような小さなところは手が出せない。

資本を持たない組織は、比較的安価に作れる合成麻薬（ケミカルドラッグ）の密造を行うことが多い。これらは、脱法ハーブやバスソルトといった形で市場に出回る。小規模組織では販売ルートの確保が難しく、クスリ自体の品質が悪いこともあって、固定的な客がつくことはまずない。作って売っぱらって逃げる、ということを繰り返すことになる。

だが、これら小規模業者がばらまくドラッグはハードドラッグほど怖いイメージがないせいか、ファッション感覚で手に取る人間がいる。それが、薬物依存への入口（ゲートウェイ）だ。そこから何人かは、薬物依存の深い穴に落ちていく。覚醒剤のようなハードドラッグの常習者はほんのわずかだが、違法薬物販売の売り上げのほとんどは、このわずかな数の常習者からむしり取られている。

結局、小規模業者が広げた市場のおいしいとこ取りをするのは、大きな組織だ。その階層構造（ヒエラルキー）を壊してのし上がっていくのは難しい。

だが、「コーヒー」はこれまでのドラッグとは違う。

尿検査の試薬に反応しない「コーヒー」は、ゲートウェイドラッグにはうってつけだ。見た目も薬物には見えないし、摂取するために特別な器具も必要ない。薬物に興味を持った人間を誘い込むのに一番威力のある言葉は、「バレない」という一言だ。

「コーヒー」には幻覚作用と覚醒作用があるが、通常濃度で摂取しているうちはさほど大きな依存性は示さない。ここまでは大麻のような「ソフトドラッグ」的性質を持っているが、「コーヒー」が本領を発揮するのはここからだ。

「コーヒー」は、一定量以上の成分を一気に摂取すると途端に強烈な依存を形成するという特異な性質がある。濃縮された「エスプレッソ」を使えば、早ければ一回、遅くとも数回の使用で、ほとんどの人間は依存に陥る。そうなると、「コーヒー」の依存性はハードドラッグ並みの強さになるのだ。一度依存が形成されれば、一生回復することはない。依存者は、自分の財産すべてを投げ打って「コーヒー」を求めるようになる。

人が、ゲートウェイからハードドラッグに至るまでの薬物依存の階段を上っていく過程では、それぞれの段階ごとに薬物を取り扱う業者や販売形態も変わる。例えば、大麻から入り、ＭＤＭＡのような合成麻薬に手を出し、そして覚醒剤依存に陥るまで、より強い薬物を売る売人へと、人が流れていくのだ。

だが、濃度と摂取方法でゲートウェイにもハードドラッグにもなる「コーヒー」なら、顧客をすべて抱え込むことができる。新規市場の開拓、そして最終的な常習者からの搾取まで、客を逃がさないシステムを構築することができる。

村上に飲ませた「コーヒー」の量は、依存を形成する可能性が飛躍的に高まる分量の、さらに倍だ。もう、「コーヒー」からは逃れられない。ひと月たらずで、村上は「優良顧客」になったわけだ。

「くれ。お願いだ」

「むらっち、言ってるだろ？　頼みを聞いてくれるなら、いくらでもあげるって」

成瀬がシャツの胸ポケットからスマートフォンを取り出して、村上に握らせた。

「俺の、スマホ」

「電話してよ、お父さんに」

親父、と、村上はか細い声で呟いた。

「市長さんは多忙だし、僕らじゃなかなかアポイントを取れないからさ。でも、一人息子から電話があったら、すぐ時間取ってくれると思うんだ」

「なんで、うちの、親父なんだよ」

成瀬がちらりと馬場を見た。馬場はポケットからナイフを取り出し、村上の前に放り投げた。村上は恐る恐る手に取ると、刃の表裏を見て、殺傷能力のある凶器であることを確認したようだった。

「困るんだ」

「困る？」

「むらっちのお父さんがいると、僕たち困るんだ。だからさ」


——悪いけど、殺してほしいんだ。


言葉にはしなかったが、村上は成瀬の言わんとしていることを理解したように見えた。その証拠に、手が小刻みに震え出している。

「もちろん、頑張ってくれたらお礼はするよ」

馬場は成瀬の言葉をフォローするように、褐色の粉末をちらつかせた。村上の目の虹彩が、ぎゅっと収縮する。

ナイフを握る村上の手に力がこもる。馬場はいつでも蹴りを出せるように一歩足を引いたが、それも一瞬のことだった。凶器を向ける先を誤れば、一生「コーヒー」が手に入らなくなるということが、村上にもわかったのだろう。案外かしこいじゃないか、と馬場はかすかに笑った。

村上は、嫌だ、と首を振ったり、ナイフをじっとりと見つめたりしながら、迷っているようだ。「コーヒー」を手に入れ、快楽を再び味わうためには、どうするのが一番得策なのか、ということを必死で考えている。

村上にとって、父親を殺し、殺人者になるのは恐ろしいことだろう。だが、結局は避けて通れない道なのだとわかるはずだ。成瀬の言う通りにしなければ、いつまでも「コーヒー」は手に入らない。仮に、この場で馬場と成瀬を殺害し、ありったけの「コーヒー」を強奪したとしても、いつかは尽き果ててしまう。

入手ルートを自ら消すことは、薬物依存の人間にはできないのだ。

どうやら、村上の中でも結論が出たようだった。ナイフを握りしめながら、村上は情けなく泣き出し、激しく嗚咽（おえつ）した。

「なんでだよ」

「なんで？」

「俺が何をしたって言うんだよ。普通に友達だったのに。なんでこんなことをするんだよ。俺に恨みでもあんのかよ」

馬場が口を開こうとすると、成瀬は手で制した。

「恨みなんかないよ、むらっち」

「じゃあ、なんで」

「君が教えてくれたんだ。トモダチっていうのは、こういうものだって」

「俺が？　ナルに？」

「昔から、こういう付き合いだったじゃない、僕たちはさ」

トモダチ、という名のもとに、君は僕を、殴ったり、蹴ったり。

三日目のこと（2）

目隠しを取られると、三咲は白い光に包まれた。何度か瞼をしばたたかせると、瞳が縮んで、周囲の風景がじわりと見えてくる。

「なによ、ここ」

アパートで車に押し込められた三咲は、アイマスクを装着させられ、どこかに拉致されることになった。車に乗っていた時間は正確にはわからないが、さほど長くはなかったように感じた。おおよそ、三十分ほどだっただろうか。長くても一時間はかかっていない。

辿り着いたのは、工場のような建物だった。工場とは言っても、並んだ機械は動いているようには見えなかった。高いところにある窓もすべて段ボールでふさがれていて、建物内は薄暗い。冷房なんてものも当然入っておらず、こもった熱気で汗が噴き出してくる。空気は澱んでいる。ひどい臭いがした。

一緒に連れてこられた二人も、建物の中に入るように強要された。村上と呼ばれている男は、いやだ、と叫びながら暴れたが、高田が腹を殴りつけると、声も出せずに膝をついた。そのまま襟首を引っ張られると、太い鎖のついた首輪で赤錆に覆われた鉄の柱に繋がれた。

もう一人、「先生」と呼ばれていた中年男は、馬場や高田に抵抗することもなく、勝手を知っているような様子で奥の空間に置かれたデスクに向かった。デスクの周りには、学校の理科室に置いてあった実験器具の巨大版のようなものがずらりと並び、異様な雰囲気の一角を作っていた。ここであの「コーヒー」が作られているのだと、三咲は直感した。

「汚いところで悪いな」

「悪いと思うなら、帰してよ」

「まあ、一晩我慢してもらえると助かる」

三咲の背後に高田が回ってきて、革のベルトのようなものを腰に巻かれた。ベルトには鎖がついている。村上と同じだ。犬のように、柱に繋がれることになるのだろう。体に触れられるのを嫌がると、じっとしてろ、と凄まれた。震えて縮こまりそうな心を奮い立たせて、三咲は高田を睨み返す。ここで弱みを見せたら、恐怖と不安で精神的に支配されてしまいそうな気がした。

「気が強いな」

拘束されていく三咲を見ながら、馬場がかすかに笑みを浮かべた。

「嬉しくない」

「まさか、フリントの二階から飛び降りて逃げるとは思わなかった。高田より足も速いしな。驚かされてばかりだ」

三咲の背後で、高田が「うるせえ」と吼えた。

「だから、嬉しくないって」

「運動神経のよさは、兄貴譲りか」

兄貴、という言葉を聞いて、三咲は言葉を詰まらせた。

「知ってる、の」

「もちろんだ。高校の時、同じクラスだったからな。いいやつだったが、あんなことになって残念だった」

「あんたみたいなのも高校時代があったんだ」

「そりゃそうだ。ランドセル背負ってた頃だってある」

デカすぎて似合わなかったけどな、と、高田が笑い飛ばした。殺し屋かなにかのような風貌の馬場が、ランドセルを背負って歩いている姿はまるで想像できなかった。

「なんで、そんな風になっちゃったわけ」

「そんな風？」

「反社会的組織の一員」

「さあな。一歩間違えると、人間こうなるんだ」

俺の場合は半歩くらいか、と、馬場は他人事のように言った。

馬場や高田のような男でも、殺人犯や強盗犯でも、生まれながらにして悪人だった人間は一人もいない。みんな、何も知らない赤ちゃんだった時代があったのだ。それが、どこかのタイミングで道を外れる。馬場の言う「一歩間違う」は、誰にでも起こるということだろう。

三咲も、一歩間違えれば薬物依存になる可能性があったのだ。あの夜、フリントで「コーヒー」を飲んでいたら、三咲は足を踏み外し、深い穴の中に転がり落ちていたかもしれない。

一度落ちてしまったら、なかなか這い上がることのできない穴。馬場も高田も、その中に落ちてしまったのかもしれない。馬場と高田はその穴の中にいる方が暮らしやすそうには見えるが。

「ねえ」

「なんだ」

「シノはどこ」

穴の中に落ちた、トモダチの顔が浮かんだ。幻覚と快楽の中で恍惚(こうこつ)とした顔。刹那の幸福の先に待っているのは、きっと闇だ。誰かが手を差し伸べてあげなかったら、シノはきっと、どこまでも深く闇の中に落ちていく。

「ここにはいないが、無事だ」

「嘘つき」

「嘘じゃないさ。嘘をつくのは嫌いだ」

「だって、シノや私が警察に駆け込んだら困るわけでしょ」

「まあ、面倒ではあるが、それで何か俺たちにダメージがあるかと言われたら、そうでもない。証拠がないからな」

「あんたたちみたいな悪人はさ、すぐ口を封じておけ、とか言うじゃない」

「ドラマの観すぎだ」

「どうだか」

「人殺しなんてのは、リスクが大きい。俺は、そんなハイリスクなことは極力したいとは思わない」

「極力、ね」

「極力、だ」

馬場の細い目を見る。開いているのかどうかもわかりにくいくらいの小さな目が、三咲の目をとらえて離さなかった。一体、どういう人生を送ったら、無垢な子供がこんな目をした大人に変わるのだろう。

「じゃあ、どうする気？」

「飯山次第だな。交換に応じるかどうか」

「交換？」

「俺たちの探し物と、大事な親友の妹と」

なるほど、と、三咲はため息をついた。ミツルが持つ「コーヒー」と、人質交換というわけだ。

「よっぽど都合悪いんだ、アレを持っていかれると」

「悪い。もう少し、存在を隠したまま土台を作らないといけない」

しゃべりすぎだぞ、と高田が警告したが、馬場は気に留める様子もなかった。だが、たぶん三咲を侮っているわけではない。馬場はきっと、冷静に人を観察して、話す内容を選んでいる。

「交換なんて、嘘でしょ」

「信用がないな。そんなことはない。飯山が素直にモノを返してくれれば、君は自由になる」

「しゃべるよ、私。あんたたちのこと全部」

馬場は、そうかな、と、含みのある言葉を呟いた。

「君は賢いからな」

「嬉しくないから」

「わかっているだろう。つまらない正義感で俺たちに反抗するのと、すべて忘れて、今まで通りの日常に戻るのと、どっちがいいのか」

三咲は、ぐっと唇を嚙んだ。見透かされている。もし、本当に馬場の言う通り解放されたら、すべて見なかったことにしようと思ってしまうかもしれない。

「シノも、解放してよ」

「随分気にするな。なぜだ？」

「なんでって、だって、トモダチ、だし」

「あの女は君がコーヒーを飲めないと知って、パーティに誘ったらしいな。最初から、アレを持ち出すのに利用しようとしていたわけだ。あの空間の中に放り込まれた君がどうなろうと、知ったことではなかった」

「それは」

「トモダチと言うが、君はあの女の何を知ってる？　例えば、あの女が中学から大麻吸引の常習者だったことは知ってるか？」

「嘘だ、そんなの」

「嘘じゃない。なにしろ、本人から直接聞いた人間がそこにいる」

馬場はそう言うと、暴れるのをやめて放心状態になっている村上を顎で指した。村上はそうだ、とは言わなかったが、馬場が嘘をついている感じもしなかった。

大学で、三咲はいつもシノと一緒にいた。学食でおしゃべりをしたり、テスト勉強を一緒にしたり。買い物に行くこともあったし、シノの家に泊まりに行ったこともある。けれど、改めてシノの何を知っているのか？　と聞かれると、返事に困った。出身地と血液型くらいは知っている。でも、大学に入ってくるまでのシノがどういう人間だったのか、三咲は何も知らない。

「それに、あの女を解放する必要などないからな」

「どういう、こと？」

「解放も何も、監禁した覚えもない。大事な顧客だからな」

「だって、さっき！」

ああ、と、馬場は鼻で笑った。

「なかなか演技派だったな、あの女」

「演技ってどういうことよ！」

「アレを一杯御馳走（ごちそう）すると持ちかけたら、二つ返事で協力してくれてな」

「嘘、でしょ？」

ついさっき聞いたばかりの、消え入りそうなシノの声を思い出した。あれが、三咲を大人しくここまで連れてくるための演技、と言うのだろうか。クスリに狂った人間は、人を騙すくらい平気でやるのかもしれない。そうは思っても、簡単には呑み込めなかった。呑み込んでしまえば、大学に入ってからの思い出が、すべて跡形もなく崩れ去ってしまう。

「大学で会ったらちゃんと謝るように言っておいた。許してやってくれ」

「そんな、ごめんで済むわけが！」

「怒っているなら関係を断てばいい。それで君の人生が大きく変わるようなこともないだろうしな。水に流せば、あの女は今後も君が休んだ講義のノートを、テスト前に貸してくれる」

「ふざけないでよ」

「ふざけてないさ。単位を落とすのはいやだろ？」

「ふざけないでよ！」

トモダチっていうのは、そういうものだろう。馬場の冷ややかな声が、三咲の胸に深く食い込んだ。

一カ月前

1

自分の息遣いが、自分のものではないように感じる。村上は、大きく息を吸って、ゆっくりと吐き出した。心臓の音が、体のいたるところから聞こえてきて不快だ。久々に触れる実家の門扉は、重苦しい刑務所の檻（おり）のように見えた。

ちらりと後ろを見ると、路肩に一台のバンが停まっているのが見えた。中には、作業着姿の男がシートを倒して寝そべっている。村上の視線を感じ取ったのか、少し体を起こして、胸ポケットから何かを取り出した。

「コーヒー」のパケだ。

村上の体がかっと熱くなる。逃げ出したくなるのを堪えて、玄関チャイムを押す。ドアホンから「開いている」という不機嫌そうな声が聞こえてきた。父親の声だ。

玄関ドアを開けて、中に入る。ジジ臭い上下白の下着姿の父親がソファにふんぞり返ってゴルフの中継を見ていた。母親や兄の姿はない。親父にだけ相談したいことがある、と電話をかけたのだ。一応、律儀に約束は守ってくれたらしい。

「おい、なんだその汚い格好は」

村上が居間に入るや否や、父親は自分のことを棚に上げて村上の服装をなじった。

「頼みがあって」

「金ならやらんぞ」

テーブルの上には、琥珀(こはく)色の液体の入ったグラスが置いてある。たまの休日に、昼間からウイスキーを飲んでいたらしい。顔が赤く、ところどころ呂律が回っていない。人の気も知らないで優雅なもんだな、と、村上は苛立った。

「金じゃない」

「じゃあなんだ、言ってみろ」

「市長をさ、辞めてほしいんだけど」

父親は、一瞬呆(ほう)けたような顔をしていたが、やがて言葉の意味を呑み込んだのか、何をバカなことを言っているんだ、と怒り出した。

「だって、悪いことしてるんだろ」

「悪いことだと？」

「聞いたんだ。ニュータウンの話。あちこちから金貰ってるんだろ？」

お前には関係ない、と父親は吐き捨て、グラスのウイスキーを一気に飲み干した。

「だいたい、お前はどこで何をしているんだ？　家にも帰ってこない、連絡も寄越さない。いい年してフラフラして」

「そんな話をしに来たんじゃない。辞めてくれるのか、どうか」

父親は立ち上がると、村上を睨みつけた。表情は、怒りに満ちている。父親はずかずかと近づいてくると、村上の襟首を摑み、捻り上げた。

「なんでお前ごときに辞めろと言われなきゃならんのだ」

「俺の、トモダチが困るんだ」

「どこのどいつだ、言ってみろ」

「言えない。でも、俺も困るんだ。コーヒーが欲しいから」

「コーヒー？　何を言っている」

少しの間、親子の睨み合いが続いた。

「親父も、困ることになる」

「おう、困らせてもらおうじゃないか。どうなるって言うんだ。バカが。辞める気などない、失せろ。もう二度と顔を見せるな！」

　どすん、と、鈍い音がした。

「こうなっちゃうんだ」

　鋭い刃物が薄い布を破って父親の皮膚を切り裂き、筋肉の繊維を断ち切って、やわらかい内臓を抉る。村上の手に、ぞっとするような感触が伝わってきたが、もう後戻りすることはできなかった。

「俺は、やりたくなかったんだから、な！」

　ナイフを父親の腹から引き抜き、もう一度力を込めて突き刺す。さらにもう一度。しょうがないんだ。親父が。成瀬が。


「コーヒー」が。


「お前、これ、は、マズいぞ」

　混乱しているのか、父親の口からは拍子抜けするような言葉が漏れた。父親は手を震わせながら両膝を突き、そのまま横倒しに倒れた。白いランニングシャツが、真っ赤に染まっていた。目は、すでに虚空を見ている。

　血に塗れたナイフを握ったまま茫然としていると、外から車のクラクションが鳴る音が聞こえた。短く二回。早く出て来い、の合図だ。慌てて外に出ようとすると、玄関で帰宅してきた母親とかち合った。驚いて固まっている母親の横を抜けて外に飛び出し、バンに飛び込む。すぐに、家の中から母親の悲鳴が聞こえてきた。

「マズったな、こいつ」

運転席の男が、はあ、とため息をつく。高田とかいう男だ。助手席には、馬場がゆうゆうと寝そべっている。

「ゆっくり出せ、高田」

「ゆっくりかよ」

「急いでも目立つだけだからな」

車がゆるゆると動き出す。村上が一番、焦っていた。早く行け、と祈る。手には、まだ温かい血の残るナイフが握られたままだ。

馬場が真っ赤に染まったナイフを見ながら、「死んだか?」と聞いてきた。人が死ぬことに対して何も感じないのか、興奮した様子はない。なんなんだこいつらは、と、村上はいまさらながら恐怖で満たされていった。

「わ、わからない」

「刺したは刺したか」

「刺した」

「どんくらい？」

「腹を、何回も」

父親の腹を抉った感触が戻ってくる。ものすごい量の血が出ていた。死んでいてもおかしくない深手に思えた。

「まあ、そのナイフの感じだと、結構いったな。最悪生きてても、しばらく入院生活だろ」

「そうだな」

ほら、と、馬場が「コーヒー」の包みを一つ、後部座席の村上に投げてよこした。一瞬にして、すべてのことがどうでもよくなった。父親を刺した、とんでもないことをした、という思いも、頭の中から消えてなくなる。手についた血を拭いもせず、村上は小さなビニールのパケを撫でまわした。

今は、この粉末に湯を注ぎ、飲み込むことだけしか考えられなかった。村上は、運転する高田に向かって「早くしてくれ」と注文をつけた。逃げなければ、という焦りはもうどこにもない。お湯が手に入るところに早く行きたいだけだった。

2

仕事中だというのに、雄大の携帯が鳴る。無視をしようにも、軽快なコール音が鳴りやまない。マナーモードにしておくべきだった、と後悔しながら、電話を取り出す。電話の主は、村上だ。市長が今頃何の用だ、と、雄大は首を捻った。

もしもし、と言いながら出てはみたものの、電話の向こうはなぜだか騒がしい。くぐもった声が聞こえてくるが、うまく聞き取れない。

「おい、どうした」

がさがさとノイズが入った後、香取さん、と名前を呼ばれた。聞き慣れない女性の声だ。

「おい、村上?」

「村上の家内です」

「あ、こりゃどうも」

「手短にお話ししますが、主人はこれから手術室に入ります」

え、と、雄大の口から素っ頓狂な声が出た。

「病気ですか、事故ですか」

電話の向こうで、何やら話す声が聞こえる。村上も、近くにいるらしい。

「あの、他言無用でお願いしたいんですけれど」

「大丈夫です。ご心配なく」

「実は、刺されたんです」

今度は、声も出なかった。刺された、という状況がわからず、頭の中をぐるぐると思考が巡った。

「刃物で、ということですか」

「そうなんです。ナイフでお腹の辺りを何度か」

「誰が、そんなことを」

「息子です」

ついていけない、と、雄大は危うく電話を放り捨てるところだった。言葉の意味はわかるが、理解が追いつかない。

「なぜです？」

「息子はどこかに行ってしまいましたし、わかりません」

「警察などには」

「息子の将来のこともございますし、一旦隠すことにしています。今は、懇意にしている院長さんのところに来ておりまして、病院側にも急病ということにしていただけりるようにと」

「いや、しかし、それは」

「おそらく、長期間の入院が必要になりますので、市長を辞めなければいけなくなりそうなのです」

命に別状はない、という決まり文句が出てこないところを見ると、村上の状態は芳しくないように聞こえた。気丈に振る舞っているが、電話の声はかなり震えている。話している後ろでは、時折、病院の職員と思われる人間が騒いでいる声が聞こえた。

「あの、主人が、副市長と選挙の打ち合わせをしてほしいと」

「選挙、って、今そんな場合ですか」

村上が市長としての業務遂行が不可能になった場合は副市長が市長代行となるが、休職が長期間にわたるようであれば、再選挙で新市長を選ばなければならなくなる。村上の状態がかなり悪いなら、すぐに選挙だ。候補を立てなければいけないのはわかっているが、刺されてこれから手術だと言っている状況で、選挙の話をしようというのはどうかしている。

「マスコミには心筋梗塞と発表します。選挙の準備期間がほとんどありませんので、何卒(なにとぞ)よろしくお願いします」

「いや、しかし」

再び、電話の向こうで動きがあって、か細い声が聞こえた。

「香取」

「村上か！　大丈夫なのか」

かなりきつい、と、村上は息を荒らげながら答えた。

「息子が、気になる、ことを」

「おいなんだ、あんまり無理をするな」

「俺が、市長だと、困る、と」

「困る？」

「困る、トモダチがいる」

雄大の頭が、ようやく回転を始める。

「トモダチ？」

「そう、だ。おそらく、市長のイスを狙ってる、やつがいる」

「市長の？」

「中山、だろう」

「中山か」

中山市議は、反市長派の急先鋒（きゅうせんぽう）だ。地元商工会の実力者で、昨年の市議選の大勝で勢いづき、急速に議会での発言力を強めている。

「もしそう、なら、向こうは、十分準備を、してる」

負けたら、と、村上は声を震わせた。聞き覚えのある国会議員の名前を出し、先生に見放されたら、俺たちは終わりだ、と続けた。市長職と議会を押さえているから、地元建設業界は中央の人間と「トモダチ」でいられる。選挙で負ければ？　どうなるだろう。少なくとも、今までのようにニュータウンの恩恵を受け続ける、というわけにはいかなくなるだろう。

「コーヒー」

「なんだって？」

「息子が、欲しいと言っていた」

こんな時に何をしているんですか！　という怒号が聞こえ、電話は唐突に切れた。最後に村上は、「頼む」と一言残していた。

小学校の頃の村上は、もっと泣き虫で大人しかった。腹を刺されてなお、市長職に執着する今の姿は想像がつかなかった。村上の気持ちを考えると、俺が何とかしてやらなければならない、という気分になる。

市と地元建設業者数社による談合の構図が瓦解してしまえば、他県の建設会社や、これまで弾かれていた市内の業者が一斉に牙を剥いて、ニュータウンという巨大な餌に群がってくる。ここぞと甘い汁を吸い続けてきた村上建設や香取建設も、熾烈な生存競争に呑み込まれることになるのだ。それまでトモダチ面をして取引をしていた下請け会社も、仕事があるところ、強いところになびいていく。もしかしたら、村上と会社の存続を懸けた血みどろの嚙み合いをしなければならなくなるかもしれない。

雄大は携帯電話をしまうことなく、そのまま別の連絡先に電話を掛けた。選挙には、どうしても勝たなければならない。

「もしもし。俺だ」

村上に託されたとはいえ、自分一人が頑張ったところで、どうにかなるとは思えない。相手には勝算があるのだろう。でなければ、現職の市長を刺すなどという暴挙には出られない。

電話の向こうから、「なんだよオジサン」という飯山の甲高い声が聞こえてきた。まだ雄大自身も整理ができたわけではないが、村上の話をざっと説明する。

「どうやら、やつらは市長のポストを狙ってるらしい。ああ、そうだ。刺したのは、村上の息子だ。海斗と小学校の時同じ学校だった。知ってる？　そうか。じゃあ、話は早いな。きっと、連中とも繫がってる。『コーヒー』と言っていたらしい。そうだ」

頭の中に、ものすごい数のイワシの群れが向かってくる姿が思い浮かんだ。一四一匹は大したことはないが、数が増えると厄介だ。投じる一票の意味を考えず、ただ身近にいる人間に流されて投票所にやってくる人間が多くいれば、選挙はひっくり返される可能性がある。事実、前回の市議選は見事にやられた。

「何とかできるか、飯山君」

イワシの群れを操る、イワシの王様。

予想以上に群れは膨れ上がっている。止めなければ、と、雄大は拳を握りしめた。

3

ベランダに出て、滑河は煙草に火を点けた。煙草を吸えば血管が収縮する。酸素がうまく回らなくなって余計に疲れる、という理屈は重々わかっているが、煙が肺に落ちて血中に染み込んでいくと、少しだけ疲れが取れたような気がする。だが、その感覚はあっという間に消えてしまう。安息を求めて、つい次の煙草に手が伸びる。

「あんまり、外に出ると見つかっちゃうぜ」

いつの間にか、滑河の後ろにミツルが立っていた。

「勝手に入ってこないでくれ」

「煙草は体によくねえんだぜ、ナメちゃん」

「別に、長生きしたいとは思ってない」

「なんだよ、寂しいこと言うなよな」

こいつは本気でそう思っているのだろうか、と滑河は鼻で笑った。飯山ミツルは、滑河が高校で教師をやっていた頃の元教え子だ。

「で、今日は何だ？」

「あ、そうそう。ナメちゃんさ、爆弾作れない？」

「爆弾？」

「そう爆弾。できれば、かなりド派手なやつ」

「簡単なもんなら作れる。趣味の範疇だが」

さすが元化学教師、と、ミツルはベランダに出てきて、馴れ馴れしく滑河の肩を小突いた。趣味、というところを指摘するつもりはないらしい。

「どれくらいの威力が必要なんだ」

「できれば、電車が通る橋とか吹っ飛ばしたいんだよね」

「鉄橋か。なんのためだ？」

「電車を止めたいんだよね。そんくらいの爆弾て、作れるもん？」

「まあ、できないことはないな」

「マジ？　すげえな」

「材料の調達ができれば、の話だがね。相当な量になる」

なんでも用意する、とミツルは頷いた。

「とはいえ、あまり現実的な量じゃないな。線路を曲げるくらいならなんとかなる。電車は止められるだろう」

「それくらいのは、簡単に作れちゃうの？」

「爆薬は簡単だ。信管を作るのは少し骨が折れる。専門外でね」

爆弾なら、過去に何度か作ったことがある。あまり自慢できる経験でないことは、もちろんわかっている。

「作ってくれる？」

「まあ、しょうがないな」


ミツルには、借りがある。

一カ月ほど前、滑河は「コーヒー」を密造している廃工場からの脱走を試みた。トップが大久保から中野という男に代わってから、滑河の待遇はどんどん悪化していた。大久保は乱暴だったが、それでも、同級生だった滑河をある程度は優遇してくれた。だが、中野はだんだん外出を制限するようになり、滑河はマンションの一室に半ば監禁状態になったのだ。

　惰性で続けていた教師の仕事も辞めるよう強要され、廃工場にも見張りがついた。大久保との「トモダチ関係」で成り立っていた滑河の立場は、「コーヒー」を作るための単なる奴隷に変わっていった。用済みになれば殺される、という大久保の言葉が、現実味を帯びてきていた。

　ある日、見張り役の男が居眠りをしている隙をついて、滑河は外に飛び出した。どこかで車でも盗み、西中市からもっと人の少ない町に逃げようとしたのだが、廃工場から何キロも離れないうちに、滑河の脱走に気づいた見張りにあっさりと追いつかれた。元から、体力には自信がない。数分走っただけで、息が切れてしまっていた。

　追ってきた男は、滑河をめちゃめちゃに蹴りつけた。無理もない。滑河がもし逃げ果せていたら、見張りの男は、中野からどんな仕打ちを受けていたかわからない。滑河の姿がないことに気づいた時は生きた心地がしなかっただろう。

　頭を蹴られて意識がもうろうとしていると、急に男の悲鳴が響いた。滑河の横に、目を押さえながら男が倒れ込み、悶絶する。何が起こったのかよくわからないまま顔を上げると、そこには、護身用スプレーを手に持った飯山が立っていた。

　滑河が逃げ出した頃、ちょうど、飯山は廃工場の周辺を探っていたようだ。廃工場の場所を組織外の人間が一人で突き止めるというのは考えにくい。内通者がいるのかもしれない、と滑河は思った。

もし、脱走したその時に飯山がいなかったら、今頃どうなっていただろう。そう考えるとぞっとする。

「どれくらいで出来る？」

「材料がそろえば、三日あれば出来る。暇だからな」

ミツルが、大げさにスゲエな！　と笑った。

「何のために使うんだ」

「選挙」

「選挙？」

「来月、選挙があるでしょ。市長選挙」

「あるな」

「アレに、成瀬が絡んでる。たぶん」

成瀬、と、滑河は息を呑んだ。

「成瀬が応援してるってことは、『コーヒー』が絡んでる。間違いなくね。だから、候補者が乗った電車でも吹き飛ばすのか」

「成瀬に勝たせちゃいけない」

「そんなことしねえっつうの。テロリストじゃねえんだから」

ミツルは、話の内容にはそぐわない笑みを浮かべた。滑河は煙草を咥えて最後のひと息を吸い込み、持っていた缶詰の缶でもみ消した。

「責めんのかね」

「うん？」

「僕は、すべての元凶だ」

監禁生活を強いられている間は、太陽が恋しくてたまらなかった。だが、いざ外に出て、ベランダから日の当たる世界に出てみると、自分の愚かさが炙(あぶ)りだされるような気がして苦しくなる。晴れた空の下に出る資格が、自分にはきっとない。滑河はそう思ったが、言葉にはできなかった。

「そりゃ、憎いさ」

ミツルは、ぽつん、と一言返した。

「そう、だろうな」

「でも、憎んで、カッチンが戻ってくるわけじゃないだろ。死んじまったんだし」

「すまない」

「いいか、ナメちゃんよ。ちょっとでもクスリを作ったことを後悔してて、カッチンにごめんって言いたいなら、協力してくれよな」

「協力」

「成瀬を止める。この世から、『コーヒー』を消す」

「コーヒー」を消す。

それで自分の罪が消えるわけではない。だが、できることがあるのなら、やらなければならない。

「爆弾が選挙とどう関係するのかはわからないが――」

できるかぎり協力する、と、滑河は答えた。

四日目のこと（1）

「もう、六年も経つんだよね」

男は、視線を外したままゆっくりと三咲に向かって言葉を発した。男は目が大きくて、口や鼻が小さい。肌が病的に白くて、まるで女子のように見えた。

男は、成瀬、と呼ばれていた。


昨夜は蒸し暑い廃工場に一晩監禁され、三咲は一睡もできずに朝を迎えた。日が少し高くなってきて、また一日暑くなりそうだとげんなりしたところに、馬場と高田のコンビがやってきた。再びアイマスクで視界をふさがれ、車に押し込まれる。連れ出されるのは、三咲一人のようだった。「先生」は昨夜のうちにどこか別の場所に連れて行かれていた。「村上」は、鎖につながれたまま、死んだように動かなかった。

車内で目隠しを解かれると、目の前に学校らしき建物が見えた。まだ新しい感じがするが、生徒の姿はない。助手席の馬場が、「母校だ」と言った。校門には、「西中東高校」という銘板が取りつけられたままだった。

車は敷地内の駐車場に停められ、三咲はそこで降ろされた。校舎内に入ると、一旦両腕の拘束が外されて、濡れタオルを渡される。いい気はしなかったが、一晩汗をかいてべたべたになった肌に堪えられず、タオルで顔を拭いた。

再び両手首を結束バンドで拘束され、前後を馬場と高田に挟まれながら歩かされる。誰もいない校舎に入り、誰もいない廊下を歩き、誰もいない階段を上る。馬場が階段を上りながら、何故エレベーターがないのかとぼやく。走ること、嘘をつくことの他に、階段を上ることも嫌いなようだ。

四階建ての校舎のてっぺんまで階段を上り、屋上に出る。外に出ると、視界が真っ白になった。頭の真上から、太陽の光が降ってくる。空は晴れていて、ぷかぷかと雲が浮いていた。眼下には、広い校庭と、大きな体育館が見えた。

静かな屋上には、先客がいた。屋上を取り囲む腰の高さほどの縁に腰かけた男は、スマートフォンをいじりながら、時折屋上からの景色を見ていた。馬場が男に向かって「成瀬」と声を掛け、客だ、と三咲を成瀬の前に立たせた。

成瀬は、挨拶も自己紹介もなくいきなり、六年も経つんだよね、と口を開いた。

「六年？」

「海斗が死んでから」

一瞬、空気が張りつめた気がしたが、風が通り抜けると、すぐにまた元に戻った。成瀬の前髪が流れて、きれいな顔に掛かる。成瀬はうざったそうに前髪をかき上げると、三咲を見て微笑んだ。思わず、どきりとする。こんな状況でなければ、かっこいい、と思っていたかもしれない。

「兄が」

「君のお兄さんとは友達だった」

「ともだち」

「そう。小学校の頃からずっとね。中学校の時は同じ部活だったし、高校でも同じクラスでさ」

三咲には上手い言葉が見つからなかったが、成瀬はあまりにも「普通」だった。どこにでもいる、少し整った顔の若い男。物腰は柔らかくて、自然だ。威圧感や暴力性は皆無で、むしろ、今にも折れそうな弱々しささえ感じた。ここにいるということは、成瀬も馬場や高田と同じ、「コーヒー」を売る組織の一員なんだろう。こんな人が？　と、三咲は戸惑った。

相手から圧力がかかってくれば跳ね返そうと強がることもできるが、成瀬は柔らかい布や綿のように、ふわりと接してくる。三咲は、嚙みつくことも罵ることもできず、「兄の友達」の話を聞くしかなかった。

「あんまり覚えてないんだっけ、海斗のこと。確か、小っちゃい時にお母さんと一緒に出て行ったんだよね？」

「はい。兄のことは、正直、うっすらとしか」

「そっか」

成瀬は残念そうにため息をつき、少し口を尖らせた。

「カッコよかったよ、海斗は。頭もよかったし、運動もできたし。女の子にモテたしね。みんなに好かれてたし、僕も好きだった」

「そう、なんですか」

「生きてたら、自慢のお兄ちゃんになってたと思うんだけどね」

「残念、ですけど」

成瀬は軽く頷くと、風が吹く方角に顔を向けながら、少し押し黙った。

「ちょうど、六年前の今日だった」

「ああ」

「九月二十四日」


そうか、今日は二十四日なのか。

　三咲は、自宅の机の上に置いてある手帳を思い浮かべた。兄の命日である九月二十四日の欄には、泣き顔のシールを貼っている。毎年九月二十四日は、母の泣き顔を見る日だったからだ。兄のことはほとんど覚えていないし、命日と言われても正直ぴんとこないが、この日は悲しい日なのだ、という思いが心に刻み込まれている。

　成瀬は、自分が腰掛けている屋上の縁を軽く手で叩いた。ぴたぴたという地味な音がした。

「海斗は、ここから落ちた。僕の目の前でね」

　三咲の兄がそこから落ちたという事実を証明するものは、一つもない。周りの風景と変わったところは何もなく、ここから落ちましたという目印があるわけでもない。それでも、成瀬が適当なことを言っているようには見えなかった。きっと、その場にいた人間にだけわかる何かがあるのだろう。そこから兄が落ちていったのだ、と想像すると、空間がじわりと捻じれていくように見えた。

「見て、いたんですか」

「ちょうど、今君が立っている辺りに僕がいた。海斗はここに立っていて、僕の方を向いてた」

　成瀬の後ろに、制服姿の男子高校生の姿が見えた。屋上の縁の上に立ち、三咲の方を向いている。顔はぼやけていて、はっきりとはわからない。

「だんだん後ろに倒れていくんだ、海斗が。ゆっくりね。ほんとに、すごくゆっくりだった。僕がそう感じたんだろうけどね」

幻の男子高校生が、成瀬の言葉に呼応するように、ゆっくりと後ろに倒れていく。

「走って、手を伸ばしたよ。間に合わなかった、って言いたいところなんだけど」

「え？」

「間に合ったんだ。ちゃんと手を伸ばしてさ。指先が海斗のネクタイに触れるくらい。もうちょっとで摑めるくらい。海斗が僕の手を握ってたら、きっと引っ張り戻せたんじゃないかな」

成瀬が虚空に腕を伸ばし、目に見えない何かを摑もうと手を動かした。二度、三度、成瀬の手が握ったり開いたりを繰り返した。そこには、何もなかったが。

「手を、握れなかったってことですか」

「いや、握らなかったんだ。海斗は、僕の手を握らなかった」

三咲の目に映っていた幻の高校生が、ついに屋上から姿を消した。空に溶けるように、その姿は音もなく消えて行った。

「海斗は、空に落ちてった。そして、僕も、一緒に落ちた」

「落ちた？」

「深い穴にね」

それだけ言うと、成瀬は馬場に向かって「時間は？」と尋ねた。

「十一時三十一分」

「遅刻かよ」

成瀬は独り言のように、相変わらず時間にルーズだな、と眉をひそめた。

「来たぞ、成瀬」

どこからともなく、ううん、という軽いエンジン音が聞こえてくる。三咲が音のする方へ目をやると、グラウンドの向こう側、校門の辺りから、見覚えのある古びた軽ワゴンが、砂埃をたてながら真っすぐグラウンドを突っ切ってくるのが見えた。

「馬場、大丈夫？」

「大丈夫だ。話はついてる」

さっきまでの柔らかな空気を脱ぎ捨てた成瀬が、ゆっくりと立ち上がる。きれいな顔つきは変わらないのに、目だけがぞっとするほど冷たく、鋭くなっているように見えた。

一日前

1

　平日の夕方。町田が西中市内の大型スーパーの屋上駐車場に出ると、広いスペースの中にぽつんと一台、小汚い軽ワゴンが停まっていた。なかなか年季の入った車で、塗装もかなりくすんでいる。エンジンが掛かっていて、カラカラという乾いた異音を発していた。町田はもう一度周囲を見渡し、助手席側のウィンドウを拳で小突いた。すぐにロックが外れる音がする。ドアを開け、素早く中に滑り込む。運転席には、ミツルがいた。

「よう」

「お待たせ」

「まったくだ。待ちくたびれて寝るところだっただろ」

「いろいろ大変なんだってば」

「組織」のトップである中野は猜疑心が強く、他人を信じない。町田に限らず、「組織」の人間の動きは常に監視されている。携帯するスマートフォンには、GPS追跡機能のあるアプリを入れなければならない。中野には誰がどこにいるのか常にわかるようになっていて、気になる動きをしている者には、すぐ連絡がいく。中野からの連絡には即応答しなければならず、無視しようものなら問答無用で「懲戒」と称した暴行を受けることになる。

だが、中野が使っているGPS監視アプリは、建物の高低差までは検出できない。町田が日常的に使うスーパーの屋上駐車場なら、買い物をしているように見せかけることができた。

ミツルの軽ワゴンの後方は、後部座席を潰した完全なる荷室になっている。真ん中にはマットレスが敷いてあって、両側には所狭しと生活必需品が並んでいる。カセットコンロ、洋服、食料品。窓には網戸とカーテンがつけられていて、まるでカプセルホテルだ。

ミツルは、この車で寝泊まりしている。

「この暑い中、寝れるの？」

「心頭滅却すればばってていうだろ。もう慣れた」

高校卒業後、ミツルは意外にも普通に就職し、地元で働いていた。あまり想像ができないのだが、ちゃんとスーツを着るような仕事だったようだ。思ったよりもきっちりと社会人になっていたミツルの生活を一変させたのは他でもない、町田だった。

半年前、八広が「コーヒー」を保管庫から盗み出し、川間六実に横流しをするというトラブルを起こした。当然のごとく中野は激怒し、八広を殺せ、と息巻いた。中野の言う「殺せ」は、脅しでも比喩でもない。そのまま、言葉通りの意味だ。

中野のお気に入りである成瀬が懸命に庇ったこともあって、八広はなんとか「半殺し」で済まされた。命を取られるよりはマシだったとはいえ、中野を含む複数人から暴行を受けた八広の顔は、元の顔がわからないほど腫れ上がった。中野は八広を許す代わりに、横流しされた「コーヒー」の回収を成瀬に厳命した。そして、六実を殺害しろ、とも言った。

六実の居場所は、すぐに判明した。西中市に張られた成瀬の情報網はすさまじい。西西中駅近辺の繁華街を中心として、元同級生、そのトモダチ、そのトモダチのトモダチ、という具合に、ネットワークを作り上げている。誰がいつ、どこの店で何を食べていたか、というくらいの情報は、いつでも成瀬の耳に入ってくる。

成瀬はあっという間に六実の働く風俗店を特定し、同じ店の女を使って六実の持ち物に発信機を仕込ませた。「コーヒー」には、セックスドラッグの一面もある。男と「コーヒー」を使用するのではないかと読んだ成瀬は六実をしばらく泳がせ、自宅マンションの他に、西中市内の古いアパートの一室によく出入りしていることをつきとめた。部屋の主は、トモダチも家族もいない中年のトラック運転手だった。

成瀬は、六実と男を拘束して「コーヒー」を取り返すことを決めた。男の抵抗に備えて馬場と高田を含む武闘派数名が二人を拉致することになり、町田は二人を車で例の廃工場まで連れて行くという役目を与えられた。廃工場と聞いて、いい予感はしなかった。あそこには、大量の「業務用パイプクリーナー」が保管されているからだ。


――ねえ、マッチ。

――六実が、なんかトラブったみたいなんだ。


交際中の佳乃から電話があったのは、アパートに乗り込んでいった馬場たちを車の中で待っている時のことだった。久しぶりに六実から連絡があったと思ったら助けを求められた、と、佳乃は心配そうにまくし立てた。まさか自分の交際相手が、今まさにその六実の拉致に関与しているとは想像すらできなかっただろう。

そんなのどうにもできないじゃん、と町田がとぼけると、佳乃は「そうなんだよね」と、ため息をついた。何もできることはなさそうだが、でも何かできることはないか、と思って、町田に連絡をしてきたようだった。

六実が大久保に働かされるようになって高校を辞めてから、佳乃は一度も六実と会っていないはずだ。にもかかわらず、どうしてそんなに必死になるのかと聞くと、佳乃は電話の向こうからさも当然と言った様子で、だって友達じゃん、と答えた。


なんとかできないだろうか。


佳乃に嘘をついているという罪悪感のせいもあって、町田は「六実を助けなきゃ」という使命感のようなものに心を押された。けれど、馬場や高田はもうすでに六実を捕まえに行っている。車に乗せた後に逃がそうものなら、町田自身がどうなるかわかったものではなかった。誰かに助けを求めたくても、町田が知っている人間はほぼ全員、成瀬と繋がっている。

なんとかしてくれる人。

そして、成瀬のトモダチじゃない人。

考え抜いた挙句に、町田が電話をかけた相手は、ミツルだった。高校卒業後、連絡をしたことは一度もない。いきなり六実を助けてほしいといっても、どこまで話を聞いてもらえるかもわからなかったが、昔見た、香取海斗の応援演説を思い出した。

――友達のために死ねって言われたら、死ねますか？

――飯山君はきっと、簡単にできるって言うと思います。

意外にも、電話はすんなり繋がった。一か八か。おそるおそる事情を伝えた結果、ミツルは取るものも取りあえず、あっという間に駆けつけてくれた。後から聞いた話によると、ミツルは一年ほど前から海斗の父親の援助を受けて、成瀬のことを調べ回っていたようだ。ある意味、町田の連絡はミツルにとって渡りに船だったのだ。

ミツルは町田に、コンビニで一旦車を停めろ、と場所を指示してきた。六実らを乗せた町田は、「トイレに寄る」と言い訳してコンビニに車を停めた。その瞬間、飛び込んできた男に、スプレーを噴射された。ミツルだな、と思いながら、町田は車の外に転がり出た。

成瀬の判断で、中野には六実を処分したと報告した。別動隊が六実の自宅から「コーヒー」を回収してきたこともあって、中野は深く追及しなかった。自分が殺人に関与したという既成事実を作りたくなかったのだろう。へまをした町田は、高田に一発蹴られるだけで済んだ。その一発で、アバラ骨を二本へし折られたが。

もちろん、それだけでは終わらなかった。町田の状況を知ったミツルは、スパイをしろ、という話を持ちかけてきたのだ。そんな、とんでもなく危ない橋を渡るのはごめんだったが、ミツルに「六実の件を成瀬にバラす」と脅されると、従うしかなかった。結局、バレない範囲でミツルに情報を流している。

どこかで、町田はミツルに期待しているのかもしれなかった。ミツルが「組織」を破壊して、町田を解放してくれることを。

「マスオ、三咲ちゃんは？」

「僕には、誰も教えてくれない」

「スパイが下っ端だと役に立たねえな、ほんとによ。情報は入ってこねえわ、クスリの一つもパクってこれねえわ」

「ごめん」

「三咲ちゃんの身に何かあったら、カッチンに顔向けできねえよ」

そうだよね、と、町田はため息をついた。

「俺のせいだ」

「ミッちゃん、そんな」

「あいつら、キンタマ顔をオトリに使いやがったんだ。完全に読まれた」

村上の居場所をミツルにリークしたのは、町田だ。

ミツルは海斗の父親から、西中市長の殺人未遂事件の犯人が市長の息子らしい、という情報を得たようだった。村上が「コーヒー」と連呼していたという話から、きっと成瀬が村上を「コーヒー」で操ってやらせたのだろうとすぐに断定した。結果的に、ミツルの勘は当たっていた。

村上はその時、西中市の外れにある、古い木造の一軒家に監禁されていた。もちろん見張りはいたが、時折、煙草を吸いにふらりとどこかに出ていく。その間に、ミツルはいともあっさりと村上の確保に成功した。今思い返せば、あまりにも簡単に連れ出せたことを怪しむべきだった。

もちろん、ミツルは村上がはいていたジーンズのポケットの発信機に気づいて、その場に捨てた。だが、もう一つ仕込まれた発信機には気がつかなかった。場所は、村上の胃の中だった。

「まさか、村上に発信機を飲ませているとは思わなかったよ」

「何で先に言わねえんだよ、マスオこの野郎」

「知ってたら伝えてるってば。たぶん、成瀬君と馬場君くらいしか知らなかったんだ」

「スパイがいるってのも気づかれたな。グッバイマスオ。安らかに眠れ」

「やめてよ！　ほんとに、あの人たち良心の呵責（かしゃく）ってもんがないから。シャレになんないんだから、それ」

ミツルはちっ、と舌打ちをし、町田の二の腕を小突いた。

「ま、あいつらの言う通り、取引するしかなくなったな」

「馬場君とは話したの？」

「俺は、例のクスリを持っていく。あいつらは、三咲ちゃんを連れてくる」

「なる、ほど」

行かなかったら？　と聞くのはやめた。その選択肢は、考えるだけ無駄だ。ミツルが、海斗の妹を見捨てるわけがなかった。

「まともな取引になんかなるわけないと思うよ」

「わかってる」

「どうすんの？」

「ちょっと荒っぽいことをするしかない。最悪の場合は、かなり最悪なことになるかもしれないな」

ミツルが町田の前に手を伸ばし、グローブボックスを開けた。中には、鈍い色をした物体が二つ転がっている。どう見ても、拳銃だ。ミツルは一丁を無造作に摑み出すと、持っておけ、と町田の膝の上に載せた。

「これって、もしかして、あの時の？」

「そう。見てのとおりの改造拳銃だよ。鬼ちゃんのな」

最悪、というミツルの言葉が意味するものを想像して、町田はちょっとまって、と、首を振った。

「最悪、とかさ、やめようよ」

「しょうがねえだろうが」

「だって、何年か前まで同じ学校のさ、ただの高校生だったんだよ？　なんでこうなっちゃったんだろう」

拳銃を手にした瞬間、町田の中で急激に現実感が強くなった。人に流され、周りに合わせて泳いでいるうちに、本当に後戻りのできないところまで来てしまったような気がした。いまさら、ではあるが。

「泣くんじゃねえよ、バカ」

「僕なんか、ほんとに普通に生きてきて、今も普通に生きてるはずだったのに、現実は犯罪行為をしていて、最悪、なんて話をしなきゃいけない」

町田がぐずぐずと泣きながら押し黙ると、ミツルはまた、ちっ、と舌打ちをした。

「おい」

「なに？」

「さっさと、普通の生活に戻ろうぜ」

「普通の？」

「とにかくな、終わらせるんだよ。三咲ちゃんを助ける。成瀬を止める。そして、俺たちは平凡ないち市民に戻る」

「できる、のかな」

「できるのか、じゃねえんだよ。やるんだよ」

ミツルが、町田の頭をひっぱたいた。思った以上に力のこもった平手打ちが、側頭部に、ずしん、という痛みを残していた。

2

くそ、と、雄大はガラスの破片を乱暴に投げ捨てた。破られた窓から生暖かい風が吹き込んできて、カーテンがゆらりと揺れる。隣では、ミツルが口を結び、じっと押し黙ったまま立っていた。数時間前まで娘の三咲がいたはずの部屋は、気味が悪いほど静まり返っていた。

ミツルから、三咲と村上の息子を保護した、という連絡が来たのは、一昨日のことだった。娘が「コーヒー」を飲まされたのかと青ざめたが、無事だと聞いて胸をなでおろした。

　とはいえ、すぐに娘の元へ駆けつけることはできなかった。選挙を週末に控え、ここ数日は選挙応援で忙殺されている。自社の若手社員の何人かが選挙事務所に常駐して、選挙カーの運転や投票呼びかけの電話を掛けていた。雄大も毎日顔を出し、朝一から夜遅くまで、自社の社員への指示や事務所の手伝いに奔走している。選挙に負けて、公共事業を受注できなくなれば、香取建設は終わりだ。社員が路頭に迷うことになる。

　建設業界は、イワシの群れのようなものだ。一社一社は吹けば飛ぶような中小企業だが、寄り集まって、大きな群れを作って生き延びようとしている。はぐれてしまえば、飢えて死ぬか、食い物にされるかだ。群れから離れないように、右へ倣えで進み続けなければならない。そのためには、家族よりも仲間同士のつながりを優先させなければいけないこともあった。

「あいつらは、なんて言ってきてるんだ」

「こいつと、三咲ちゃんを交換」

　ミツルが、ポケットから「ＤＲＩＰ」と書かれた包みを取り出し、ため息をつきながら指で弄んだ。つられて、雄大もため息をつく。

　本当なら、これが切り札になるはずだった。薬物密造グループとの繋がりを暴かれれば、中山市議の政治生命は終わりだ。市長選で敗北した時の強力な保険になると思っていたのだが、当てが外れた。

選挙戦は、混迷を極めている。今までは強固な票田を盾に前市長派が盤石の態勢を敷いていた。だが、前回の市議選では中山が異常な数の浮動票を集めて当選している。もはや、基礎票頼みの横綱相撲をしていては、市長選でも足をすくわれる可能性があった。

市議選のデータを元に考えると、現時点で中山との票差はほとんどなく、数十票が命運を分けることになりかねない。それだけに、中山と薬物密造グループの繋がりを暴く鍵であった村上の息子を連れていかれたのは、痛恨の極みだった。

もし雄大が選挙など投げ打って娘を迎えに来ていたら。少なくとも三咲は救うことができたし、切り札の一つである「コーヒー」を手元に残すことができた。選挙も娘も、と欲張った結果、虻蜂(あぶはち)取らずになってしまった。

「どうするつもりだ」

「まあ、行くしかないよな」

「取引になるとは思えないが」

「俺だって、そんなことがわからないほどバカじゃないぞ、オジサン」

ここは、もう警察に。

喉まで出かかった言葉を、ぐっと呑み込む。

村上の息子が連れて行かれたという話は、入院中の村上にも伝えた。雄大の娘が一緒であることもだ。交渉の仕方を誤れば、二人に危険が及ぶ可能性もある。さすがにもう警察に言うべきだ、と雄大は主張した。

しかし。

――ダメだ。

村上は、一言で話を片づけた。市長選投票日の直前に「前市長が息子に刺されていた」という事実が報道されたら、選挙は滅茶苦茶になってしまう。その言い分もわかるし、そうなったら市長選は事実、大敗するだろう。

だが、娘はどうなるんだ。

村上の頭は、三咲の状況など何も考えていないようだった。密造グループとの取引日を先延ばししろ、と無茶を言い、ドラッグパーティに参加したのだから自業自得、十五年も離れて暮らしている娘など他人だろう、と言い放った。要は、見捨てろ、ということだ。

そんなこと、できるわけがない。

「何か、策はあるのか」

「ないよそんなもん。誠心誠意の話し合いしかないだろ」

「渡すのか、あれを」

「しょうがないからな」

　へらへらとした表情をしているが、ミツルの無念さは声を通して伝わってきた。この半年の間、ミツルはすべてを投げ打って「コーヒー」と戦っていた。それも、ほとんどたった一人でだ。ようやく証拠が揃い、あとは警察を動かすだけだった。村上が「刺されたことを公表しない」と頑なに拒まなければ、もう警察による捜査が始まっていたはずだった。

「明日、十一時半に、旧西中東高校に行く」

「午前中の、ってことか」

「そう」

　選挙期間最終日の土曜日だ。事務所は、総力を挙げて最後の選挙活動を行っているだろう。

「オジサンは選挙だ何だで忙しいんだろ？」

「いやまあ、それはそうだが」

ミツルに腹の中を見透かされたようで、ひどくばつが悪かった。娘よりも選挙を優先させる非情な人間、とミツルは思っただろうか。しかし、どう思われようとも、選挙には勝たなければならなかった。一緒に戦ってきた仲間たち、そしてその家族。すべての人間の生活が懸かっている。

「俺が何とかするから、安心しろよ」

「しかし」

ミツルは、雄大の肩を摑み、ぎゅっと力を込めた。

「三咲ちゃんは大丈夫さ。あいつだって、きっと三咲ちゃんに何かしたいとは思ってないよ」

あいつ、が成瀬という男を指していることはわかったが、ミツルが確信をもって三咲は大丈夫、という理屈はわからなかった。ただの願望か、気休めか。その両方だったかもしれない。

「だといいが」

「一つだけ頼みがあるんだ」

「頼み？」

「三咲ちゃんを無事に取り返したら、オジサンに連絡する。だけどもし、十二時を過ぎても連絡がなかったら、通報してほしい」

「通報？」

「そう。電話するだけなら、どこにいてもできるだろ？」

「たぶん、大丈夫だろうが、何と言えばいいんだ」

ミツルは、じっと雄大の目を見ながら、静かに口を開いた。

「旧西中東高の校舎跡地で、銃声がした、ってな」

四日目のこと（2）

小さな音を立てて、屋上の扉が開いた。三咲の目が、吸い寄せられるように扉へと向いた。

ばたん、と比較的大きな音がして扉がしまったが、辺りの静けさに呑み込まれて、すぐに余韻は消えた。三咲の視線の先には、飯山ミツルが立っていた。この暑いのに薄めの革ジャンを着て、黒のスキニージーンズをはいている。ロックテイストの体の上には、半端なアフロ頭が乗っかっていた。非日常すぎる世界の中でもまったく己を変えないミツルは、屋上という空間からくっきりと浮き出しているように見えた。

「よう」

ミツルの甲高い声が聞こえたが、それに対する答えはなかった。馬場は三咲の後ろで動かず、成瀬はミツルの正面に座ったまま、口を開かない。ミツルは、ふん、と鼻で笑って、二歩、三歩と前に出た。三咲に視線を向け、軽く頷く。心配するな、という声が聞こえてくる気がした。

「もっと大人数で出迎えてくれるかと思ったのに、拍子抜けだな」

「自分を買いかぶりすぎだよ。これで十分さ」

「どうせ、クスリをパクられました、なんて上のやつに言わずに隠してんだろ？　だから、取り返さないとヤバいんだろうが」

ミツルが軽口を叩くと、途端に空気が張り詰めた。同じ空間に立っているだけでも息苦しくなる。

「まあ、なんでもいいさ。持ってきたか？」

「もちろん、持ってきたぜ」

「じゃあ、渡してくれるか」

ミツルは、いやいや、と笑い、成瀬に向かって首を振った。

「三咲ちゃんを先に解放してくれよ」

「飯山に、交渉の余地はないよ」

成瀬が、にこりともせずに言葉を返した。

成瀬の言うことは正しい、と三咲も思った。屋上には、成瀬のほかに、馬場と高田がいる。ミツル一人で、あの二人を相手にできるわけがない。ミツルが本当に「コーヒー」を持ってきているのだとしたら、成瀬の言う通り、交渉の余地はない。ミツルは馬場と高田に叩きのめされて、「コーヒー」を奪われる。それで終わりだ。

じゃあ、なんで来たのよ。

私の、せい？

三咲が唇を噛んでいるのをよそに、ミツルは、ちぇ、と拗ねたようなふりをして首を傾げ、ポケットに手を突っ込んだ。引っ張り出した右手には、見覚えのある、かわいらしいイラストの描かれた包み紙が握られていた。三咲やミツルのポケットに入れられっぱなしで、「ＤＲＩＰ」という文字が少し擦れてきている。

「持ってけよ」

ミツルは、無造作に「コーヒー」を放り投げた。紙の包みは音もなくコンクリートの上に落ちて、動きを止めた。ミツルが立っている場所から、二歩ほど先。拾い上げる時は、ミツルに跪くような格好になる。

成瀬が、ちらりと馬場を見る。三咲は斜め後ろにいる馬場の顔を見上げた。馬場はむっつりとした顔で、少し肩をすぼめる。拾え、いやだ、というような無言のやり取りがおそらくあったのだろう。馬場は動かない。きっと、「人に頭を下げる体勢を取ること」も、馬場の我慢ならないことの一つなのだ。

成瀬は軽くため息をつき、ゆっくりと「コーヒー」に近づいた。一歩踏み込めば届く距離で、一旦静止する。ミツルと目を合わせたまま、成瀬は片膝をつき、右腕を伸ばして「コーヒー」を拾い上げようとした。成瀬は一瞬視線を落とし、手の位置に目をやった。

「成瀬ェ！」

ミツルが、突如奇声を発した。グラウンドに響き渡るほどの大声だ。成瀬の動きが止まる。その隙を逃さず、ミツルは右手を腰に当て、何かを抜き出した。出てきたものを見て、三咲の胃が急激に縮んだ気がした。ミツルの手に握られていたものは、拳銃だ。

ミツルは拳銃を目の前の成瀬にぴたりと突きつけた。馬場と高田が前に出ようとしたが、すぐに動きを止めた。ミツルの大声が合図だったのだろう。屋上の入口が開き、もう一人、拳銃を携えた男が転がり込んできた。

マスオだ。

マスオは、ややへっぴり腰になりながらも、馬場と高田に向けて銃を構えた。三咲と目が合うと、マスオは顔中を強張らせながら、それでも笑みを浮かべた。三咲を安心させようとしたのかもしれない。

瞬きをする間に、屋上の空気は一変した。圧倒的に不利な状況にいたはずのミツルが、あっという間に屋上の支配者になっていた。

「玩具だろ、どうせ」

「玩具だよ。だけど、この距離なら頭を撃ち抜くくらいはできるぜ」

「ハッタリだ」

馬場が、気づかれないように足を前に出す。三咲より体半分馬場が前に出たところで、ミツルは素早く拳銃を馬場に向け、躊躇することなく引き金を引いた。テレビや映画で見るほど、派手な音はしなかった。くぐもった、パン、という音がして、銃口が白い煙を吐く。弾丸を目で追うことはできなかったが、空気を切って飛んでいく音は聞こえた。馬場が踏み出した足の少し手前、コンクリートがかすかにえぐれた。

「ハッタリじゃねえよ。次は当てるぞ」

馬場は一歩踏み出した体勢のまま、動きを止めた。弾丸は逸れたが、ただの玩具ではないことは明らかだった。銃口の向きは成瀬に戻っている。ミツルは、ゆっくりと「コーヒー」の包みを左手で拾い上げた。

マスオは声を震わせながらも馬場と高田を跪かせ、両手を地面に着けるよう命令した。高田と馬場が、ふてくされたような顔で四つん這いになる。

ミツルは成瀬を立ち上がらせた。ミツルが一歩前に出ると、銃で額を小突かれた成瀬が一歩下がる。さらに一歩。もう一歩。何度か繰り返すと、後がなくなった。成瀬のかかとが、屋上の縁に当たった。

「六年前、俺はあの辺にいた」

ミツルの視線を、居合わせた全員がなぞった。グラウンドの真ん中に、ミツルの軽ワゴンが停まっている。

「カッチンは、後ろを向いて立っていた。その、縁のとこにな。足を揃えて、両手を少し広げていた」

ミツルに押されて、成瀬は屋上の段差の上に立った。ミツルは拳銃を構え直し、改めて成瀬の頭に照準を合わせながら、やってみろよ、と声を荒らげた。

「俺がカッチンに気づいたとき、カッチンの体は後ろに倒れていくところだった。ゆっくり倒れて、仰向けになったまま、落ちた。それが、ふざけて、足を滑らせた格好に見えるか？」

三咲の頭の中に、落ちていく幻の兄が、再び浮かんだ。ミツルが見た光景とどこまで近いかはわからないが、少なくとも、ふざけた様子などなく、もっと違う感情を感じた。

例えば、覚悟、のような。

ミツルは上ずりそうになる声を抑え込みながら、鋭く言葉をぶつけた。成瀬はミツルに言われるがままの姿勢を取り、虚空を見つめたまま、口を開かなかった。

「目の前でさ、落ちたんだ。カッチンが。俺はさ、受け止めようとして走ったけど、全然間に合わなかった。全然だ。何歩もいかないうちに、どん、って音がしたよ。その時、初めて知ったぜ。高いところから落ちた人間は、地面に叩きつけられても弾まない」

幼い時に離れたきりとはいえ、血を分けた兄の死の過程を聞かされるのは辛かった。自分の心臓の半分が、もぎ取られて投げ捨てられるような不快感が、腹の底から突き上げてくる。

「俺が近寄った時にはさ、カッチンはもうダメだった。頭がさ、割れちゃってんだよ。後頭部がな。血が飛び散ってた。目も開いてるんだけど、たぶん俺の顔は見えてなかった。胸がひくひくして、ちょっとだけ息をしてた。もうそろそろ止まるんだろうなっていう、残り香みたいなもんだ」

やめて、と、三咲はかすかに声を出した。ミツルには聞こえなかっただろう。馬場が三咲を一瞥して、またすぐにミツルと成瀬に視線を戻した。

「そんな状態でさ、カッチンは唇を動かしてた。俺に向かって、止めろって言ったんだ。誰を、も、何を、もねえんだよ。何をだよ、って聞きなおした時にはさ、カッチンはもう息をしてなかったよ。なあ、成瀬。止めろってなんだ、何を止めるんだ？って思うだろ」

「さあね」

「俺もわからなかったんだよ。こいつのことを知るまでは」

ミツルは、再び手にした「コーヒー」を指で挟んで見せた。

「どうしてだ、成瀬」

「どうして？」

「こんなものを売って、金儲けをして、いいわけないだろ。おかしいだろ」

ミツルが、「コーヒー」の包み紙をぎゅっと握りしめた。革ジャンから覗いた手首に、血管が浮いている。力が入ったミツルと対照的に、成瀬は、冷ややかな目でミツルを見ていた。

「飯山は正論を吐いてりゃいいだけだし、楽でいいな」

「楽じゃねえよ」

「楽だろうが」

成瀬の目つきが一気に変わって、三咲は息を呑んだ。さっきまでの柔らかい笑みはもうどこにもない。カミソリのような、薄く鋭い狂気を纏（まと）った目が、ミツルに向けられている。

「ビビってんだろ」

「ビビってる？」

「こんなもんを売りさばいて、市長を刺させて、それでも膨れ上がっていく自分の力に、お前はビビってる。ビビってるのに、素直にビビってるって言えないから、お前はどんどん膨れていってる」

「知ったような口を叩くなよ」

「知ったような口じゃない。知ってるんだ」


友達だからな。


ミツルの声が、静かに空気を震わせた。居合わせた誰もが、友達、という言葉に驚いたようだった。

「止めてやるよ、俺が」

「止める？」

「そうだよ。カッチンとの約束だ」

「海斗の名前を出すなよ」

ミツルは深く息を吸い込み、大げさに音を立てながら吐いた。腹に力を入れ、拳銃を握った手に力を込めたように見えた。止める、という言葉は、何を意味するのだろう。ミツルの人差し指から、三咲は目をそらした。

だめだよ。やめて。

声を出そうとしても、胸に詰まって音にはならなかった。鳥の声が平和に響く晴れた空に、銃声が響き渡ろうとしている。

九月二十四日（六年前）

「海斗？」

成瀬の声に、海斗ははっと我に返った。学校の屋上、目の前には、成瀬と六実がいる。ばたんという乱暴な音をたてながら、ミツルが屋上を出て行った。

「大丈夫？　なんか顔色悪いよ」

「そうか？　別になんでもない」

「あのさ、海斗。ちょっと聞きにくいんだけど」

「うん？」

「海斗って、むっちゃんと付き合ってるの？」

「俺が？」

海斗は、成瀬の陰に半分隠れた六実に視線を移した。うなだれたまま、海斗に目を向けない。成瀬がこれからどういう話をしようとしているのかはわからないが、不穏な空気だけは察することができた。

——あたし、海斗君のことが好きなんだ。

海斗が川間六実に告白されたのは、二学期が始まってすぐのことだった。生徒会のトモダチから鍵を借りたという六実は、海斗を生徒会室に招き入れた。二人きりになるには少し広い空間の中、真ん中の長机に向かい合って座る。一般の生徒がまず来ない生徒会室辺りのエリアは、学校という空間から切り離されてしまった場所のように感じた。

わざわざ海斗を引っ張ってきたわりに、六実はたっぷり十分ほど俯いていた。早く終わらせてくれねえかな、と、海斗は磨りガラス越しの外を見ていた。

「あのさ、あたしと、付き合ってほしいんだ」

ようやく六実が口を開く。正直に言うと、海斗は六実がそう言いそうだなと思っていた。自惚れるわけではないが、女子からこういう話をされた経験は今までに何度かあった。

「俺、付き合うとか、そういうのあんまり興味ないんだけどさ」

「うん、なんか、海斗君はそんな感じするけど」

六実はわかってる、と言うように頷いた。

なんだ？　と、海斗は違和感に顔をしかめた。好きです。付き合ってください、というオーソドックスな告白のわりに、六実の表情はどこか沈んでいる。好きな人を前にした高揚感はなく、ひたひたと忍び寄ってくるような、例えがたい湿り気のようなものがある。

「トモダチのほうが大事だよね」

「いや、そういうわけじゃねえけど」

六実と話しているうちに、頭の奥の方から熱が溢れてくるような感覚があった。ふわりと意識が浮きそうになるのを誤魔化そうと、六実が淹れてきた紙コップのコーヒーを口に含む。飲み慣れた甘い缶コーヒーとは違って、不思議な香りがする。正直に言うと苦手な味だが、淹れた本人の手前、マズいとは言えなかった。

自分でも、瞬きの回数が増えていくのがわかった。一回瞼を閉じるたびに、世界が少しずつ光で白くなっていくような気がした。気を抜くと、どこか遠い世界に持っていかれそうになる。しっかりしないと、という意思に反して、いつの間にか生徒会室は完全にホワイトアウトしていた。海斗の目の前には、頬杖(ほおづえ)をつき、うっすらと笑みを浮かべた川間六実だけが残っていた。

「でもさ」

「ああ」

「あたしは、海斗君のことが、好きなんだよね」

六実は自分の分のコーヒーを一気に飲み干すと、長机の上に乗り、四つん這いの状態で海斗の目の前まで近づいてきた。六実の体の熱がじわりと伝わってくると、海斗の手足の毛がぴりぴりと逆立っていく。

はい、と、まだ半分ほど残ったコーヒーを、六実が拾い上げて海斗の口につけた。ずいぶん冷めて、火傷(やけど)はしない温度になっている。流し込まれる液体を、海斗は抵抗することなく静かに飲み込んだ。

すべての液体が体の中に入ってくると、頭の中で何かが弾けた。色彩と幾何学模様が脳内を支配し、気が遠くなる。自分を埋め尽くしていく幻覚の洪水の中、白い手がすっと伸びて、海斗の頬を撫でた。色彩の混沌の中から六実の顔が近づいてきて、やわらかい唇が重なる。ねっとりとした舌が口の中にねじ込まれ、生き物のように蠢く。海斗は全身をバラバラにしてしまいそうな快楽に驚き、思わずうめいた。

「海斗君もさ、あたしのこと好きじゃない?」

口を離すなり、六実は勝ち誇ったように笑った。触れられている場所から熱が流れ込んでくる。好き? 好きとか嫌いとか、そういう関係じゃない。第一、何も知らない。なのに。

「好きだ」

海斗の言葉を満足げな顔で確かめると、六実は海斗の膝の上にまたがり、首筋に舌を這わせた。


「別に、付き合ってねえよ」

一瞬、六実の肩が震えた気がした。

「そうなんだ」

「成瀬になんか関係あんのかよ」

「むっちゃんがさ、海斗と付き合ってるのかなんなのかわかんない、って悩んでたからさ。だったらまあ、二人とも友達だし、僕が話を聞けばいいのかなって思って」

「そいつはどうも。でも、話すことなんかねえし」

「そっか。でもさ」

むっちゃんと、したんでしょ？　と、成瀬はさらりと言った。海斗の腹の奥が、急激にざわつき出した。

六実に呼び出された日、海斗は人生で初めてのセックスをした。海斗は仰向けに転がされて、あとはされるがままだった。こんなことはしたくない、と思う気持ちはどこかにあったが、圧倒的すぎる快感の前では、理性など何の力も持たなかった。誰もいない生徒会室で、海斗は六実と三度交わった。それでも飽き足らず、海斗の家でさらに何度も体を重ねた。
正気に返ったのは、半日ほど過ぎてからだった。頭の中を埋め尽くしていた狂気の楽園がどこかに流れ去り、重くのしかかるような気怠さが残っていた。冷静になってみると、自分はどうしてしまったのだろうと、後悔と恐怖が襲ってきた。六実のことが好きになったのだろうか。

違う。

でも、確かに、愛しくてたまらなくなったのだ。唇が触れただけで、全身が震えるほど気持ちよくなった。初めてのセックスだから、興奮しすぎたのだろうか。

違う。

自分の中にいる自分ではない誰かに怯えながら、海斗は翌日学校に行った。いつもと変わらない一日を過ごし、いつも通りに下校する。昇降口を出ると、待ち構えていたように六実が立っていた。海斗の姿を見つけると、ゆっくりと近寄って来て、囁くように言った。「コーヒー」飲んで帰らない？

一カ月ほどの間に、海斗は何度も六実とセックスをした。「コーヒー飲んで帰る」という言葉は、二人の間でだけ通じる隠語のようになっていた。

「コーヒー」

「コーヒー？」

「飲んだでしょ？」

はっとして、海斗は六実を見た。

「飲ん、だ」

「ただのコーヒーじゃないんだ、あれは」

「なんなんだよ」

「クスリなんだ」

「クスリ？」

「惚れ薬、みたいな。人が好きになって仕方がなくなるクスリ」

そんなもんあるわけ——、と言いかけて、海斗は口をつぐんだ。思い当たることはある。でも、そんな都合のいいクスリが現実に存在しているなどとは夢にも思わなかった。

「マジなのか？」

海斗が声をかけると、六実はうなだれたまま、静かに頷いた。

謝んな、と、成瀬が六実の背中を押した。押された勢いで一歩、二歩、と前に出ると、六実は「ごめんなさい」と頭を下げた。一瞬、顔を上げた六実の顔に、海斗は戦慄した。ずっと下を向いていてわからなかったが、目の周りが真っ黒になって膨れ上がっていた。いつもはきれいに巻いている髪も乱れて、顔に汚らしく貼りついている。口元には、明らかに殴られたようなアザができていた。

「どうしたんだよ、その顔」

「結構ヤバいやつらが作ってるんだ。何があったか説明すると長いけど、僕とむっちゃんはクスリを売る手伝いをさせられてる。馬場と高田も。ヒロとマッチも、ヤバいことをやらされてる」

「成瀬たちが？」

「そうなんだ」

「やめろよ、そんなの」

「やめられないんだ。逃げたら殺されるかもしれない」

「殺されるって、大げさだろ」

成瀬は、本当だ、と言うように、激しく首を横に振った。

海斗は、何も言葉を返せなかった。成瀬は何を言ってるんだ？　ドラマやマンガじゃあるまいし。クスリ？　殺される？

「海斗が飲んだコーヒーみたいなやつは、むっちゃんが盗んだクスリなんだ。海斗が飲んだのはものすごい量だよ。死んでてもおかしくないくらい」

六実の「コーヒー」がおかしい、ということは海斗もうすうす気づいていた。だが、一度飲んでからは気持ちのブレーキが完全に利かなくなった。二度、三度と飲んでいるうちに、おかしいと思う気持ちもどこかに消えてなくなっていた。死んでもおかしくない量、と言われても、いまいちピンと来ない。

「盗んだクスリは、高校生の小遣いで何とかなる額じゃない。もちろん、バレた。むっちゃんは殺されるんじゃないかってくらい殴られて、これから金も払わされることになる」

「そんな、まさか」

海斗は、六実に再び視線をやった。六実は次第に、ぼろぼろと涙をこぼし、何度もごめんなさい、と頭を下げた。声はどんどん大きくなり、最後にはヒステリックに喚きながら、海斗の足に縋りついて泣いた。

馬場、と、成瀬が呼ぶと、屋上のドアが開いて、見慣れた巨体が入ってきた。高田も一緒だ。海斗に縋りつく六実を、馬場が引きはがす。六実は二人に挟まれて、屋上から外に連れ出されていった。ドアから出ていくまでに何度も振り返って、海斗に謝っていた。

「俺も、ヤバいんだろうな」

「うん。殴る蹴るされて、むっちゃんが海斗の名前を出しちゃったんだ。一緒に使ったことがバレてる。正直に言うと、海斗を連れて来いって言われてるんだ。巻き込みたくなかったけど、ダメだった。海斗を連れていかないと、僕らが死ぬ思いをすることになる」

死ぬ思い、と、海斗が鸚鵡返しすると、成瀬はひきつった顔で、実際、死ぬかもしれない、と呟いた。

「警察に行ったほうが、いいんじゃないか」

「警察じゃダメなんだ。警察が来ても、どうせ一番偉いヤツは捕まらない。警察に言ったなんてバレたら、大変なことになる」

「じゃあ、どうすりゃいいんだ」

成瀬は、ふっと息を吐き出し、海斗の両目をじっと見つめた。

「海斗も、僕と一緒に、あいつらの仲間に加わるってことにする。もう、そうするしかない。一旦、従うふりをして、その間に考えるんだ」

「考える？」

「ひっくり返す方法だよ。このままトカゲのしっぽになんてなりたくない」

「そんなこと言ったって、ただの高校生に何ができるんだよ」

「一人一人になったら、僕らは弱い。だから、数を集める。味方を増やさなきゃいけない。数が集まれば、それが力になる」

「簡単に言うけど」

大丈夫、と、成瀬は海斗の肩に手を置いた。

「僕と海斗がそろえば、絶対に何でもできる。今までもずっとそうだったじゃない。海斗はいつも僕を助けてくれたし、僕も海斗に追いつこうとして走ってきた。海斗と一緒なら、きっと助けてくれるトモダチも増える」

「成瀬」

「僕を穴から引っ張り上げてくれるのは、海斗しかいないんだ。海斗を助けてあげられるのも、僕しかいない。このままじゃ僕も海斗も、あいつらの食い物にされるだけだ。だから、協力してほしい。僕たちに」

海斗は、わかった、と何度か首を縦に振った。成瀬の言うことが現実だとは思えずにいるが、自分が追い込まれているのだということは理解した。

「いい？　海斗は、まず、飯山と手を切るんだ」

「ミッちゃんは、関係ないだろ」

「あいつは、海斗にまとわりつきすぎだ。海斗のクスリのことが飯山にバレたら終わりだよ。あいつは偉そうに正論吐いて、警察だ何だって大騒ぎするに決まってる。正論で解決する問題じゃないんだ。下手をしたら、僕らは破滅する」

「でも」

「あいつには、退学になってもらったほうがいい。やり方は考える」

「おい、いくらなんでも、それはねえぞ、成瀬」

「仕方がないんだ。飯山は別に、退学になったくらいで死にはしないよ。僕だって悪いとは思うさ。でも、きれいごとを言ってられないんだ」

「ミッちゃんを巻き込みたくない。他にも方法はあるだろう」

成瀬は苛立った様子で、舌打ちをした。

「ないよ。ない。どうやったってあいつは海斗につきまとうよ。海斗の様子がおかしいことだって、すぐに嗅ぎつける」

「成瀬はなんで、ミッちゃんにこだわるんだ」

「飯山にこだわってるのは、海斗だよ」

「俺が？」

「あいつは、釣り合わないんだよ、海斗に」

「釣り合わない？」

「わかってるでしょ？　あいつが学校でどういう言われ方してるか。海斗がいなかったら、あいつはとっくに学校辞めてるよ。皆に嫌われて、追い出されてる。周りに溶け込まないくせに、自分の思うように動かないやつには文句を言う。そんなやつを誰が仲間だと思うんだ。あいつのことを友達、なんていうのは海斗だけだ。そして、それをいいことにあいつは偉そうにふんぞり返ってる。海斗の隣にいるから、あいつは仲間外れにされずにいられるんだ。あいつはそれもわかってる。だから絶対に、海斗に食いついて離れない」

「違う、ミッちゃんは」

やめろ、と、成瀬の鋭い声が響いた。海斗は気圧されて口をつぐんだ。

「じゃあ、飯山と付き合って、海斗が得ているものってなんだよ。何にもないだろ」

「そんなことは、ねえよ」

「じゃあ、どうするんだよ。海斗は、今の自分の立場わかってる？　飯山が助けてくれる？　あいつは何にもできないだろ」

「それは、そうだけど」

「僕なら、海斗の力になれるのに、なんで飯山なんだ？」

「成瀬、おい」

「なんで、飯山なんかが、海斗の一番の友達なんだよ！」

成瀬がここまで声を荒らげるのを見るのは初めてだった。顔を赤くして、唇がわなわなと震えている。

「一番とか二番とか、そういうんじゃねえよ」

「海斗が言ったんだろ」


——一番の、友達。


「あれは」

「目を覚ましてよ、海斗。現実を見てよ。飯山は海斗を利用してるだけだ。本当の友達なんかじゃない」

「成瀬、違う」

成瀬は深いため息をつくと、制服のポケットに手を突っ込んだ。取り出したのは、透明の小さなビニールの包みだ。中には見覚えのある褐色の粉末が入っている。六実がお湯に溶かしていた「コーヒー」の粉末。

「成瀬、それ」

「むっちゃんが持ってたやつさ。欲しくない？」

「欲しい」

言ってから、海斗は首を振った。欲しくない、と言い直す。

「欲しいよね」

「いら、ねえよ」

「無理しなくていいよ。欲しいはずだよ。そういうものなんだ」

欲しくない、と、何度も考えても、海斗の中の海斗じゃない誰かが、勝手に言葉を発する。手を伸ばして、クスリを取ろうとする。

成瀬は海斗の手からするりと逃れて、一歩下がった。掴んだと思ったクスリが遠ざかると、気が狂わんばかりに悲しい気持ちになった。どうしてだ、成瀬。それをくれ。友達だろ？　くれよ。くれ。寄越せ。

こんなことはしたくないけど、と、成瀬は前置きをして、もう一度海斗にクスリをちらつかせた。

「飯山とは縁を切るって約束してくれるなら、あげてもいい」

自分の口から、猛獣の唸り声のような気味の悪い声が漏れているのがわかる。わかるが、止められない。頭が混乱する。ジェットコースター、色彩の洪水、絡みついてくる六実の舌。

「どうする、海斗」

わかった、と、また大脳を経由しないで言葉が出る。成瀬は満面の笑みを浮かべ、これも海斗のためだよ、と、クスリを差し出した。考えるよりも早く手が動いて、成瀬の手からクスリをひったくっていた。

手が震える。頭の中は、いったいこれをどうやって使おうか、という考えでいっぱいになっている。家に帰って一人で楽しむべきか。六実を呼ぶか。だが、人に半分けるのは嫌だ。どうすればいい。

――いいか、カッチンの友達は俺だぞ。

ミツルの顔が浮かんだ瞬間、海斗は思い切り歯を食いしばった。何を考えているんだ俺は、と、我に返った。にもかかわらず、「コーヒー」を持つ手は、ぶるぶると震えている。頭ではわかっていても、体が同調しない。クスリを手放すということは、堪えがたい苦痛だった。捨てろ、嫌だ。海斗の中で相反する二つの思いがぶつかった。

――いいか、握手したんだからな、一生友達だぞ。

海斗の手から、クスリの包みがようやく離れて、屋上のコンクリートの上に音もなく落ちた。咄嗟に拾い上げそうになる自分を叱咤して、無我夢中で後ずさる。勢い余って転がるように倒れ、屋上の一番端、膝の高さほどの縁にぶつかって、ようやく止まった。

「だめだ」

「どうして」


ミッちゃん、俺、ヤベえかも。


ミツルが出ていった屋上のドアに目をやる。何やってんだお前ら、と、ミツルが怒鳴り込んできてくれたら、助かるかもしれない。海斗に向かってミツルはこう言うだろう。クスリなんて、やっていいことがないことぐらいわかるだろ？　バカなのか、カッチンは。

「友達なんだよ、ミッちゃんは」

「なら、試してみようよ、海斗」

「試す？」

「海斗が思ってるくらい、飯山が海斗のことを友達だと思ってるか」

「どういうことだよ」

「簡単さ。飯山に飲んでもらうんだよ、これを」

おい成瀬、と、海斗は絞り出すように声を出した。

「やめろ」

「海斗みたいに、そうやってボロボロになりながら、あいつ同じこと言うと思う？　友達を裏切れない、って」

「やめろよ」

「あいつは、僕らにしっぽ振って、クスリをくれって喚くよ。海斗のことはほったらかしてさ。賭けてもいい」

「ミッちゃんは関係ねえだろ！」

「関係ないわけないだろ！」

成瀬の前にひれ伏し、いいように操られるミツルの姿は想像がつかなかった。ミツルが減らず口も叩かずに、クスリをくれと泣いて懇願するのだろうか。いつも変に自信満々で、偉そうに上から物を言うミツルが。


そんなの、ミッちゃんじゃねえな。


「海斗が目を覚ましてくれるなら、僕は何でもする」

「そうかよ」

ゆっくりと立ち上がって、海斗は一歩、後ろに足を引いた。屋上の縁の上に立つと、それだけで風を感じた。たった十五センチほどの幅の足場。そこから先には空しかない。もう一歩後ろに行けば、海斗の体は引力に引かれて、落ちる。

「海斗、どういうつもり？」

「こうするしかねえよ、俺には」

「そこから落ちたら、怪我じゃ済まないよ」

「もちろん」

死ぬだろうな、と、海斗は足元を見た。下を歩く数名の生徒たちは、頭上の異変に気づいていないようだった。

海斗の中で、自分じゃない自分がざわついている。クスリが欲しい、成瀬にクスリをもらえ、と、執拗に海斗を責め立てている。胸の中のざわめきは自分の意志で抑え込めるようなものではなかった。きっと、遅かれ早かれ、海斗はクスリに屈する。そして成瀬の言うがまま、ミツルを裏切ることになるだろう。

そんなのは、嫌だ。

「なんだよ、それ。海斗らしくないよ。どうしてさ」

「俺らしい、ってのは、なんなんだよ、成瀬」

「そりゃ、いつも自信があってさ」

「違う」

海斗は、成瀬の言葉を声で遮った。

「それは、成瀬が友達にしたい俺であって、俺じゃない」

「そんなことないよ、海斗。話をしよう」

成瀬が一歩近づく。成瀬の顔が近づくと、体の中でクスリが欲しいという思いが暴れ出して、どうにもならなくなる。

海斗が、海斗じゃなくなったら。

その時、ミツルはどうするだろう。きっと、偉そうな顔で言うだろう。

カッチン、いいか、聞け。
俺たちは、
一生——。

「頼むよ、成瀬」

「海斗！」

「俺は、友達のままでいたいんだ」


成瀬とも、ミッちゃんとも。

両手を広げる。両足をまっすぐ伸ばしたまま、ゆっくりと重心を後ろに移していく。自分を支えている重力の方向がずれる。成瀬が血相を変えて、海斗に向かって手を伸ばす。胸元に伸びた成瀬の手が、海斗のシャツをかすめた。だが、体は逃げるように、空に向かって倒れていった。

「カッチン！」

背中越しに、聞き慣れた声が響いた。

ゴメン。ミッちゃん。頼むぜ。成瀬を止めろ。

視界が青い空で埋まる。自由落下が始まろうとしていた。

——バイバイ。

四日目のこと（3）

ま、成瀬に銃を突きつけていた。二人とも、そばに三咲がいることなど忘れてしまっているように見えた。

「止める？　友達？」

三咲がじっと見つめる中、成瀬は頰をひきつらせて失笑した。ミツルは真顔のま

「僕と、飯山がか？　友達？」

「約束したからな。一生友達だって」

「子供の時の話だろう、それ。何言ってるんだ、今更」

「約束は、約束だ。説明したろ？　一生友達ルール」

成瀬が両手を広げながら、約束だって？　と大げさに笑った。風が吹いて、成瀬のゆるりとした髪を揺らす。色の白い顔は、狂気をはらんでねじ曲がっていく。三咲は固くなった唾を吞み込み、手をぎゅっと握った。

「僕は、お前を友達だなんて思ったことは一度もないよ、飯山」

「いいか、俺が友達だって言ったらな、誰が何と言おうと友達なんだよ。カッチンもそう、成瀬もそうだ」

「で、海斗が止めろって言った？　僕を？　それであれか、飯山は友達として僕を止めに来たってことか」

　そうだ、と、ミツルは頷いた。

「じゃあ、やってみてよ、飯山。僕を止めてくれ。どうやってくれるんだ？　それで頭を吹っ飛ばしてくれる？」

　成瀬は挑発するように、かがみこんで自分の額を銃口の前に差し出した。ミツルは両手で銃を構え直したが、発砲はしなかった。

「俺と一緒に来てもらう。警察署に行くんだ」

「警察署？　何しに」

「明日の選挙が終わったら、前の市長のオッサンが、バカ息子に刺されたって公表する。騒動になるし、県警が一斉に捜査を始めることになるだろうな。警察が本気を出せば、さすがにキンタマ村上もすぐ見つかる。成瀬は殺人未遂の教唆犯だぞ。わかってるか？」

「僕は別に、村上に何も言った覚えはないね」

　市長を、しかも自分のお父さんを刺した？

三咲の脳裏に、村上のどんよりと濁った目が浮かんだ。ミツルが言っていた「とんでもないこと」とはそのことか、と納得がいった。

ミツルは薄い笑みを浮かべながら首を横に振り、そうはいかねえよ、と呟いた。ミツルと成瀬の目に見えない精神の削り合いが、また空気を緊張させていく。

「キンタマの野郎は根性ないからな。俺がくすぐっただけで、クスリをやるから親父を刺せって言われた、って全部吐いたぜ。警察に怒られたら一瞬だろうな。そして証拠のクスリはここにある。言い逃れはできないぜ」

そっか、と、成瀬は口を尖らせた。強がりなのか、自暴自棄になっているのか、動揺している様子は微塵もなかった。頼みの馬場と高田は動けず、しかも銃を向けられているという絶対的に不利な状況で、成瀬は自分が負けるなどとは露ほども思っていない。

何か、ミツルに不利なものが潜んでいる。

三咲は屋上を見渡したが、特に何も見当たらない。馬場と高田は両手足をついている。起き上がって動きだそうとしても、マスオやミツルが銃を向ける方が早いだろう。

いったい何が、成瀬の余裕の根源になっているのだろう。何かないかと目を動かしているうちに、マスオと目が合った。

「マスオ、三咲ちゃんを自由にしてやれよ」

マスオが銃を馬場たちに向けながら、三咲の背後に回る。ポケットからナイフを取り出すと、ごめんね、と言いながら、三咲の首に腕を回した。ちらりと、成瀬の視線が三咲に向いた。いや、三咲の後ろのマスオに向いた。どきり、と心臓が疼く。

「ミッちゃん」

「ようしマスオ、じゃあ先に三咲ちゃんを連れて外に出ろ」

「ミッちゃん、あの」

「で、外に出たら、俺の車の荷台の方に乗っとけ」

「ミッちゃん、ごめん」

「ごめんね、銃を、下ろしてほしい」

ミツルが、なんだよマスオ、と、目をやる。

マスオの銃は真っすぐにミツルの額に向いていた。左手のナイフの切っ先は、ぴたりと三咲の首筋に当てられている。

「おい、どういうことだよ、マスオこの野郎」

嘘でしょ？　と、三咲も口を開こうとしたが、声にならなかった。先ほどからミツルが主導権を握っていたのに、感じなかった安心感。成瀬からも、馬場や高田からも焦りや危機感がまるで伝わってこなかったのはこういうことか、と、三咲はため息をついた。

目だけを横に向けると、馬場と高田がのんびりと立ち上がるのが見えた。馬場はミツルの背後に近寄ると、すまないな、と一言断り、ミツルの手から銃をもぎ取った。そのまま、ミツルの後頭部に銃口を向ける。マスオが持っていた銃は高田が受け取り、成瀬へと渡った。成瀬は興味深そうに銃を弄り、空に向かって一発撃った。予想以上の衝撃だったのか、おっ、と声を出し、危ないねこれ、と笑った。

ミツルが二人から銃を向けられて無力化すると、ようやくマスオは三咲の首からナイフを外し、背後から手首の結束バンドを摑んだ。

「ねえ、どういうこと？」

三咲は、前を向いたまま、マスオに声を掛けた。声が震える。

「ごめんね」

「ごめん、とかじゃなくて」

マスオは、耳元に唇を寄せた。

「恋人が、人質に取られた」

「恋人？」

「僕が、ミッちゃんに協力したことがバレた。こうしなかったら、佳乃が」

ごめん、と、マスオはもう一度三咲に謝った。恋人が、などと言われてしまったら、マスオを責めることすらできない。三咲は、自由の利かない両手をぐっと握り締めた。

「降りていいかな」

成瀬が屋上の縁から降り、ミツルの頬に銃を当てた。ミツルの左手から、「コーヒー」を奪い返し、高田に向かって投げる。高田は足元に転がった包み紙を拾い上げ、オイルライターで火を点けた。紙のパッケージは一瞬にして燃え出し、中身がじくじくと音を立てた。ようやくミツルが摑んだ証拠はあっという間に燃え尽き、黒い灰になって消えた。

「止められなかったな、飯山」

ミツルは前を向いたまま、返事をしない。馬場がミツルの首根っこを摑み、さっきまで成瀬が立たされていた、屋上の縁に立たせた。

「お前はやっぱりさ、トモダチできないんだよ。そういう星の下に生まれてるんだ」

「うるせえ」

「マッチがトモダチになってくれたって勘違いしたのか？」

「あいつは最初っから友達じゃない」

下僕だ、と、ミツルは吐き捨てた。

「下僕に裏切られてるんじゃや、なおのことダメだな」

「まったくだ。マスオてめえ」

「責めるなよ。しょうがないだろ。マッチは、飯山より佳乃の方がよっぽど大事だからさ。そりゃそうだろ。誰だってそうだ。トモダチなんて、そういうもんだよ」

汚(きたね)えな、と、ミツルが成瀬に向かって顔を歪めた。

「飯山」

「なんだよ」

「今日は、海斗の命日だ」

「わかってるさ」

「唯一の友達がいなくなってさ、寂しかっただろ、六年も」

まあな、と、ミツルは答えた。

「ちょうどいいところにいるじゃんか」

「ちょうどいい？」

「そのまんま、後ろに倒れちゃえよ」

ミツルの顔が、絞られるように強張った。ミツルが後ろに倒れれば、待っているのは十五メートル下の、アスファルトで出来た道だ。成瀬たちはきっと、最初からこうするつもりだったのだろう。三咲は、馬場を睨みつけた。人殺しなんかしたくないって言ったのに、やっぱり嘘つきだ、と罵ってやりたかった。だが、馬場は臆面もなくこう答えるだろう。

――極力、だ。

「いい？　僕らは、この校舎を市から借り受けようと下見に来た。二度目のね。そしたら、高校時代の同級生が屋上に立ってることに気づいた。それが、飯山だ。わかるよな」

成瀬の口調はやや芝居がかっているが、それでも淡々としている。真っ白な肌にくっついた女の子のように小さな唇が、不思議なリズムで言葉を吐き出していく。

「僕も馬場も高田も、あとマッチも、急いで屋上に駆け上がってきた。必死でね。飯山を止めようとしたんだ。死んじゃだめだ！　ってさ。でも、飯山は六年間トモダチの一人もできない生活に悲観して、母校の屋上から飛び降りてしまった。その日は、その孤独な男の唯一の友達が死んだ日だ」

銃を構えたまま、馬場がミツルの足を摑んで靴を引っこ抜いた。両足の靴を脱がせると、屋上の縁の前に揃えた。馬場はミツルの腰を軽く叩くと、切ない話だな、と、他人事のように言い放った。馬場が下がると、今度は高田が前に出て、白い紙の封筒を揃えた靴の下に差し込んだ。高田はミツルに向かって、無言の合掌をした。笑いながら。

なんなのこいつら。

狂ってる。狂ってるよ、みんな。

「おい成瀬」

「なんだよ。なにか、言い残すことでもあるなら聞いてやるけど」

ミツルはちらりとマスオを見ると、静かに口を開いた。

「一つ聞きたかったことがあるんだ」

カッチンは、なんで死んだんだ?

成瀬の顔が急に引きつる。目が吊り上がり、唇がきゅっと結ばれる。成瀬が時折見せる狂気の炎が、今までよりも強く噴き上がったように見えた。

「それを聞いて、どうするんだよ」

「いいだろ。俺はどうせ死ぬんだから」

突然、成瀬の持つ拳銃が火を噴いた。ミツルは少しバランスを崩してぐらついたが、すぐに元の体勢に戻った。弾丸は命中することなく、空の彼方に飛んでいった。

「なにイラついてるんだよ」

「黙れ」

「なんだよ。話を聞いてくれるんじゃねえのかよ」

ミツルは、どうして崩れないのだろう。三咲は静かに波打つ胸の鼓動を感じながら、ミツルを見た。マスオの裏切りで、形勢は逆転した。それなのに、ミツルの顔には自信が満ち溢れている。マスオが裏切るとわかっていて、自分の勝ちを確信していた成瀬の余裕とは少し違う。どう違うのかはわからない。三咲がそう感じるだけだ。

「海斗は、お前を選んだ」

「選んだ？」

「僕を止めてくれるのは、海斗だけだった。僕を穴から引っ張り上げてくれるのは、海斗しかいなかったんだよ！　なのに！」


なんでお前なんだ！

絞り出すようにして、成瀬が腹の中の言葉を吐いた。ギリギリと音が聞こえるのではないかと思うほど、奥底から引きずり出したような声だ。

「答えになってねえよ。もう一度聞くぜ。カッチンは、なんで死んだんだ？　成瀬」

馬場が成瀬に近寄り、落ち着け、と肩に手を置いた。成瀬が肩で馬場の手を払いのける。

「僕は何もしていない」

「誰もお前のせいだなんて言ってないだろ。なんでそんなに顔を真っ赤にしてんだよ。カワイイおサルさんかよ」

「海斗は、『コーヒー』にやられてた。完全にね。そうなったらもう、自分の意志ではどうにもならない。クスリを手に入れるためなら、何でもやるようになる。海斗は――」

「お前が飲ませたんだろうが」

ミツルの言葉が、成瀬の言葉を叩き切った。成瀬は驚いたような顔をして、口をパクパクと動かす。予想外の言葉が降って来て、頭が真っ白になっているようだった。胸に手を当てて興奮を抑え、呼吸を整えながら、成瀬はようやく、どういう意味だ、と答えた。

「僕じゃない。川間六実が」

あ、と、三咲は声を漏らした。アパートで暴れた後の、憔悴した六実の顔が頭に浮かんだ。取り返しのつかない間違いをした、と、六実は泣いていた。

「むっちゃんがカッチンに『コーヒー』を飲ませたのはまあ、そうなんだろうさ。本人から聞いたからな。でも、むっちゃんを焚きつけたのは成瀬、お前だろうが」

「違う」

「クスリの保管場所をむっちゃんに教えたのはお前だ。クスリを盗み出した時にもそばにいたろ？　『コーヒー』に依存した人間が考えることくらい、お前には簡単に予測できた」

　違うか、と、ミツルは成瀬を見下ろした。

「思い込みで言うな」

「思い込みじゃない。あのクスリに一度依存したら、理性では抑えられなくなる。盗み出すチャンスがあれば当然盗もうと考える。盗んだらどうする？　一人で飲むのか？　相手が欲しくなるんだろ？　むっちゃんが相手に選ぶのは誰か、お前はわかってたろ、なあ成瀬」

「全部勝手な決めつけじゃないか」

「カッチンが止めてくれる？　違うね。いいか成瀬、お前は止まる気なんかなかったんだ。お前は、あのクスリを使えば、他人を簡単にコントロールできるってことに気づいてた。むっちゃんを使ってカッチンに『コーヒー』を飲ませて、コントロールしようとした。カッチンを支配しようとしたんだ。そうだろ？　違うのか？」

　パン、と、破裂音がして、銃口から煙が出た。今度は、弾丸がミツルの耳をかすめた。ミツルの耳から、一滴、二滴、と血が垂れる。馬場が後ろから成瀬に向かって「自殺に見えなくなるぞ」と注意するが、成瀬は、うるさい、と喚いた。

「お前はイワシだ、成瀬」

「なんだって？」

「ガキの頃に見ただろ。デカい水槽でグルグル渦巻いてるやつ。あいつらは、隣に似たようなサカナがいりゃ安心するんだ。隣のやつも同じことを考えてる。その隣もな。そういうやつらが寄り集まって、群れを作ってる。お前もそうだ。隣にカッチンがいれば安心だった。お前は、カッチンがイワシの群れの王様だと思ってたからな」

　三咲にはイワシの例えはピンと来なかったが、やや甲高くてよく通るミツルの声は、耳の奥まで鋭く突き刺さってきた。成瀬が言い返そうと口を動かすが、ミツルの舌が回転を上げて、言葉を挟ませない。

「だけど、それは間違いだ、成瀬。カッチンは、イワシじゃなかった。アジかサバか知らねえけどさ、とにかく群れなんか必要なかったんだ。カッチンはただ気ままに泳いでいたいだけだった。カッチンが泳いでいく方向に、学校とかいうイワシどもの群れがあっただけだ」

「意味わからないことを言うな」

「けれど、カッチンをイワシの王様だと勘違いしたお前は、なんとかカッチンにひっつこうとした。カッチンは困ったんだ。成瀬、お前だけがひっついて来るのはまだいい。でも成瀬がそばにいると、カッチンは身動きが取れなかった。イワシの大群に囲まれてな」

「イワシイワシうるさいよ」

「いいか、よく聞け。カッチンはな、イワシの王様なんかじゃなかった。王様はむしろ――」


お前だ、成瀬。


風が止まる。ほんの一息の間ではあったが、三咲には時間が止まったようにも思えた。

「僕、が？」

「学校の中にデカい群れを作ってたのは、お前だよ、成瀬。カッチンじゃない。みんなそんなのわかってた。わかってなかったのはお前だけだ。だから、カッチンは気づかせようとしたんだ。生徒会選挙で成瀬が圧勝すれば、自分が群れのど真ん中、王様なんだって気づくだろうってな」

嘘だ、と呆けたような声を出しながら、成瀬が二歩、三歩と後ずさりをした。銃をミツルに向けたまま、視線を次々に動かす。馬場、高田、三咲の後ろのマスオ。だが、誰も成瀬に言葉をかけなかった。

「馬場」

成瀬がか細い声で馬場の名を呼んだ。馬場はほんの少しだけ嫌な顔をしたが、いつもの無表情のまま、「まあ、飯山の言葉も一理あるな」と、成瀬を突き放した。高田もマスオも、何も言わない。

兄が屋上から転落した理由。兄を追いつめたのは成瀬だと、三咲は頭で理解した。兄を失った妹としては、成瀬を憎むべきなのかもしれない。なのに、不思議と感情はどんどん冷えていった。ミツルの言葉が突き刺さるたびに、糸の切れた人形のように力を失っていく成瀬は、憎むにはあまりにも憐れ過ぎた。

「けれど、お前は気づかなかった」

「なんだ、って」

「むしろカッチンと距離ができたと思い込んで、もっと群れの中に埋もれようとしたんだ。でもな、イワシなんて所詮はトモダチモドキの集まりなんだ。いくら群れがデカくなろうが、自分は群れの端に追いやられてるんじゃないかと不安になって、内へ内へと回り込む。もっと周りにトモダチを、てな具合に止まらなくなる。カッチンはな、トモダチモドキを集めてブクブク膨れていくお前を、止めろ、って言ったんだ。飲まされたクスリのヤバさに気づいて、そのヤバいクスリをお前が弄るヤバさにも、カッチンはきっと気づいてた」

ミツルが、成瀬に人差し指を向けた。

「さっき、カッチンが俺を選んだって言ったな。違う。カッチンが俺を選んでたらな、何があっても生きてたんだ。カッチンがクスリ漬けになろうがどうなろうが、俺がカッチンと友達じゃなくなるわけがねえんだ！　でも、カッチンは死んだ！　カッチンはな、お前を選んだんだよ！　お前を止めることを！」

成瀬の後ろで、馬場が銃を構えた。さっきまでとは構え方が違う。目つきが冷酷になって、目に見えない殺意が溢れているように見えた。

「いまさら言ったたって、もう遅い！」

成瀬がミツルに向かって叫ぶ。

「遅い？　遅くねえさ、別に」

「もう、ここまで来たら、止まれないんだよ！」

「止めてやるよ、俺が」

「お前なんかに、何ができるんだ！」

「できるさ。言ってるだろ、俺はお前の友達だぞ。カッチン亡き今、お前の一番の友達は俺だ！　周りのトモダチモドキと一緒にするんじゃねえ！」

——三咲！

ミツルが叫ぶ後ろから、突然、自分の名を呼ぶ声が聞こえてきて、三咲はグラウンドに目をやった。ミツルの軽ワゴンの辺りに、いつの間にか男が立っていて、屋上を見上げていた。

お父さん！

「おい、君たち何やってる！」

三咲の父に続いて二人の警官が駆けつけてきて、同じように屋上を見上げた。おそらく下からは、校舎の縁に追い詰められたミツルと、ミツルに向かって銃を構える成瀬や馬場の姿が見えているだろう。高田が、逃げるぞ！　と慌てた顔で叫んだ。

ミツルが、撃て、撃ってみろ、と成瀬を挑発する。成瀬が喚きながら引き金を引こうとしたところに、マスオが駆け寄って成瀬を抱え込んだ。高田が屋上出入口に向かって走り、真っ先に飛び出す。成瀬は何か喚いていたが、マスオに押し出されて、屋上から姿を消した。

三人の後に、馬場も続いた。馬場は後退しながら、躊躇することなく銃を撃った。続けざまに三発。鉛玉の軌跡は目で追うことはできなかったが、ミツルの肩が、不自然に跳ねた。

ミツルが、大きくバランスを崩す。上体が後ろに倒れていく。ゆっくりと、取り返しのつかない、角度に。

三咲はコンクリートの床を蹴っていた。三咲の腕を縛っていた結束バンドは、いつの間にかぷつりと切れていた。コンクリートの地面を思い切り蹴り飛ばし、自由になった腕を、ミツルに向かって必死に伸ばす。ミツルは諦めたように目を閉じて、重力に身を任せようとしていた。そのまま、左肩を下にして、空に落ちていく。

「だめだって！」

ミツルの足が滑り落ちるのと同時に、三咲の手がミツルの革ジャンをがっしりと摑んだ。三咲が全体重を掛けて腰を落とすと、ミツルの手が、なんとか校舎の縁にかかった。

「左手！　左手！」

なんとかミツルを引き戻そうとするが、女の力では男一人を支えることなどできそうにない。

「三咲ちゃん！　放せ！」

ミツルが叫ぶ。三咲は、なおも左手！　と叫んだ。ミツルの革ジャンが、ずるずると脱げていく。

放すわけにいかない。

成瀬たちが逃げ出す直前、マスオが耳元で「ミッちゃんをお願い」と囁いて、こっそり三咲の手首のバンドを切った。マスオは三咲を置いて飛び出すと、今にも発砲しそうな成瀬の前に立ち塞がり、抱え込んだ。まるで、ミツルを庇うように。

「放せって！」

「マスオが！　お願いって！」

三咲が夢中で叫んだ言葉は、よく意味のわからない文章になった。だが、ミツルにはそれで伝わった。ミツルは雄たけびを上げながら撃ち抜かれて流血する左肩を上げ、ついに両手で屋上の縁を摑んだ。

「大丈夫ですか！」

息を切らせながら屋上に上がってきた警察官がミツルの腕に飛びつき、綱引きのような格好で、ミツルの体を引っ張り上げた。男の力が加わると、華奢なミツルの体は一気に持ち上がった。上半身がはだけ、半分尻を出したミツルは、複雑な体勢で屋上に転がり落ちた。

　もう大丈夫、と思うと、三咲の全身からものすごい勢いで力が抜けて行く。右手も左手も、強張ったまま動かない。どっと汗が噴き出して、さっき拭いたばかりの顔を伝い落ちて行った。

　屋上に転がって仰向けになったミツルは、大きく胸を上下させながら、サンキュー三咲ちゃん、と一言発した。瞳孔が開いていて、口や鼻から粘ついた液体が噴き出していた。

「立てる？」

　三咲が手を差し出す。ミツルは少しきょとんとした顔をしたが、ゆっくりと震える手を差し出し、三咲の手を摑んだ。二人とも握力がゼロになっていて、一度外れた。もう一度、最後の力を振り絞って、三咲はミツルを引っ張り起こした。

　ミツルは何とか両足で立ったが、またすぐに転びそうになった。慌てて握ったままの手に力を入れて、ミツルを支える。死にかけた恐怖のせいか、ミツルの膝がマンガのように笑っている。急に緊張が解けて、三咲は思わず噴き出した。

「三咲、ちゃん」

「な、なに？」

「握手、したな」

ミツルは汗と鼻水でぐしゃぐしゃになった顔をほころばせて、三咲の手を思い切り握りしめた。何事かと腰を引いた三咲に向かって、ミツルは「握手をしたら一生友達」というルールについて、くどくどと説明しだした。声が震えているせいで異常に聞き取りづらい上に、聞くのも面倒なほどの屁理屈だ。

「わかったよ、わかったから。いいよ、わかった」

「ほ、本当にか」

「もう、友達でもなんでもいいよ」

だからとりあえず放して、と、三咲がミツルの手を振り払うと、ミツルは膝から崩れ落ちて、再びその場にペタンと座ってしまった。

「三咲ちゃん」

「な、なに」

「友達」

「わかったから、わかったよ。友達ね」

「聞いて、ほしいんだ」

「聞く？　何を」

ミツルの両目から、涙がこぼれ落ちた。頬についた砂と涙が混ざって、ミツルの顔はひどい汚れようだった。

「カッチン、カッチン、カッチンの話」

カッチンの話がしたい。ミツルはそう言うと、大声で、子供のようにわんわんと泣いた。

——九月二十四日夜、西中市、地域のニュースをお伝えします。

本日、正午頃、市内北部の旧西中東高校で、複数の男によるものとみられる発砲事件が発生しました。

旧西中東高校校舎で発砲音がしたとの一一〇番通報を受け、警察官二名が現場に駆けつけたところ、拳銃を持った複数の男を確認しました。うち一名が、現場にいた飯山ミツルさん（二十四歳）に向けて三発発砲、一発が飯山さんの肩に命中し、重傷を負わせましたが、飯山さんの命に別状はありません。飯山さんと男らの間にはなんらかのトラブルがあったとみられ、警察は飯山さんの回復を待って事情を聴く方針です。

複数の男は拳銃を持ったまま逃走しており、現在、警察が行方を追っています。

＊

村上元市長の辞職に伴う西中市長選は、本日が投票前最終日となり、現職の副市長と中山行徳(ゆきのり)元市議による最後の一騎打ちが行われました。

中山元市議は、現市長らが推進する「西中ニュータウン構想」の見直しを掲げ、西西中駅前など、市内数カ所で市民らに支持を訴えました。

投票は明日二十五日午前七時から午後八時、開票は午後九時より開始されます。

＊

二十五日に投開票が行われる西中市長選ですが、西中市は二十四日、期日前投票システムの一部に不具合が発生し、市内複数の会場で、約百五十人の投票に影響が出たと発表しました。市選挙管理委員会によりますと、サーバーと端末の通信システムが外部から攻撃を受けた可能性があるとのことで、現在、警察と連携し、原因などを調べています。

——以上、西中市、地域のニュースでした。

五日目のこと（一）

西の空が、赤く染まっている。

三咲の頭上には、小さな雲が空一面に広がっていた。鱗雲だろうか。鰯雲かもしれない。無数のイワシが集まってできた大きな群れのように見えるから、鰯雲だと思うことにした。

小学校の体育館に電気が灯った。投票所、と書かれた体育館には、まだちらほらと投票に来る人の姿がある。どうやら現職の副市長と新人のデッドヒートが続いているらしい。

西中市のニュータウン地区の中にある小学校は、キレイで近代的な造りをしていた。本当は三咲もこの小学校に通うはずだったが、入学よりも早く、母と一緒に遠い街に引っ越すことになった。

暑い暑いと思っていたが、夕方になると少し風が冷たい。校舎を見上げると、四階のトイレから空を見ている子供たちがいた。この学校の子供たちだろうか。両親の投票ついでに校舎で遊んでいるのかもしれない。

かつてはああやって、兄も空を見ていたのだろうか。

西中東高校での一件の後、三咲と父は事情聴取のために西中警察署に連れて行かれ、八時間も調書作成に付き合った。話したのは、ミツルが改造拳銃で撃たれた事件についてだ。それだけでも十分に盛りだくさんで、「フリント」の話や「コーヒー」の話はあえて伏せた。いずれ聞かれる時が来るだろうが、今はまだ話す気にはならなかった。

事情聴取の後、三咲は父の車で自宅アパートに戻り、着替えと必要なものをスーツケースに詰め込んだ。月曜日から大学の後期授業が始まるが、三咲は一旦、母の待つ実家に戻ることにした。これから事件がいろいろ明らかになっていくだろうし、そのど真ん中に娘がいたことを知らずにいたら、母はきっとワイドショーを見ながら気を失ってしまう。やんわりと、事前に説明しておく必要があった。

机の上に置きっぱなしの五年手帳も、荷物の中に入れた。

荷作りを終えた時にはもう、深夜二時を回っていた。

成瀬たちが逃走したとはいえ、自室に一人になるのは恐ろしくて、三咲は父の家に泊まることにした。男の一人住まいにしては家が無駄に広かったが、来客の分の寝具はなかった。仕方がないので、三咲は遺影が飾られた兄の部屋で、兄のベッドにもぐりこんで眠った。ほんのりと、天井の模様は記憶に残っていた。遠かった兄が、少しだけ近くなった気がした。

泥のように眠って遅い朝を迎え、父の車で実家まで送って行ってもらうことになった。父は、投票日当日は選挙活動ができないので選挙応援もない、と言っていたのだが、出掛けに投票を済ませる、と近くの小学校に寄ったそのまま、帰ってこなくなった。案の定と言うべきか。三咲は苦笑まじりのため息をついた。

選挙はかなりの接戦のようだ。父が帰ってくるのは、夜遅くになるだろう。いつ帰ってくるのかとやきもきする母の顔が目に浮かんだ。

暇を持て余して校庭をぶらぶらしていると、投票所になっている体育館の辺りがざわついていることに気づいた。何があったのだろうと覗きに行くと、出入口をくぐるように出てくる長身男の姿が見えた。

馬場だ。

三咲の体が硬直して、動かなくなった。まさかとは思ったが、外に出てきた馬場とがっちり目が合った。馬場は顔色も変えずに、真っすぐ三咲の元へと向かってくる。体育館がざわついた理由がわかった。ただでさえ目立つ巨人にもかかわらず、馬場は全身ずぶ濡れの、泥まみれだった。

「奇遇だな。昨日ぶりだ」

「なにして、るの？」

「投票だ」

あたりまえだろ、と言うように、馬場がそっけない答えを返してきた。

「投票って、バカじゃないの」

「勝ってもらいたい候補者がいるからな。俺の一票が西中市を、ひいては日本を変えるかもしれないだろう」

「そんな、呑気（のんき）なことを言っていいわけ？」

「呑気？」

「指名手配中の、殺人犯でしょ、あんた」

「殺人犯ではない」

馬場は、珍しく乱れた髪をかき上げながら、「殺人未遂犯だ」と答えた。

「あの人、生きてるけど、結構重傷だからね」

「悪いことをしたとは思っている」

馬場に肩を撃ち抜かれたミツルは、すぐに救急車で運ばれた。肩からの出血がひどく、思った以上に重傷だったらしい。とはいえ、命に別状はなく、すでに一般病棟に移ったという。ニュースで見た情報だが。

「ねえ、なんでそんなにずぶ濡れなわけ？」

三咲にはもう興味がないのか、どこかにふらりと立ち去ろうとする馬場に、三咲は話しかけた。腹に力を入れ過ぎて、少し声が上ずった。

「泳いできたからだ」

「泳いでって、川を？」

「逃亡犯だからな。電車や車で来るわけにもいかないだろう」

馬場は、高田は泳げないから置いてきた、と、聞いてもいない話をつけ加えた。

「こんな田舎の市長なんかのために、そこまでする？」

「もちろんだ。俺たちが少しでも有利になるならな」

「まだ、悪いことやるつもりなわけ？」

もちろんだ、と、馬場は真顔で頷いた。

「何のために」

「成瀬だ」

「あの人が、なんなの」

「成瀬が、どこまで大きくなるか、見てみたいんだ、俺は」

馬場は冗談を言っている様子もなく、さらりと答えた。

「大きくって、あんたたち犯罪者じゃない」

「犯罪じゃだめか？」

「だめに決まってる」

「何故だ」

「何故って」

「成瀬は、普通の世界で生きていたら、ただ弱いだけの男だ。なのに、腹の中には人一倍高いプライドが詰まっている。日々、プライドを傷つけられながら生きていかなければならない人生は、あいつにとって幸せか？」

「それは」

「この国で、ハードドラッグを常習的に使うような人間は、欧米と比べれば、破格に少ない数だ。俺たちは、そのほんの一握りのバカやクズを食い物にしようというだけだ」

それほど悪いことでもない、と、馬場は悪びれる様子もなく言い切った。

「いや悪いでしょ。現に、私だって巻きこまれたし」

「第一、俺はそういう世界で生きていくほうが楽な人間でな。成瀬は俺に、生きやすい世界を用意してくれる。俺は、成瀬が大きくなっていくのを助ける。いい関係だとは思わないか？」

三咲は、最悪なギブアンドテイク、と呟いた。

「あいつに、言っておいてくれ」

「なに」

「成瀬の一番の友達は、俺だ。勘違いするな」

三咲の目が、馬場の後ろへと泳ぐ。馬場は感づいて振り返ったが、その時にはすでに、馬場の両脇を二人の警官が固めていた。

「馬場だな」

警官の一人が馬場の後ろに回り、素早く手錠をかけた。馬場は抵抗することなく、されるがままになっていた。被疑者確保。無線連絡を済ませると、警官は三咲に向かって、ご協力ありがとうございます、と、頭を下げた。実は、三咲からはもっと前から警官が近づいてくるのが見えていた。話を引きのばしたのは、咄嗟の判断だ。

「じゃあな」

馬場は特に怒ることもなく、警官二人に連れられて、淡々と去っていった。いいものだと言うつもりはないが、ミツルも馬場も、胸を張って「一番の友達」と言い切れるのは羨ましいと思った。三咲には、きっと一生言えないセリフだ。

小学校の敷地内から出て、馬場の姿が見えなくなったと同時に、警官の怒号と、被疑者逃走！　という声が聞こえてきた。車が急ブレーキをかける音や、女性の悲鳴も続けて聞こえてくる。

走るの嫌いなくせに、と、三咲はまた一つ、ため息をついた。

翌日

1

ただいま。

町田が住むアパートの玄関ドアが開いて、買い物袋をぶら下げた増尾佳乃が入ってきた。町田は玄関に迎えに出て、お帰り、と微笑んだ。同棲(どうせい)しているわけではないが、佳乃は町田のアパートに来ると、決まって「ただいま」と言う。

「ごめんね、おそくなっちゃった」

「いや、全然そんなことないよ」

アパートの窓から、西の空に沈んでいこうとする夕日が見える。空一面を、赤く染まった鰯雲が覆っている。

「昨日は、バーベキュー楽しかった？」

「楽しかったよ！　いきなり行ってきてごめん」

佳乃から、「ヒロ君とバーベキュー行ってくる」というメッセージが送られてきたのは、昨日の朝のことだ。町田はミツルと落ち合うために、西西中の駅に向かっている途中だった。佳乃のメッセージに続いて、八広からもメッセージが送られてきた。本文はなく、画像だけだ。車の中を撮影した画像には、運転席に八広、助手席に佳乃、そして後部座席には成瀬がよく行くバーの女性店員が二人写っていた。

意図がわからずに首をかしげていると、八広の手に「コーヒー」の包み紙が握られていることに気がついた。一瞬で、全身から血の気が引いた。バーの女たちも、フリントの常連だ。

すぐに成瀬に電話をかける。第一声は「メッセージ行った？」だった。町田は、ごめんなさい、と謝るしかなかった。おそらく、村上の監禁場所をリークしたことで、町田がスパイだということが成瀬にバレたのだ。バーベキューという名目で、佳乃は車で山奥に連れ出された。町田の行動如何(いかん)によっては「コーヒー」を盛る、という脅しだった。

成瀬の要求は、簡単だった。ミツルが何をしようとしているのかを全部話し、裏切れ、というものだ。無論、言う通りに全部話した。

佳乃が手慣れた様子で、買ってきた夕飯の材料を冷蔵庫にしまっていく。週末はだいたい、佳乃が町田の家にやって来て、夕飯を作ってくれる。

「何時頃帰ってきたの？」

「昨日の夜中。遅くなっちゃった」

「何食べたの？」

「肉。肉ばっかり。肉だらけだったよ」

「そう、なんだ」

「それで、なんかすっごい美味しいコーヒーがあるとかで。ヒロ君が高っかいの持ってきてくれてさ」

「コーヒー、を」

「見たことないやつ。結構、コーヒー詳しいつもりだったんだけどな」

「飲んだ、の？」

町田は平静を装って、言葉を返した。

もし「エスプレッソ」を飲まされていたら。一定濃度以上の「コーヒー」を一気に体内に入れると、依存形成の危険性は飛躍的に高まる。佳乃が薬物に侵されることなど、考えたくもなかった。

「それがさ」

佳乃が持ってきたカバンから何か取り出して、テーブルの上に置いた。体温計のようなものだ。先端のキャップを取ろうとすると、佳乃が、取らないでよバカ、と、町田の額を小突いた。プラスチックの機器には、円形の小窓がついている。中には赤い線が一本引かれていた。

「カフェインて、あんまりよくないって言うからさ。大丈夫かとも思ったんだけど」

「あ、あああ」

ようやく意味がわかって、町田はその場で立ち上がった。

「僕の？」

ったり前でしょ、と、佳乃が町田の腹に軽くグーパンチを入れる。町田が手にしているのは、妊娠検査薬だ。赤の一本線は、陽性を意味している。

「まださ、みんなには内緒ね」

町田が佳乃を抱き寄せると、佳乃も両腕を腰に回して、きゅっと力を入れた。

「ねえマッチ、お嫁に貰ってくれる？」

町田は小刻みに頷きながら、当たり前だろ、と、答えた。

「あ、あのさ」

「なに？」

「僕、あの、仕事を替えようかと思って」

「うっそ、このタイミングで？」

「よかったらさ、もっとこう、田舎に移住してさ。のんびりしてて、環境のいいところに。ちょっと貧乏するかもしれないけど」

「うちの実家、お父さんが退職してクソ田舎に引っ越したんだけど、部屋空いてるって言ってたよ」

「実家かあ」

「やっぱり嫌？」

「あ、いや、それじゃ、本格的にマスオじゃん、と思って」

佳乃が思い切り噴き出し、いいじゃん増尾になっちゃいなよ、と笑った。

「でも、トモダチみんなと離れなきゃいけないのはちょっと寂しいかな」

「新しいところでもきっとできるよ、トモダチくらい」

「まあ、マッチがいるなら、別にどこでもいいよ。トモダチはさ、いるに越したことないけど、あくまで十分条件だからさ」

「じゃあ、やっぱり田舎に。田舎に行こう。なんか、夜とか真っ暗闇になって、寝るしかない、みたいなところ」

「いいね。潰れそうな一軒家買って、手作りでリフォームするとか」

「僕、漁師とかになってみようかな。魚好きだし。イワシとかね」

「マッチは漁師って感じしないなあ」

「そっか」

「いいパパにはなりそうだけどね。優しいし」

って、何泣いてんの？　と、佳乃が町田の頬を親指で拭った。

「佳乃」

「なに？」

「あのさ」

町田の両目から、大粒の涙が続けざまに数粒、畳の上に落ちた。声が出ない。町田は口を呆けたように開け閉めしながら、膝を折り、正座をして、手をついた。

「どうしたの？」

「赤ちゃん、うれしい、すごく」

「うん」

「でも、少しの間、僕がいなくなったら、どうする」

佳乃は眉間にしわを寄せ、少しの間？　と首を捻った。

「どれくらい？」

町田は、わからない、と、首を振った。

「もしかしたら、出産に、間に合わないかもしれない」

「どういうこと？」

「一年、二年、かかるかも。もしかしたら、もっと」

佳乃が町田の目を覗き込みながら、表情を曇らせた。

「はっきり言ってよ」

「あの、僕、警察に」

胸が痙攣して、上手くしゃべれない。町田は土下座をするような格好で、激しく嗚咽した。佳乃が両手で町田の頰をすくい上げ、じっと目を見た。

「馬場君？」

「あ」

「びっくりしちゃった。殺人未遂容疑で、指名手配だって。被害者、飯山君って。さっき、電車の中でニュースやってて」

関係ある？　と、佳乃は町田に問いかけた。町田は目を閉じ、何度か頷いた。

「マッチも、飯山君を？」

今度は、全力で首を横に振った。

「でも、やっちゃいけないことを」

そっか、と、佳乃はため息をついた。

「そうじゃないかなあ、って、思ってたんだよね。ずっと」

「え」

「マッチがっていうか、ナルとか、ヒロ君とかさ、なんかどんどん派手になっていくし。その辺に、マッチはずっとくっついてるし」

「そっ、か」

「マッチはさ、流されやすいのが玉に瑕だよ」

「うん」

「行って来て」

え、と、町田は佳乃の目をじっと見た。

「そんでさ、ちゃんときれいになって、帰って来てよ」

「どうして」

「どうしてって」

「さようならって、言われるよ、普通は」

佳乃の目から涙が一筋、こぼれて落ちた。高校の頃に付き合い始めてから、町田が佳乃の涙を見たのは初めてかもしれなかった。

「そりゃ、最悪だよ。最悪。タイミングから何から、全部最悪。勘違いしてほしくないけど、怒ってるから」

「それは、うん、そうだよ、もちろん。当然」

「でもさ、じゃあバイバイ、って、簡単に言うわけにいかないじゃん。もうトモダチじゃないんだからさ」

「トモダチ」

「大体さ、マッチはなんか放っておけないんだよ。卑怯(ひきょう)だよね、ほんと、そういうところ」

「ごめん」

「早く、帰って来て」

あとで、一発全力でひっぱたくから、と、佳乃は町田の頬を撫でた。

町田は畳に額をこすりつけて、ただひたすら、ごめん、と繰り返した。

2

滑河は思うように動かない金属の扉を開け、空いた隙間に体を滑り込ませた。砂埃が舞い、なんとも言えない悪臭が鼻をつく。旧密造場所であった廃工場は、今はもう、ただの廃墟(はいきょ)に戻っていた。

突然差し込んで来た光に驚いたのか、怯えた目で滑河を見上げる男がいた。例の、市長の息子だ。まるで犬のように鎖に繋がれて、粗大ゴミにしか見えないベッドマットの上に座り込んでいる。滑河が口元に貼られたガムテープをはがしてやると、ほっとしたように息を吐いた。

「腹は減っていないか」

「アレをくれ」

村上は、うわ言のように「コーヒー」と連呼した。

「そんなものは、もうない」

「嘘だろ、くれよ」

滑河は奪ってきた鍵束から鍵をひとつ選び出すと、首を拘束する南京錠を外した。

だが、完全なる自由を手に入れたにもかかわらず、村上はそこから一歩も動かなかった。逃げようとも、暴れようともしない。ただ、物欲しそうに滑河を見ている。

「自首しろ」

いやだ、と、小さな声で、村上が首を横に振った。

「死にたいか？　このままだと、君は死ぬぞ」

少し間があって、村上はまた首を横に振った。

「死にたくない」

「じゃあ、行くんだ」

追い出すようにして、村上を外に出す。もうそろそろ日が落ちて、辺りは暗闇になるだろう。空にはまるで魚の大群のような雲が出ていて、去り行く一日の最後を、朱に彩っていた。

もう一度、行け、と言うと、村上はよたよたと歩き出した。


馬場と高田に捕まってから、滑河は西中市のマンションの一室に放り込まれていた。今朝になって急に、マンションにやってきた中野に連れ出されて、車に押し込まれた。行き先も目的も教えてはもらえない。

いよいよか、と、滑河は後部座席で目を閉じた。

「コーヒー」の製造方法については、素人が見ても作れるほど丁寧なマニュアルを作らされた。教師も辞め、自宅アパートも引き払った。マニュアル通りに「コーヒー」が作れることが確認されたら、滑河が必要とされる理由はなくなる。すでに、生きている痕跡も、もう何一つ残されていない。

――お前もきっと、用がなくなったら殺されるぞ。

頭の中に、激しく痙攣を繰り返しながら息絶えていく大久保の姿が浮かんだ。人一人がこの世界から消されてしまったというのに、大久保の件は、まだ世間には一切知られていない。滑河もそうなるだろう。滑河という存在がこの世界から消えても、気にかけてくれるようなトモダチは誰もいない。

——おい、なんだ、あの車！

滑河がひっそりと覚悟を決めている時、車は西中市と隣接市との境界である川にかかった道路橋を渡っていた。中野の怒号に驚いて顔を上げると、横をものすごい勢いでダンプトレーラーが追い抜いていくのが見えた。側面には、「香取建設」という会社名が入っていた。

強烈なブレーキ音を響かせながら、滑河の目の前でダンプが横転した。積んでいた土砂をぶちまけ、ダンプは完全に橋を塞ぐような格好でひっくり返ったのだ。中野は悲鳴をあげながらハンドルを切ったが、車は制御不能に陥り、路肩の鉄柵に突っ込んだ。エアバッグが作動したが、シートベルトをしていなかった中野は、ステアリングにもたれかかるようにして気を失っていた。命には別状なさそうだが、しばらくは目を覚まさないだろうと思われた。

中野から鍵を奪って自らの拘束を解き、滑河はなんとか車から逃げ出した。そのまま、徒歩で数時間かけて廃工場に辿り着き、今に至っている。

滑河が作り出した「コーヒー」は、とてつもない速さで渦を巻き始めている。この田舎町の汚い廃工場で生まれたわずか数グラムの薬物が、あらゆる人間の人生を食いつぶしながら広がっている。西中市に根を広げ、数年後には、都心を巻き込んでいくだろう。もしかすると、世界に飛び火するかもしれない。ねずみ算式に常習者が増え、多くの人々の命を呑み込んでしまう。

こんなはずじゃなかった。

滑河は、一人、呟いた。

ただ、誰かに相手をしてもらいたかっただけだった。大久保に言われて「コーヒー」を合成したことも、自らその「コーヒー」に手を出したことも、無防備な女子生徒に飲ませたことも。

傍らにある戸棚に手を突っ込み、奥から缶を取り出す。中には、小さなビニールのパケが入っている。ほんの数ミリグラムだけ、隠し持っていたクスリの結晶が残っていた。

注射器がどこかに落ちていないだろうかと辺りをうろうろすると、ガラクタの陰に、真新しいブルーシートが掛けられているのが目に入った。気になって取り去ると、思わず、お、と声が出た。以前ここで使っていた機器や薬品類が、きれいにひとまとめになって梱包(こんぽう)されている。新しい密造所には、まだ移動していなかったのだ。

なるほど。

自分にはまだ、やることがあった。

滑河は積んである段ボールからいくつかの薬品を選び出して、ドラム缶にぶちまけた。ドラム缶は、大久保を「処理」するために持ちこまれたものだ。複数の薬品をドラム缶の中に入れると、ぶくぶくと泡が立ち、気体が勢いよく噴き出した。

小さなコンセントから配線を引っ張り出し、「コーヒー」製造に使っていたキッチンタイマーを繋ぐ。時間が経つと、作動したタイマーによって配線がショートし、スパークして火花が散る。昔、大久保に言われて爆弾を作った時に覚えた技だ。建物の隅に置かれたままの発電機を動かすと、派手なエンジン音とともに、電気が通った。

積まれた段ボールの中には、滑河が作ったマニュアルがぎっしりと詰め込まれていた。「コーヒー」に関する記録は、すべてこの中に入っている。中野は、盗み出されることをおそれて、文書の電子化はしなかった。段ボールの中の紙がすべてだ。滑河は、数ある液体の中から可燃性の薬品を選んで、段ボールに染み込ませた。ちょっとした火で、一気に炎上するだろう。

種々の準備を整えると、滑河は座り慣れた自分の椅子に座った。「コーヒー」の結晶を溶かして、見つけてきた注射器で血管に入れる。脳にパリッという刺激を感じ、すぐに世界がキラキラと光り出す。

滑河は、机の上の小さなねじを指先で転がした。先ほど、ドラム缶の底から見つけてきたものだ。おそらく、チタン合金製のねじだろう。そこらの薬品では融解することも腐蝕することもない、安定した合金だ。医療用にもよく使われる。例えば、インプラントのための人工歯根。おそらく、大久保がこの世に残した、唯一の痕跡だ。

「僕たちは、出会ってはいけなかったんだ、大久保」

ドラム缶の中から噴出しているのは、大量の可燃性ガスだ。建物の隙間から漏出する量より多くのガスが噴き出し、建物の中に溜まっていく。ざっと計算すると、一時間半ほどで建物中に充満する。タイマーは、そのタイミングで鳴動するようにセットした。スパークして散った火花が、充満した可燃性ガスに引火し、そして。

滑河は、椅子にもたれかかって目を閉じた。たった一人。孤独にもかかわらず、なんだか穏やかな気持ちだった。

あとは、すべてが終わるのを待てばいい。

3

「泣くなや」

「泣いてない」


六実の頭に、鬼越が、ぽん、と手を乗せた。六実は胸がいっぱいになって、我慢できずに涙をこぼした。

「それにしても、なんちゅう駅名やこれ。誰かツッコまへんのかいな」

西中東中央やぞ、と、鬼越が軽口を叩く。六実は笑うこともなく、ただ何度か頷いた。どう言葉を返していいのかわからない。喉が詰まって、声も出せなかった。麻雀牌とちゃうぞ、と、鬼越は誤魔化すような独り言を言った。

駅の改札に掲げられた電光掲示板には、遅延、の文字が躍っている。日中の爆弾騒ぎで、今日は一日、電車の運行が乱れに乱れた。何でも、朝っぱらから西中市内を通る鉄道各社に、時限爆弾を仕掛けた、という電話があったらしい。それらしき爆発物も見つかり、爆発物処理班が出る騒ぎとなった。

爆弾を作ったのは滑河、仕掛けたのは鬼越だ。

都心から西中市を通る電車は上り下りともすべて運休となったが、つい先ほどになってようやく、一部運行が再開した。今日一日、電車が動かなければいい、という六実の願いは届かなかった。

日が落ちて夜になると、西中東中央駅には人の姿がほとんどなくなる。駅の規模に比べて街がまだ小さいせいで、利用客の少なさが目立ってしまうようだ。今日は、特に人影が少ない。日曜の夜九時過ぎに、爆弾が仕掛けられているかもしれない電車に乗ろうという人は、あまりいないだろう。

「そろそろ、中、入るわ」

鬼越が地べたに置いていた汚いリュックを持ち上げた。ぎゅっと引きつりそうになる胸を抑え込んで、六実は、こくん、と頷いた。小さな声で、ごめん、と呟く。六実さえいなければ、鬼越は今頃、地元で平和なトラック運転手生活を送っていただろう。

「あの、チリチリ頭のニイチャンに、よろしく言っといてくれや」

「飯山？」

「せや。飯山のミッちゃん」

鬼越は西中東中央駅から都心方面に出て、そこから深夜高速バスを使って西の田舎に帰るという。採用が決まっていたという会社とは半年ほど音信不通になっていたにもかかわらず、車の事故で死にかけた、という言い訳が通じたらしい。人員不足が深刻なのかもしれない。

六実は、もうしばらくあのアパートで暮らす。少し落ち着いたら、仕事を見つけようと思っている。とはいえ、昼間の仕事が簡単に見つかるとは思えない。また、風俗でもやることになるかもしれない。

「元気でな」

「鬼ちゃんも」

「だから泣くなや。風俗嬢と客やぞ。そんな湿っぽい間柄とちゃうやろ」

六実は、そうだね、と頷いた。本当は、せめて「トモダチ」と言ってほしかった。歳の差もあるし、お互いのことはほとんど何も知らない。クスリで繋がったよくない関係でもあった。それでも、六実と鬼越との関係を表す言葉が、風俗嬢と客、というのは悲しい。

「クスリ、もうやめや」

「わかってる」

「俺も、もう金輪際やらんわ。誓う」

残り五分。鬼越がポケットに入れてあった切符を取り出し、もう一度六実の頭に手を乗せた。きっと二度と会うことはないだろう。お互い、記憶の片隅に残るだけだ。ほなな、と、鬼越が改札に向かって歩き出した。自動改札を通り、あっさりと向こう側に行ってしまう。

「鬼ちゃん！」

六実の声に、鬼越は背中を向けたまま、右手を上げて答えた。ホーム階に向かうエスカレーターに乗ると、鬼越の背中がゆっくりと上って行った。完全に見えなくなると、六実はその場にしゃがみ込んで、両手で顔を覆った。

いなくなっちゃった。

自分の人生の、どの時点から後悔を始めればいいのかわからない。「コーヒー」を盗んだところからか。それとも、化学の勉強をサボったところ？　あるいは、もっと前だろうか。

あと五年もすれば、風俗でもだんだん稼げなくなってくる。十年後は？　二十年後は？　時折、フラッシュバックを起こして暴れるような女が、普通の恋愛をすることはきっとできないだろう。ひとりですべての罪を抱えて、それでもなんとか生きていくしかない。

頭上から、発車ベルの音が聞こえてくる。

さようなら。

声にならない声で、六実はたった一人の「友達」に別れを告げた。

4

――七百九十票差。

午後十時、ようやく当選確実が出て、香取雄大はほっと胸をなでおろした。同時に、足が震えた。村上に連絡を入れると、ずいぶん張りの戻った声が聞こえた。腹の経過はずいぶんいいらしい。

「当確が出た」

「よくやってくれたな、香取」

俺の力じゃないよ、と、雄大は自嘲するように笑った。

勝てたのは、奇跡が重なったからだ。

今日一日、西中市周辺はトラブルのオンパレードだった。西中市西部の川に架かる鉄道橋で爆発物騒ぎがあり、市内を走る鉄道がほとんど運行を取りやめた。最も交通量の多い国道が通る道路橋では、某会社から盗まれたダンプカーが横転し、道をふさいで大渋滞を引き起こした。選挙前日、前々日には、市の期日前投票システムに不具合が発生し、一時サーバーがダウンするという事態も起きていた。どうやら、外部からの攻撃があったようだ。

つまり、今回の選挙は、「選挙当日の朝時点で市内にいない人間」が投票をすることは難しかったかもしれない。約八百票差の決着は、そういったトラブルの影響もあっただろう。何もなかったら、おそらく負けていた。

これで、前副市長が市長の座に就き、従来の地元建設三社の談合体制は固守された。ニュータウンの開発再開は、ほどなく決まるだろう。今後数年にわたって特需が約束される。胸をなでおろした同業者も多くいるに違いない。

だが、喜べることだろうか。

結果的に、雄大はミツルを利用することになった。成瀬の暴走を止めようと走り回ったミツルのおかげで、香取建設には少なくない金が入ってくることになる。

「村上、あのな」

「退院したら、みんな集めて、改めて祝勝会をやろう。今回の勝ちは大きい。ニュータウン事業反対派の勢いも削げる」

村上は、勝利の興奮で饒舌（じょうぜつ）になっていた。だが、もっと話すべきことがあるだろう、と、雄大は言いたくなった。まだ行方の分からない、村上の息子の話が一向に出てこない。

「なあ、村上」

「ん？　ああ、どうした？」

「選挙応援なんだが」

「応援がどうした」

「俺は、今回で最後にしようと思う」

「なんだって？　正気か？」

選挙応援に参加しない。つまり、特定政党の支持をやめ、繋がりを断ち切るということだ。票のとりまとめも、企業献金もしない。当然、香取建設は、公共事業の請負どころか、入札にすら参加できなくなる。売り上げの六割を占める公共事業の発注がなくなれば、経営は立ち行かなくなるだろう。

「少し、疲れたんだ」

「今はそう思うかもしれないが。大変だったからな」

「いろいろ考えることがあってね。なんだか虚しくなった」

「それで、いいのか」

「仕方がない」

残念だ、と、村上は電話の向こうで唸った。

「なあ、でも、仕事は仕事としてだ。村上とは、ずっと友達としてやっていきたいと思っているよ」

電話の向こうで、うん、と唸る声がした。

「友達、か」

「小学校からずっと一緒だしな。仕事を離れてしまえば、今までと変わらないと思うんだが」

電話の向こうから聞こえてくる声が、明らかに曇ったのがわかった。

「まあ、それは、そうだが。上の先生方や他の仲間もいる手前、今まで通りというわけには行かないだろうな」

「そうか」

そうだよな。

村上の答えは、雄大の予想通りだった。狂って群れを離れようとする小魚に、ついてくる者はいない。

「すまない」

「長年、世話になった。長い付き合いだったな」

ほんとうにいいのか？　と聞きなおす村上に、雄大は、ありがとう、とだけ伝え、電話を切った。

「ねえ、なんかすごいこと言ってたけど、大丈夫？」

傍らには、待ちくたびれた様子の三咲が立っている。思えば、随分長い時間待たせてしまった。申し訳ない、と頭を下げる。

こうして真正面から娘の顔を見るのは、何年ぶりだろう。幼い頃の面影はあるが、離れていた年月は長い。娘と言っても正直、まだピンとは来ていない。だが、どこか自分や海斗の面影を宿す娘に、雄大は、まだ自分は一人ではなかった、という安心感をもらった気がした。

「大丈夫だ。大丈夫ではないだろうけどな」

「どっち？」

「まあ、だめだろうな」

「じゃあ、謝ったほうがいいんじゃない？」

「社員の行先は考えてある。俺一人ならなんとかなるだろう」

　三咲を車の助手席に乗せ、運転席に乗り込む。これから三咲の母の家まで、車で送り届けることになっていた。予定よりずいぶん遅くなった。向こうに着くのは朝方になるだろう。

「ねえ、なんでさ」

「うん？」

「あそこに来たの？　高校に。警察を連れてさ。選挙応援で忙しかったんでしょ」

「まあな。理由も言えなかったし、周りから白い目で見られたよ。でも、普通行くだろう。娘が大変なことになってるんだし」

「娘って言ってもさ、ほぼ他人じゃん。一応、お父さんて呼んでるけど、正直よその人って感じがする。そんなことない？」

「正直言うと、俺もそうだ。どう接していいかはわからない」

「だよね」

「でも、優先順位くらいはわかる」

　人としてのな、と最後に付け加える。

「そういう言い方をしちゃうとさ、逆に来るのが遅かったと思うよ」

「もちろん、ここまで来たら即通報するべきだと思ったさ。でも、飯山君には、昼十二時を過ぎても連絡がなかったら、警察に通報するよう頼まれていた」

「十二時？」

「それまでに三咲を連れて出られなければ、たぶん交渉が決裂してるってな」

「もう少し遅れてたら、あの人落ちてたかも」

雄大は、そうだな、と呟いた。

「大切な友達を失うところだった」


トモダチを裏切れない。


その言葉で、どれほど自分を誤魔化してきただろうか。雄大はただ、同調圧力から逃れることができなかっただけだった。村上とも、とうの昔に友達ではなくなっていたのかもしれない。家庭を、家族を犠牲にしてまで守り続けてきたものが、今となっては、何の価値もないつまらないものに思えた。

海斗は、もう戻ってこない。

だが、少しでも、取り戻せるだろうか。

車のエンジンをかける。三咲はもう会話のネタがなくなったのか、じっと外を見ていた。アクセルを踏み込むと、車は滑るように発進した。

5

「ようニイチャン、ちっとここ通してくれや」

鬼越が切符を渡すと、駅員が淡々と精算し、一番手前の改札口を手動で開けた。おおきに、と一言言って通る。

振り返ると、電光掲示板には、次の上り電車の発車時刻が表示されている。二十分も先だ。こりゃ、バスには間に合わんな、と、ため息をついた。

九時十分発の上り電車に乗ってしばらく揺られた後、鬼越は電車を降り、下り電車に乗りなおした。再び西中東中央駅についたのは、十時二十分を過ぎていた。

「おい、お前何やっとんねん。アホか」

改札前、人通りのない駅の入口のど真ん中で、女が一人、うずくまっていた。顔に手を当てて、肩を震わせている。鬼越が声を掛けると、女の体がびくりと跳ねた。女は、ゆっくりと顔を上げた。鬼越と目が合うと、目鼻が全部こぼれ落ちるのではないかと思うくらい、ぐちゃぐちゃに顔を歪ませた。

急に、昔のことを思い出した。何十年も前、まだ鬼越にも家族がいた頃の記憶だ。デパートに連れていった息子が迷子になったことがあった。鬼越が迎えに行くと、ちょうど目の前の女のように、顔をくちゃくちゃにぶっ壊して両手を広げて縋りつき、父ちゃん、父ちゃん、と泣き喚いた。あまり人に必要とされずに生きてきた人生で、それは貴重な記憶だ。

女は立ち上がると、ゆっくりと近づいてきた。子供のように、無我夢中で縋りついては来なかったが、手の届く距離になると鬼越のシャツを握り、胸に顔をうずめた。くぐもった泣き声が、鬼越のアバラ骨に響いた。

名前を呼んでやりたい、と思ったが、鬼越は女の名前を知らなかった。知っているのは風俗嬢時代の源氏名だけだ。呼ぶ時は、お前、と言っていたせいもあって、名前を聞きそびれていた。

鬼越と女は、結局その程度の関係でしかない。

なのになんでや、と、鬼越は自分を笑った。

「どうして？」

「どうしてってなんやねん」

「どうして、戻ってきたの」

「ウンコや。腹痛なってウンコしてたら、電車いってもうてな」

「一時間以上も？」

「ストレスで便が固くなっとんのや。ひどい難産やった」

胸にうずもれて泣いている女の肩が、少し跳ねた。笑っとるやんけ、と、鬼越は女の背中を叩いた。

「一時間言うけどな、お前もなんでまだおんねん。駅員も気まずいやろが」

「連れてって」

鬼越の胸の中で、女が引きつるような声を出した。

「連れてけって言われてもやな」

「お願い」

「お前な、俺と歳三十もちゃうんやぞ。あかんやろ」

女は、懸命に首を振る。

「もっと、ええ男おるよ。俺と来ても、辛いだけやって」

やはり、女は首を横に振った。

「なんで俺なんや」

「わかんない」

「わかんないって」

「じゃあ、なんで鬼ちゃんはあたしのこと指名してたの」

そら、と、鬼越は口を開けた。

「なんでやろな」

鬼越の背中を摑む女の手の力が強くなった。くっついている部分が熱を帯びて、少し汗ばんでいる。額を撫でるようにして生え際に手を差し入れると、女の顔が持ち上がった。目が合う。顔を近づけると、女は目を閉じた。そのまま、かぶさるように唇を合わせた。

「もう、バスに間に合わんな」

戻るか、一旦。鬼越が駅の出口を指差すと、女は素直に頷いた。

静かな西中東中央駅を出て、来た道を戻る。明日がどうなるかはわからないが、頭で考えても答えは出てきそうになかった。

「そもそも、ついてくるってどういうことや」

「どういうこと？」

「どういう関係なん、俺ら」

女は、少し考えて、友達？　と首を傾げた。

「わかんないけど、友達？　でも、セックスしてるし、セフレ。セックスフレンド」

「軽いなあ、おい」

「重いの嫌でしょ、だって」

「もう、そういう発想やめえや」

その程度の言葉で、一人の女の人生を背負うことができる男は少ないだろう。女の存在は、もっと大きなものだ。なんと定義していいかわからないが、少なくともそんなに軽いもんじゃないだろうと、鬼越は思った。

じゃあなんだ、と言われても、友達、という言葉しか出てこない。

「そういやな、お前、名前なんつうの」

「名前？」

「本名や、本名」

「六実」

六つの果実で、六実。と、女は少し声を弾ませながら答えた。

「六実か。そっちの名前のほうがええな。顔に合うとる」

駅前の通りには、相変わらず人影がない。誰もいないわりに、きっちり整備された街灯のせいで、やたらと道が明るい。

鬼越は六実の手を取り、車道のど真ん中を歩くことにした。そこには、二人だけしかいなかった。

五日目のこと（2）

真っ暗な高速道路をなぞるように、点々と照明灯の列が続いている。日曜日はそろそろ終わり、月曜日が来ようとしていた。

隣では、父が黙って運転をしている。三咲がうとうとしていたのを見て、気を使って黙っていてくれたのだろう。父の車のカーオーディオからは、気の利いたＢＧＭは流れてこない。ＡＭラジオのくぐもった音が、かすかに、囁くように聞こえているだけだった。それが妙に心地よくて、体から力が抜ける。

あと数分で日が変わる。三咲は思い出したようにバッグから手帳を取り出し、ページをめくった。一日が終わる前に、今日の出来事を書き留めておこうと思ったのだ。

九月二十六日月曜日の欄には、すでに「後期授業開始」と記されている。その前に、ぽっかりと五日間の空白ができていた。

ペンを取り、キャップを外す。今日一日のことを、何か。

三咲は、ふっと息をつくと、キャップを戻し、手帳を閉じた。何も出て来ない。言葉にも、文字にも、今の気持ちを変換できる気がしなかった。

諦めて、手帳を膝の上に載せたまま目を閉じる。タイヤから伝わってくるかすかな路面の振動。ラジオのノイズ。規則正しい照明灯の列。

あと一分。長かった五日間が終わろうとしていた。

一年後（後編）

1

「思ったより、元気そうだな」

耳につく甲高い声が聞こえる。成瀬が振り返ると、柄杓と桶を持った飯山が立っていた。

「まあね」

一年ぶりに見る飯山は、あまり変わった様子はなかった。ロック調の黒いノースリーブのシャツに、黒いスキニーパンツという相変わらずの出で立ち。癖の強い髪の毛が伸びて、二、三十年前のロックスターのような髪型になっている。左肩には、皮膚が引き攣れた痕が見えた。馬場に撃たれた痕だ。

飯山から見た成瀬は、きっとずいぶん様変わりしているだろう。肌は日に焼けて黒くなり、口の周りには髭を生やした。体には服の上からでもわかるほど筋肉がつき、髪の毛は限りなく坊主に近いショートヘアにした。服装はいかついスーツ。かなり男臭くなっているはずだ。

「今、どこで、何してんだよ」

「言うかよ、そんなこと」

こっちは、手配犯だぞ、と、成瀬は答えた。

日雇労働をしながら全国を転々とするうちに、成瀬の外見は大きく変わった。以前の面影はほとんどない。手配書を見ても、同一人物と気づく人間は少ないだろう。これなら逃げきれそうだ、と思えた。

「そうだったな。そろそろ自首しろよ。疲れただろ」

「いやだね」

成瀬は飯山が持ってきた桶をひったくると、近くの蛇口をひねり、水を溜めた。

「飯山」

「なんだよ」

「雑巾は」

「そこだ。その、お供え物の脇んとこ」

彼岸だというのに、小さな寺の墓地には飯山と成瀬の二人以外、誰もいなかった。

飯山が柄杓で墓石に水をかけ、成瀬が雑巾で汚れを落とした。両脇の花立から枯れた花を抜き、水を替える。近くの花屋で買ってきたばかりの花を、成瀬は墓石の右、飯山は左にそれぞれ挿した。

「お前はカッチンの好みをわかってねえな、成瀬」

俺の花の方がセンスがいい、と、飯山が成瀬に嚙みついた。

「そういうのは、海斗の趣味じゃないね。知ったふりするな」

しばらくの間、奇妙な共同作業が続いた。供え物は、飯山がコーラ、成瀬はスポーツドリンクを持ってきた。また、どちらのセンスがいいか、二言三言、揉めた。

線香に火を点け、手で扇ぐ。束を二つに分けて、飯山が成瀬に半分渡した。線香をあげると、成瀬は手を合わせて目を閉じ、じっと祈った。成瀬の隣で、飯山は、二度、思い切り手を打った。

「おい、飯山」

「なんだよ」

「それは神社でやるやつだろ」

「いいんだよ、毎年やってんだから」

「毎年恥をさらしてるのか」

「うるせえな。いいんだよ。カッチンも別にいいって言うだろ」

成瀬は鼻で笑い、再び墓石に向き直った。

「おい、成瀬」

「なに」

「で、今日はなんの用なんだ」

「うん？」

「いくらカッチンの命日だからってな、俺が来たドンピシャのタイミングでお前がいる、なんて偶然はあり得ないだろ？」

「そりゃそうだ」

「俺を待ってたってことだ。なんだよ。言えよ」

成瀬はスーツの襟を正すと、上着の内側から拳銃を抜き、横にいる飯山のこめかみに突きつけた。

「この距離なら、お前の頭をブチ抜ける」

「おい、一年も後生大事に持ってたのかよ」

成瀬が手にしているのは、一年前に奪ったままになっていた改造拳銃だ。

「返しに来たんだよ」

成瀬は手の中で拳銃をくるりと回し、飯山の目の前にグリップを差し出した。飯山が動かずにいると、取れ、と言うように、銃を動かした。

「いらねえよ、こんなの」

　言葉とは裏腹に、飯山は銃を取った。銃口を向けて引き金を引けば、確実に成瀬の頭を撃ち抜ける距離だ。

「撃てよ」

「なんのためにだよ」

「なんのためにって」

「意味もなく撃てねえだろうが」

「僕のせいで、海斗が死んだからさ」

　静かな声の調子とは裏腹に、飯山の表情が変わっていく。

「憎いだろ？　僕が」

「憎いよ」

「じゃあ、撃てよ」

「うるせえな、黙れ」

　顔だけは半笑いのまま、飯山は顔を紅潮させ、肩を震わせた。歯を食いしばり、必死に堪えているようだったが、内側から外に出ようとする感情に抗い切れなかったのか、涙をこぼした。食いしばった歯の隙間から、うめき声が漏れた。

「もし、お前の頭を吹っ飛ばして、それでカッチンが戻ってくるなら——」

飯山は言葉を切り、喉に引っかかっている固い唾を飲み込んだ。

「残りの弾をお前の頭に全部ぶち込んでやる。倒れたところを蹴りつけて、吹っ飛んだ頭にションベンでもかけてやろうかと思うぜ」


でもな！


誰もいない墓地に、飯山の声が響いた。

「そんなことしたって、どうせ俺は来年もここにきて、カッチンの墓を洗うんだ。そんで、手を合わせて、おい、カッチンそろそろそっから出て来いよ、って頭ん中で、言うんだよ。お前を撃ったところで、それは変わらない。何も、変わらない」

むしろ、成瀬の墓参りも増えて面倒臭え（くせ）だけだ、と、飯山は銃を投げ返した。飯山はすでに、元の表情に戻っていた。

「今日はな、飯山と絶交をしに来たんだ」

「絶交？」

「そう。友達呼ばわりされたからな。僕にそんなつもりはないし、はっきりさせとこうと思って」

「そんなことをわざわざ言いに来たのかよ」

そうだよ、と、成瀬は頷いた。冗談で言っているつもりはない。

「もう、止まれないんだ」

「まだ言ってんのか」

「止まったら、息ができなくなって死ぬんだ。後悔に押しつぶされてさ。生きるなら、這いつくばっても前に向かって走るしかない」

一年間の逃亡生活でいいことなど何一つなかったが、無理矢理にでも一つよかったことを挙げろ、と言われれば「一人で出来ることが増えた」と答えるだろう。一人で身を守れるようになったし、一人でいることにも慣れた。一人でいる恐怖を感じることが少なくなり、誰かの陰に隠れたいとは思わなくなった。

あの時、その半分の強さでもあったら、海斗に頼る必要などなかったかもしれない。自力で穴から這い上がることもできたかもしれない。海斗は死ななくて済んだかもしれないし、成瀬には違う人生が用意されていたかもしれない。

「止まれないって、もう、アレは作れないだろ」

「いろいろあるのさ。いくらでも次がある。一つなくなっても、またすぐ次が生まれる。結局、同じようなことが日本中で繰り返されてる。ぐるぐる渦を巻くだけだ」

成瀬は銃を戻すと、もう一度海斗の墓を見て、「海斗とも絶交だ」と呟いた。

「じゃあな」

「おい、ふざけんなよ。一生友達ルール、説明しただろうが」

「知らないよ。第一、友達らしいことした記憶なんか一つもないだろ」

飯山は少し上を向いて記憶を探っていたが、そういやそうだな、とあっさり認めた。飯山と話すときは、たいてい海斗が間にいた。二人だけで何かをしたことは一度もなかった。

「それで一生友達とはよく言ったもんだな」

「いいんだよ。今日ようやく友達っぽいことしたろ。一緒に墓参りして、実弾入りの改造拳銃を突きつけ合うとかさ」

「それの、どこが友達だよ」

「成瀬は好きに絶交でも何でもすりゃいい。俺は俺で、好きにする」

「そうするさ」

成瀬は海斗の墓を背にして、歩き出した。用は済んだ。過去はすべて置いていく。もう、ここに来ることは二度とないだろう。

右手を上げて、成瀬は背中越しにいろいろなものと別れを告げた。墓地の出口には、車が一台停まっている。中で、馬場と高田が待ちくたびれているだろう。一年ぶりの再会だ。集まって、何をやるかはまだ決めていない。

渦を巻くほどの群れになった「トモダチ」の中で、成瀬の隣に残ったのは、馬場と高田の二人だけだった。自分を覆い隠してくれるトモダチは、他にもう誰もいない。けれど、これはこれで悪くない、と成瀬は思った。これからはどんな悪路でも、自分が先頭を歩くのだ。

「おい、飯山」

背中を向けたまま、成瀬は飯山に声を掛けた。

「なんだよ」

「お前、死ぬつもりだっただろ、あの時」

へへ、という飯山の薄い笑い声が聞こえた。

「警察が来るのがちょっと早かった」

「お前が遅刻しなかったら、ジャストタイミングだった」

校舎の屋上で成瀬に向かって目を剝きながら、撃て、と喚く飯山の姿は、妙にはっきりと覚えている。おそらく、飯山は最初から銃を撃つつもりはなかった。成瀬に撃たせるつもりで、銃を準備したのだろう。

日本の警察は、重犯罪になるほど徹底的に捜査を行う。認知された殺人事件であれば、犯人の検挙率は限りなく百パーセントに近い。もし成瀬が飯山を撃ち、飯山が死んでいたら。成瀬は殺人犯だ。警察に追いまくられて、今頃、刑務所の中で過ごしていたかもしれない。

「そこまでするか？」

「いいか、成瀬。おまえが無茶しようとするなら、何度でも止めてやる」

カッチンとの約束だからな、と、飯山は偉そうなことを言った。

再び、足を前に出す。このまま、負け犬になるつもりはない。もう、戻れない。止まれない。戻らない。止まらない。

飯山、俺を止めてくれ。

成瀬は飯山には聞こえないように一言残し、墓地を後にした。

2

そろそろ行くか、と、ミツルは独り言を言いつつ、後片づけを始めた。柄杓と桶を寺に返し、細かいゴミを拾う。香取家と書かれた墓石は、水をかぶって艶やかに輝いていた。

――飯山、俺を止めてくれ。

成瀬が別れ際に言った言葉は、風に乗ってかすかに聞こえていた。面倒臭えやつだな、と、ミツルは海斗に同意を求めた。返事はないが、別にそれでよかった。聞いてほしかっただけだ。

「絶交だってよ、カッチン。どうすんだ、俺の友達、また減っちゃったじゃねえか」


何年経っても、ミツルは海斗と成瀬の手の感触をはっきりと覚えている。


こっちに来る前の学校では、ミツルの手を握ろうという者は誰一人いなかった。毎日バイキンのように扱われ、ミツルの周りには誰も近づこうとしなかった。ミツルが歩くと、サメに突っ込まれたイワシの群れのように人が割れて、道ができた。教師でさえ、ミツルが近づくと反射的に腰を引いた。

誰もが、周りの人間の動きを見ながら、同じようにミツルを避けた。何が本当で、何が正しいのかということよりも、隣の人間と同じ行動をとることの方が大事だったのだろう。誰かがそうするから、自分もそうする。たったそれだけの理由で、ミツルは群れから追い出された。

初めて交わした握手は、体が震えるほど嬉しかった。たとえ、相手がこの世からいなくなっても、たとえ、相手から拒絶されても、手を握った喜びは、きっと永遠に消えることはないだろうと思った。

柄にもなく感傷に浸っていると、あまり鳴ることのないスマホが、けたたましい着信音を鳴らした。慌ててポケットから引っ張り出し、通話を開始する。

「今？　今は寺にいるよ。カッチンの墓参り。そう。毎年恒例だからな。昼飯？　は、まだ食べてない。うん。ああ、じゃあ今から行くよ。十五分くらいで着くってオジサンに言っといてくれよ、三咲ちゃん二十一歳」

短い通話を終了すると、ミツルは込み上げてくる笑いを我慢できずに、豚のように鼻を鳴らした。

「よう、カッチン、今から友達と、飯を食いに行ってくるぜ」

ミツルは墓に向かって、誇らしげに胸を張った。電話の主は、三咲だ。海斗の命日、墓参りついでに父親と昼飯を食べに行くことになったらしい。ミツルが墓参りに来ているようなら、昼食を一緒にどうか、という誘いだった。もちろん、断る理由などどこにもない。

三咲からは、時折こういった連絡が来る。どちらかというと、三咲経由で海斗の父親に誘われているようだが、そこは気にしないことにした。握手を交わしたのは、三咲だ。「一生友達ルール」が適用される。

「また来年だな、カッチン」

人様の家の墓石を手でたたくと、ミツルは目の奥からせり上がってきそうになる涙を抑え込んで、思い切り笑顔を作った。

じゃあな。

バイバイ。

本書は二〇一六年八月に、小社より刊行されました。
文庫化にあたり、一部を加筆・修正しました。

|著者| 行成 薫　1979年、宮城県生まれ。東北学院大学教養学部卒業。2012年、『名も無き世界のエンドロール』で第25回小説すばる新人賞を受賞しデビュー。主な著書に『ヒーローの選択』『僕らだって扉くらい開けられる』『廃園日和』『怪盗インビジブル』『本日のメニューは。』などがある。

バイバイ・バディ

行成(ゆきなり) 薫(かおる)

2020年３月13日第１刷発行

発行者――渡瀬昌彦
発行所――株式会社 講談社
東京都文京区音羽2-12-21　〒112-8001
電話 出版 (03) 5395-3510
　　 販売 (03) 5395-5817
　　 業務 (03) 5395-3615

Printed in Japan

講談社文庫

定価はカバーに表示してあります

デザイン―菊地信義
本文データ制作―講談社デジタル製作
印刷―――豊国印刷株式会社
製本―――株式会社国宝社

ISBN978-4-06-518760-9

講談社文庫刊行の辞

二十一世紀の到来を目睫に望みながら、われわれはいま、人類史上かつて例を見ない巨大な転換期をむかえようとしている。

世界も、日本も、激動の予兆に対する期待とおののきを内に蔵して、未知の時代に歩み入ろうとしている。このときにあたり、創業の人野間清治の「ナショナル・エデュケイター」への志を現代に甦らせようと意図して、われわれはここに古今の文芸作品はいうまでもなく、ひろく人文・社会・自然の諸科学から東西の名著を網羅する、新しい綜合文庫の発刊を決意した。

激動の転換期はまた断絶の時代である。われわれは戦後二十五年間の出版文化のありかたへの深い反省をこめて、この断絶の時代にあえて人間的な持続を求めようとする。いたずらに浮薄な商業主義のあだ花を追い求めることなく、長期にわたって良書に生命をあたえようとつとめるところにしか、今後の出版文化の真の繁栄はあり得ないと信じるからである。

同時にわれわれはこの綜合文庫の刊行を通じて、人文・社会・自然の諸科学が、結局人間の学にほかならないことを立証しようと願っている。かつて知識とは、「汝自身を知る」ことにつきていた。現代社会の瑣末な情報の氾濫のなかから、力強い知識の源泉を掘り起し、技術文明のただなかに、生きた人間の姿を復活させること。それこそわれわれの切なる希求である。

われわれは権威に盲従せず、俗流に媚びることなく、渾然一体となって日本の「草の根」をかたちづくる若く新しい世代の人々に、心をこめてこの新しい綜合文庫をおくり届けたい。それは知識の泉であるとともに感受性のふるさとであり、もっとも有機的に組織され、社会に開かれた万人のための大学をめざしている。大方の支援と協力を衷心より切望してやまない。

一九七一年七月

野間省一

つげ義春

つげ義春日記

解説＝松田哲夫

昭和五〇年代、自作漫画が次々と文庫化される一方で、将来への不安、育児の苦労、妻の闘病と自身の不調など悩みと向き合う日々をユーモア漂う文体で綴る名篇。

つK1
978-4-06-519067-8

稲垣足穂

稲垣足穂詩文集

編・解説＝中野嘉一・高橋孝次　年譜＝高橋孝次

前衛詩運動の歴史的視点からイナガキタルホのテクストを「詩」として捉え、編まれた、大正・昭和初期の小品集。詩論・随筆も豊富に収録。

いY1
978-4-06-519277-1

- 山田芳裕　へうげもの　十服
- 山田芳裕　へうげもの　十一服
- 山田芳裕　へうげもの　十二服
- 柳内たくみ　戦国スナイパー〈謀略・本能寺篇〉
- 柳内たくみ　戦国スナイパー〈信玄暗殺指令篇〉
- 柳内たくみ　戦国スナイパー〈慶一郎絶体絶命篇〉
- 柳内たくみ　戦国スナイパー〈壊れた歴史を修復せよ篇〉
- 山本文緒・文　伊藤理佐・漫画　ひとり上手な結婚
- 矢月秀作　ACT〈警視庁特別潜入捜査班〉
- 矢月秀作　ACT2　告発者〈警視庁特別潜入捜査班〉
- 矢月秀作　ACT3　掠奪〈警視庁特別潜入捜査班〉
- 矢野　隆　清正を破った男
- 山本　弘　僕の光輝く世界
- 山内マリコ　かわいい結婚
- 山本周五郎　さぶ〈山本周五郎コレクション〉
- 山本周五郎　白石城死守〈山本周五郎コレクション〉
- 山本周五郎　完全版 日本婦道記(上)(下)〈山本周五郎コレクション〉
- 山本周五郎　戦国武士道物語 死処〈山本周五郎コレクション〉
- 山本周五郎　戦国物語 信長と家康〈山本周五郎コレクション〉
- 山本周五郎　幕末物語 失蝶記〈山本周五郎コレクション〉
- 山本周五郎　逃亡記 時代ミステリ傑作選〈山本周五郎コレクション〉
- 山本周五郎　家族物語 おもかげ抄〈山本周五郎コレクション〉
- 山本周五郎　繁あね〈美しい女たちの物語〉
- 柳田理科雄　スター・ウォーズ 空想科学読本
- 柳田理科雄　MARVEL マーベル空想科学読本
- 矢野　隆　我が名は秀秋
- 靖子靖史　空色カンバス〈瑞空寺凸凹縁起〉
- 夢枕　獏　大江戸釣客伝(上)(下)
- 柳　美里　家族シネマ
- 唯川　恵　雨心中
- 由良秀之　司法記者
- 行成　薫　ヒーローの選択
- 吉村　昭　私の好きな悪い癖
- 吉村　昭　吉村昭の平家物語
- 吉村　昭　暁の旅人
- 吉村　昭　新装版 白い航跡(上)(下)
- 吉村　昭　新装版 海も暮れきる
- 吉村　昭　新装版 間宮林蔵
- 吉村　昭　新装版 赤い人
- 吉村　昭　新装版 落日の宴(上)(下)
- 吉村　昭　白い遠景
- 吉田ルイ子　ハーレムの熱い日々
- 吉川英明　新装版 父 吉川英治
- 吉村葉子　お金がなくても平気なフランス人 お金があっても不安な日本人
- 米原万里　ロシアは今日も荒れ模様
- 横山秀夫　半落ち
- 横山秀夫　出口のない海
- 吉田戦車　吉田電車
- 吉田戦車　なめこインサマー
- 吉田戦車　吉田観覧車
- 吉田修一　日曜日たち
- 吉田修一　ランドマーク
- 吉本隆明　真贋
- 吉本隆明　フランシス子へ
- 横関　大　再会
- 横関　大　グッバイ・ヒーロー
- 横関　大　チェインギャングは忘れない

若竹七海　船上にて
渡辺容子　ターニング・ポイント〈ボディガード八木薔子〉
渡辺容子　要人警護
渡辺容子　ボディガード　二ノ宮舜
和田はつ子　花御堂〈お医者同心　中原龍之介〉
輪渡颯介　掘割で笑う女〈浪人左門あやかし指南〉
輪渡颯介　古道具屋　皆塵堂
輪渡颯介　猫除け　古道具屋　皆塵堂
輪渡颯介　蔵盗み　古道具屋　皆塵堂
輪渡颯介　迎え猫　古道具屋　皆塵堂
輪渡颯介　祟り婿　古道具屋　皆塵堂
輪渡颯介　影憑き　古道具屋　皆塵堂
輪渡颯介　夢の猫　古道具屋　皆塵堂
輪渡颯介　溝猫長屋　祠之怪
輪渡颯介　優しき悪霊〈溝猫長屋　祠之怪〉
若杉冽　原発ホワイトアウト
綿矢りさ　ウォーク・イン・クローゼット

2019年12月15日現在